MIT DEM BOSS IM BETT

Band 8 der Serie
Mit den Junggesellen im Bett

von
VIRNA DEPAUL

Mit dem Boss im Bett
Copyright © 2017 by Virna DePaul

INHALTSBESCHREIBUNG

Nachdem er dahintergekommt, dass seine Verlobte seinen besten Freund liebt, kehrt der reiche Eric Davenport Los Angeles den Rücken, um zu seinen Kleinstadtwurzeln zurückzukehren. Ein Jahr später eröffnet er seine Ranch, und Liebe ist das letzte, woran er jetzt denkt.

Lexi Fischer ist ein Rodeo Baby, das sich im Wohnmobil ihres Vaters in Filme verliebt hat. Jetzt fährt sie übers Land und nimmt Gelegenheitsjobs an, um nach L.A. zu kommen und sich ihren Traum eines Lebens als Drehbuchautorin zu erfüllen.

Als Lexi Eric begegnet, ist er eine irritierende Kombination aus Bodenständig und Kultiviert. Mehr als eine Nacht hätte es nicht sein sollen, doch dann macht Eric Lexi ein Angebot, das sie nur schwer ablehnen kann: Wenn sie den Sommer lang für ihn arbeitet, verspricht er ihr, dafür zu sorgen, dass sie nach L.A. kommt und schwört, seine Hände bei sich zu behalten.

Lexi kann dem Angebot nicht widerstehen und nimmt es an. Doch im Lauf des Sommers geraten die Gefühle zwischen Lexi und ihrem Boss außer Kontrolle. Kann Eric eine weitere Frau überleben, der es bestimmt ist, ihn zu verlassen? Und wird Lexi begreifen, dass Liebe ihre Träume nicht verhindern, sondern sie viel eher wahr werden läßt?

BÜCHER von VIRNA DEPAUL

LIEBE AM SPIELFELDRAND SERIE

KISS TALENTAGENTUR SERIE

DIE SERIE ‚MIT DEN JUNGGESELLEN
IM BETT' UMFASST

DIE SERIE, ROCK'N'ROLL CANDY

DIE SERIE, HEIMKEHR NACH GREEN VALLEY

DIE SERIE, HART WIE STAHL

VERRÜCKT NACH DEM VERKEHRTEN KERL

EINEM WERWOLFKÄMPFER VERFALLEN

PROLOG

Am Vorabend seiner Hochzeit mit Brianne Whitcomb saß Eric Davenport neben dem Bett, in dem seine Verlobte lag, und wartete auf das Geräusch, das das Ende seines Lebens, so wie er es gekannt hatte, bedeuten könnte oder zumindest das Ende seines Lebens mit Brianne.

Als Vizepräsident der Firma, durch die sein Vater zum Multimillionär aufgestiegen war, bevor er vierzig wurde, hatte Eric eine privilegierte Erziehung genossen und war mit dem Wissen ausgestattet, dass es für ihn immer einen Platz im Unternehmen seines Vaters geben würde. Ihm war bewusst, wie viel Glück er hatte, und er hatte das Leben in vollen Zügen genossen. Doch in letzter Zeit hatte ihn eine gewisse Rastlosigkeit erfüllt. Er fühlte sich unzufrieden. Und dieses diffuse Gefühl der Unzufriedenheit hatte sich allmählich verstärkt und auf alles Einfluss genommen: auf seine Arbeit, das Zuhause, sogar auf seine Beziehung zu Brianne. Die gleiche Unzufriedenheit hatte er auch in ihr wahrgenommen, aber er hatte dies auf Stress zurückgeführt, indem er sich einredete, dass sich die Dinge wieder normalisieren würden, sobald die Hochzeit über die Bühne gegangen wäre.

Dann hatte er vor einer Woche die Wahrheit herausgefunden.

Ach Gott, Brianne, in was für ein Schlamassel haben wir uns da hineinmanövriert, dachte er.

Brianne schlief tief, denn sie war sicherlich erschöpft von dem Besuch der Freunde und der Familie, die zu dem am frühen Abend stattfindenden Probedinner gekommen waren, ganz zu schweigen von all der Arbeit, die in der Vorbereitung und Planung einer Hochzeitsfeier in den feinsten Kreisen der Gesellschaft steckte. Auch wenn Brianne von Beruf nicht Eventmanagerin wäre, hätte sich die Hochzeitsplanung durch Briannes Perfektionismus und Sinn für Ästhetik als schwierige Aufgabe erwiesen, aber angesichts ihres gewählten Berufs, war sie erst recht fest entschlossen, eine Veranstaltung zu organisieren, über die die Leute noch jahrelang reden würden.

Das Witzige an der Sache war, dass Brianne trotz ihrer Verbindungen zur High Society eine der bodenständigsten, nettesten und freundlichsten Frauen überhaupt war, ganz zu schweigen von ihrer umwerfenden Schönheit und einem Körper, der für die Sünde geradezu geschaffen war. Kein Wunder, dass er die Gelegenheit, sich mit ihr zu verabreden, ergriffen hatte, als sie sich ihm bot, und daraus waren dann sechs fantastische Jahre geworden.

Doch jetzt hatte er den Verdacht, dass sie beide sich selbst an der Nase herumgeführt hatten. Jetzt fragte er sich, ob die Tatsache, dass sie von der ganzen Welt als das ideale Paar betrachtet wurden – der Mann sowie die Frau stammten aus einer ähnlichen sozialen Schicht, teilten die gleichen Interessen und stritten sich nie – irgendwie die Tatsache verschleiert hatte, dass sie eigentlich viel besser als gute Freunde zueinander passten und nicht als Geliebte.

Indem er all die Gründe ignorierte, die erklärten, warum er und Brianne zusammengehörten, spielte er nun des Teufels Advokat, und konzentrierte sich nur auf die Gründe, die darauf verwiesen, das dem nicht so sein könnte.

Insbesondere auf einen sehr bedeutsamen Grund.

Er wünschte sich, dass er das nicht tun müsste. Dass er seine Bedenken als typisches Nervenflattern vor einer Hochzeit abtun könnte. Er wünschte sich, jetzt zu Brianne ins Bett steigen zu können.

Sie in die Arme zu nehmen.

Ihr zu sagen, wie sehr er sie liebte.

Ihr zu sagen, wie aufgeregt er sei, am nächsten Tag vor all ihren Freunden und der Familie die ewigen Gelübde der Treue mit ihr auszutauschen.

Das war es, was er tun und wie er sich fühlen sollte.

Er hatte den Rest seines Lebens mit ihr verbringen wollen. Aber das war zu dem Zeitpunkt, als er sich selbst überzeugt hatte, dass sie die gleichen Gefühle hatte.

Stattdessen würde er wahrscheinlich etwas tun müssen, was seine Familie und Freunde nicht verstehen würden, etwas, wofür ihn Brianne aller Wahrscheinlichkeit nach abgrundtief hassen würde – zumindest eine Zeitlang. Obwohl er, um der Gerechtigkeit Genüge zu tun, eingestehen musste, dass es, wenn er die Hochzeit absagen würde, für Brianne nicht gänzlich überraschend käme. Sie hatte auch gespürt, dass zwischen ihnen irgendetwas nicht stimmte. Vorhin hatte sie ihn gefragt, ob er, *Eric*, sich die Sache noch einmal überlegen wollte.

Worüber sie nicht gesprochen hatte, waren die Gründe, warum *sie* selbst sich die Sache eventuell noch einmal überlegen wollte.

Als könnte sie seine Gedanken lesen, rührte sich Brianne in exakt diesem Moment. Sie streckte die Arme und Beine aus und lächelte auf eine Weise, wie er sie eigentlich nie zuvor hatte lächeln sehen. Dann stöhnte sie. Das Geräusch war gehaucht und lustvoll. Ihre Hand wanderte zu ihrer Brust, umfing den üppigen Hügel und verriet den erotischen Inhalt ihres Traumes, bevor sie erneut stöhnte.

Eric schloss die Augen und hörte zu, welche Worte von ihren verführerischen Lippen perlten.

Sie sagte, dass sie ihn begehrte. Sie sagte, dass sie ihn brauchte.

Nur der Name, den sie nannte, war nicht Eric.

Es war der Name seines besten Freundes.

Gabe.

KAPITEL EINS

Ein Jahr später
Buffalo Falls, Montana

Eric hatte sechzig Jahre alten Bourbon probiert. Französischen Wein. Saki aus einem Kloster in Japan. Champagner, bei dem die Flasche zwanzigtausend Dollar kostete. Doch als er zusah, wie die goldenen Luftbläschen in seinem Glas hochstiegen, und er einen kräftigen Schluck probierte, musste er zugeben, dass ein Budweiser vom Fass das Getränk der Götter war. Er schob sich die Baseballkappe aus der Stirn und trank noch einen Schluck, wobei er die Hektik des Alltags wie Wasser unter der Dusche von sich abtropfen ließ.

„Heb noch etwas für die Fische auf, Eric!", sagte Jacob, während er Eric freundschaftlich auf den Rücken schlug und sich auf den Barhocker neben ihm setzte. Jacob Tedesco und sein Bruder Dean waren seit Kindertagen Erics Freunde gewesen. Fast jeden Sommer hatten sie in der Jugend miteinander verbracht. Vom Flussufer aus hatten sie Steine über den Fluss geworfen und über Mädchen geredet, alles kaum mehr als einen Kilometer von dieser Bar entfernt, in der sie gerade saßen. Obwohl sie über die Jahre in Verbindung geblieben waren, war die Freundschaft zwischen Eric und Jacob sogar noch stärker geworden, seit Eric letztes Jahr nach Buffalo Falls gezogen war. Dabei hatte er nicht nur sein Zuhause in L.A. zurückgelassen, sondern auf einen Schlag auch seine Firma, seine Verlobte und seine besten Freunde.

Soviel zum Thema ‚ganz von vorne anfangen‘.

„Fische trinken kein Bier, Jake", erwiderte Eric, während er gerade erkannte, dass es ihm nicht so viel Schmerz bereitete, an sein altes Leben zu denken, wie früher einmal.

Das war jetzt schon eine geraume Zeitlang so.

Gott sei Dank.

Es hatte sich also doch herausgestellt, dass Brianne Gabe bereits geliebt hatte, als sie mit Eric zusammen gewesen war – sogar als sie verlobt gewesen waren. Und ja, ihre Weigerung, sich selbst ihre Gefühle Gabe gegenüber einzugestehen, hatte Eric gezwungen, rigoros durchzugreifen und sein Leben in Kalifornien hinter sich zu lassen. Doch letzten Endes waren die beiden Menschen, die er am meisten liebte, dorthin gekommen, wo sie hingehörten: in die Arme des jeweils anderen. Und nun war Eric da, wo *er* hingehörte. Montana war sein neuer Ausgangspunkt gewesen. Und jetzt war es seine Zukunft.

„Stellen alle Milliardäre das Offensichtliche so fest?", fragte sein Freund Dylan Quinn, der sich den Barhocker auf Erics anderer Seite schnappte. Er gab dem Barmädchen Zeichen, dass er ein Bier wollte. „In diesem

Fall setz mich auf die Liste! Das klingt nicht allzu schwer."

Die Barkeeperin Marina Howell – auch jemand, den Eric praktisch von Kindheit an kannte – brachte schnell je ein Bier für Jacob und Dylan. Behutsam stellte sie die Gläser hin, um ja keinen Tropfen zu verschütten. Für Jacob und Eric hatte sie ein breites Lächeln parat, doch vor Dylan senkte sie die Augenlider, während ihre Wangen einen verführerischen Pfirsichton annahmen.

„Willst du auch noch eins, Eric?"

„Im Moment reicht es mir, Marina", sagte er und verwendete dabei automatisch den leisen Tonfall, den die meisten Leute ihr gegenüber anschlugen. Irgendetwas Zartes hatte sie schon immer umgeben, irgendetwas neben ihrer schlanken Statur, das den Eindruck vermittelte, sie könne von einem starken Windstoß umgeworfen werden. Und das war auch schon so vor all den Geschehnissen, die vor fünf Jahren passiert waren.

Noch einmal sagte sich Eric, wie viel Glück er trotz der Ereignisse des letzten Jahres wahrlich gehabt hatte. Marina musste mit weitaus Schlimmerem zurechtkommen. Das galt auch für Dean, Jacobs Bruder. Als einziger Überlebender eines schrecklichen Flugzeugabsturzes war Dean mit der Tragödie auf seine Art umgegangen: indem er alles hinter sich ließ und in der Wildnis Alaskas Trucks fuhr. Jacob behauptete, Dean gehe es gut, aber Eric wusste, dass sich Deans Familie Sorgen um ihn machte. Auch Jacob und Dylan hatten ihr Schicksal zu tragen und mussten irgendwie damit klarkommen. Das mussten alle.

Eric hatte nur das Glück, dass er sich dank seines Geldes etwas leichter als die meisten Menschen von seinen Problemen entfernen konnte. Das würde er sicherlich auch nicht so schnell vergessen. Er wollte keine Zeit mehr vergeuden. Er musste einen Traum verwirklichen, und das packte er nun auch endlich an.

Sobald Marina außer Hörweite war, wandten sich Jacob und Eric um und starrten Dylan an.

„Nun sag mal, was war denn das jetzt, bitteschön?", fragte Jacob Dylan mit flatternden Augenlidern wie eine Südstaatendebütantin.

„Was?", fragte Dylan und schaute sinnierend in sein Bier. Doch für einen Sekundenbruchteil flackerte sein Blick zu Marina.

„Ich glaube, Jake will wissen, warum Marina Howell wie eine Südstaatenschönheit errötete, sobald sie in deine Nähe kam", sagte Eric. Dylan hielt einige Zeit mit ihm Augenkontakt, doch dieses Duell der Blicke musste er natürlich verlieren. Eric hatte seinem Vater nicht geholfen, seine Firma in ein Milliardenunternehmen zu verwandeln, indem er gegenüber irgendjemandem einen Rückzieher gemacht hatte.

Andererseits war diese Starrköpfigkeit nicht gerade hilfreich bei deiner Verlobung mit Brianne, nicht wahr?

Mist! Er war also doch nicht so gut darüber hinweg, wie er gedacht hatte.

Egal.

Mit spielerischer Leichtigkeit aufgrund langer Übung wischte Eric die Gedanken an Brianne und ihre gelöste

Verlobung beiseite und konzentrierte sich stattdessen lieber auf die Tatsache, dass Dylan in der Tat als Erster weggeschaut hatte.

„Wer weiß schon, warum Frauen irgendetwas tun", meinte Dylan. „Sie bleiben ein immerwährendes Geheimnis."

„Das klingt deutlich wie die bitteren Reminiszenzen eines abgewiesenen Mannes", sagte Jake, während er mit Eric anstieß.

„Ja, klar, ihr beide wisst natürlich über Zurückweisung besser Bescheid als irgendjemand sonst", feuerte Dylan zurück. Sobald er dies gesagt hatte, riss Dylan die Augen auf und schoss Blitze auf Eric. „Mist, das habe ich nicht so gemeint, Eric. Ich habe von Jake hier gesprochen. Natürlich hat Brianne dich nicht abgewiesen. Ich meine, du hast sie zuerst zurückgewiesen und dann—"

Eric setzte ein gezwungenes Lächeln auf und machte eine wegwerfende Handbewegung. Ach Gott, würde er jemals seine Vergangenheit hinter sich lassen können? Nein, nicht wenn jeder in dieser Stadt wusste, was geschehen war. „Ich weiß, was du gemeint hast, Dylan. Jetzt hör auf, uns hinzuhalten und erzähle uns von Marina!"

Dylan starrte ihn einige weitere Sekunden lang an, dann entspannte er sich schließlich und sagte: „Ich habe euch bereits gesagt, dass es da nichts zu sagen gibt. Können wir jetzt das Thema fallen lassen, unser Bier genießen und uns lieber auf die Damen an dem Tisch dort drüben konzentrieren, die die ganze Zeit schon in unsere

Richtung schauen?"

Unauffällig blickten erst Jake und dann Eric in Richtung des Tisches mit vier wunderschönen Frauen, die tatsächlich in ihre Richtung schauten. Sie sahen nicht bekannt aus, waren keine Ortsansässigen von Buffalo Falls, und Eric fragte sich kurzzeitig, was sie wohl sahen. Eines stand fest: Sie betrachteten Eric in seinen Jeans und seinem Button-down-Hemd nicht mit der Ansicht, er sei ein Milliardär, der gerade vor einem Jahr den Baumarkt seiner Großeltern übernommen hatte, den er nun managte.

Du liebe Zeit, sogar er wusste, wie absurd sich *das* anhörte.

Und dennoch gefiel es ihm, den Laden zu managen. Vor Kurzem hatte er angefangen, an einem neuen Projekt Gefallen zu finden: Er wollte seine eigene Ranch aufbauen. Leider hatte er keine Zeit, sich um beides zu kümmern. Er musste jemanden finden, der ihm in Vollzeit für den Laden seiner Großeltern als Hilfe zur Verfügung stand, denn er hatte versprochen, sich um das Geschäft anzunehmen, während seine Großeltern auf Weltreise gingen. Er hatte ihnen schon oft eine Reise erster Klasse angeboten, was sie aber abgelehnt hatten. Und jetzt hatten sie fünfzehn verdammte Jahre lang geschuftet und gespart, um sich eine drittklassige Reise quer durch Europa leisten zu können. Sie waren im siebten Himmel und schrieben ihm ausführliche, schwärmerische E-Mails, denen sie verschwommene Selfies beifügten.

Jake nahm seinen Hut ab, warf ihn auf die Bar und stand auf. „Da wir gerade von Frauen sprechen, lass mich mal sehen, ob ich für uns ein paar aufreißen kann!" Er schlenderte zur Jukebox hinüber, um dort etwas auszusuchen. Eric blickte ihm nach und musste zugeben, dass Jake Tedesco einen sechsten Sinn hatte, wenn es darum ging, im richtigen Moment den richtigen Song auszusuchen.

Während Jake über die Jukebox gebeugt stand und die einzelnen Platten durchsah, deutete Eric in Marinas Richtung. „Also, was ist passiert?"

„Nichts, Mann!", erwiderte Dylan, und mit seinen dunklen Augen folgte er jeder Bewegung von Marinas Händen, als sie Gläser abtrocknete und an Haken über der Theke hängte. Er zögerte und fuhr dann fort. „Nichts, was nicht schon hunderte Male vorher passiert ist."

Erich blickte fasziniert zwischen Dylan und Marina hin und her. Hundertmal vorher? Was sollte das jetzt wieder heißen? Er wollte gerade fragen, als er einen Schlag auf den Rücken bekam.

„Eric, was gibt's Neues von der alten O'Rourke Ranch?", fragte Will Owens, während er Marina signalisierte, dass er ein Bier wollte. Owens war noch ein Freund von Eric aus der Kindheit, nicht ganz so eng wie Dylan oder Jacob, aber auch ein guter Kerl. Da er blondes Haar und klare blaue Augen hatte, war er von den Kindern Ken-Puppe genannt worden, bis er sie irgendwann verprügelt hatte, damit sie das nicht mehr sagten.

Eric dachte an die heruntergekommene Ranch, die nun ihn beim Namen rief. Ihm sagte, er solle endlich loslegen. „Naja", sagte er. „Sie erfordert eine Unmenge

Arbeit, hat aber dann eindeutig das Zeug dazu, etwas Herausragendes zu werden."

„Na klar", meinte Will, der das Bier von Marina mit einem Augenzwinkern und einem großzügigen Trinkgeld dankend annahm. Blitzartig warf sie ihm ein Lächeln zu und hastete dann an das andere Ende der Bar. „Brauchst du Hilfe auf diesem Feld?"

Will besaß selbst eine erfolgreiche Ranch. Die Arbeit auf einer Farm lag ihm im Blut. Er hätte es Eric übelnehmen können, dass dieser nun in Wills Nähe auch eine Farm betreiben wollte, aber stattdessen bot Will ihm auf großzügige Weise seine Hilfe an.

„Das meinst du tatsächlich ernst, nicht wahr?", sagte Eric zu Will.

Will nickte. „Natürlich, Mann. Mir ist die Genugtuung sehr wohl bewusst, die es mit sich bringt, wenn man eine Farm erfolgreich managt. Das will ich auch für meinen Freund." Nochmals schlug er Eric auf den Rücken. „Wenn ich dich jedoch als reiches Bürschchen betrachte, könnte es mir auch scheißegal sein, ob deine Ranch eines Tages Profit abwirft oder nicht."

Jacob stieß sein typisches johlendes Gelächter aus, als er zu seinen Kumpeln zurückkam, während die ersten Akkorde von ‚Chain of Fools' erklangen. Wieder schauten die Frauen zu ihnen hinüber, und Eric bemerkte, dass ein paar andere Mädchen ihre Köpfe reckten wie Präriehunde, als wollten sie zu der Melodie des Liedes sogleich zu tanzen anfangen.

Bevor das Lied begonnen hatte, waren ihm diese

Mädchen nicht aufgefallen. Verwundert schüttelte er den Kopf. Jacob hatte echt eine Gabe.

„Das ist doch die Wahrheit. Und das erinnert mich daran, dass die Getränke heute Abend auf dich gehen, Eric!", sagte Jake, der sich auf seinem Barhocker zurücklehnte, sich aber herumdrehte, um einen guten Blick auf die Mädchen zu haben, die sich zur Tanzfläche begeben hatten. Er wollte einen guten Überblick über die Früchte seiner Arbeit haben.

„Du zahlst deinen verdammten Drink schon selbst, Tedesco", knurrte Dylan mit verächtlicher Miene, sodass sogar Medusa Reißaus genommen hätte. „Nur weil Eric Geld hat, heißt das nicht, dass er dir dauernd etwas ausgeben muss."

„Was sind schon ein paar Bier unter Freunden?", fragte Jake und hielt in einer Geste der Kapitulation die Hände hoch.

„Ich sage euch was", sagte Eric der Gruppe. „Die Getränke gehen auf mich, wenn Jake irgendetwas besonders Tolles macht. Sorge für unsere Unterhaltung!"

„Ach je", murmelte Dylan, der sein Bier hinunterkippte und Marina signalisierte, dass er ein weiteres wollte.

„Was für eine Art Unterhaltung?", fragte Jake, der offensichtlich für alle Schandtaten bereit war.

„Du musst es schaffen, dass ein Mädchen in weniger als fünfzehn Minuten mit dir die Bar verlässt", mischte sich Will ein, dem dieser Spaß auch zu gefallen schien.

„Ich dachte, du sagtest, du wolltest, dass ich etwas

besonders Tolles mache?", polterte Jake. „Das ist ja nichts Besonderes, nur typisch für einen Freitagabend."

Jake stand auf, dehnte und streckte sich wie für einen Langstreckenlauf, ließ die Fingerknöchel knacken, sodass alle Männer lachten und mit den Augen rollten. Er drehte sich um, um den Männern ins Gesicht zu schauen, und begann in einer Art Moonwalk auf die Mädchen auf der Tanzfläche zuzugehen.

„Oh Gott", sagte Marina, als sie das Bier vor Dylan absetzte. „Auf wen hat er es jetzt wieder abgesehen?"

Sofort wandte sich Dylan ihr zu. Eric bemerkte, dass Dylan mit seiner Hand einen Augenblick länger Marinas Hand auf seinem Glas umfangen hielt. Sie erschrak, als hätte sie sich verbrannt, befeuchtete ihre Lippen und senkte die Augen.

„Du weißt, dass er es auf alle und jeden abgesehen hat", sagte Dylan in lockerem Tonfall trotz der Intensität des Augenblicks, der sich gerade zwischen ihnen abgespielt hatte.

Marina räusperte sich und blickte auf. Aber sie schaute Eric und Will, und nicht Dylan an. „Er hätte es bei der Brünetten am Ende der Bar versuchen sollen; seit zwanzig Minuten kommt sie nicht von einem Gespräch mit Ray Fogerty los." Mit ihrem Daumen wies Marina in die besagte Richtung, bevor sie wieder in Richtung Küche verschwand.

Eric blickte dorthin, wohin Marina gezeigt hatte, und richtig: Dort war Ray. Der unausstehliche Widerling Ray Fogerty, der auf irgendeine Frau einschwatzte.

Sie stand so abgewandt, dass Eric ihr Gesicht nicht sehen konnte. Sie trug ein dünnes graues Top und Jeans. Ihr honigblondes Haar fiel locker über eine hübsche Schulter und bis zu ihrem Ellbogen hinunter. Sie hatte den Kopf auf eine Hand aufgestützt, und Eric sah, dass an jedem Finger ihrer Hand ein Ring glitzerte. Als könnte sie plötzlich spüren, dass die anderen Männer sie anstarrten, strafften sich ihre Schultern. Sie warf das Haar zurück und schaute über die Schulter. Und augenblicklich trafen ihre dunklen Augen Erics.

Ach

Du

Lieber

Schreck

Die Hitze aus ihrem Blick schoss direkt in seinen Körper wie ein elektrischer Schlag. Jeder einzelne Körperteil wurde davon erfasst. Einschließlich ein bestimmter Körperteil, der besonders schwer ignoriert werden konnte. Eric rutschte auf seinem Barhocker herum, in der Hoffnung, den plötzlich eng gewordenen Sitz seiner Hose etwas lockern zu können. Keine Chance.

Die Frau drehte sich schnell um, und Eric konnte sehen, dass ihr Hals und ihre Schultern von einem hübschen leichten Erröten überzogen wurden. Diese Röte wollte er kosten. Mit seinen Zähnen und seiner Zunge wollte er diese Röte jagen, während sie über ihre Haut zog.

Als Eric hörte, wie Will hinter ihm ein leises Pfeifen ausstieß, reagierte er gereizt. Nein. Verdammt nochmal nein!

„Meine", sagte Eric, wenige Sekunden vor Will.

„Was zum Teufel meinst du, von der schnellen Sorte?", knurrte Will.

„Mach dich vom Acker, Owens!", sagte Eric zu seinem Freund, nachdem er den Rest seines Bieres getrunken hatte. Vor mehr als einem Jahr war er nach Montana gezogen. Über ein Jahr war es her, seit er mit Brianne verlobt gewesen war.

Mehr als ein Jahr war es her, dass er sich zu einer Frau stark hingezogen gefühlt hatte. Jedenfalls nichts in der Art, wie er es jetzt fühlte.

Sein Abend war auf einmal viel interessanter geworden.

* * *

Atme, Lexi, atme! YOGA-Atemzüge!!!! Obwohl Lexi den Verdacht hatte, dass Yoga-Atemzüge nicht annähernd so hilfreich waren, als wenn man sich selbst innerlich anschrie.

Doch sie konnte den eisblauen Blick des Mannes auf der anderen Seite der Bar immer noch spüren. Die Haut ihres ganzen Körpers prickelte auf eine besonders köstliche Weise, weil sie wusste, dass er sie immer noch beobachtete. Sie konnte es spüren. Was für ein heißer Typ! Die Art von heißem Typ, durch den die Musik in den Hintergrund trat. Kastanienbraunes Haar, feingemeißeltes Gesicht, selbstsicherer Blick. Die Art von Blick, die aussagt: *Ach, du trägst einen Slip? Wie süß, dass du dachtest, du würdest einen brauchen.*

„Und erinnerst du dich an den Teil, als er sich mit diesem Maschinengewehr aus dem Auto beugt ungefähr soooooooooooo", sagte der Cowboy, der neben ihr saß und so tat, als würde er mit einem Gewehr in die Luft schießen. Lexi befahl sich, ihm wieder erneut ihre Aufmerksamkeit zu schenken. Wie hieß er doch gleich wieder? Roy? Rick? Ray? Wie auch immer, er war echt nett, ziemlich süß. Und sie hatte die Zeit halbwegs genossen, mit ihm zu reden. Naja, bis auf die Tatsache, dass er während der letzten fünfzehn Minuten von demselben Actionfilm gefaselt hatte – den sie, wie sie ihm wiederholt gesagt hatte, nicht gesehen hatte.

Lexi rutschte auf ihrem Platz herum und versuchte, den stromschlagartigen Schockzustand zu ignorieren, der ihren Körper erfasste, als sie an die blauen Augen des geheimnisvollen Mannes dachte. Sie hatte einen wirklich guten Mann vor sich sitzen, und sie war unhöflich. Auch wenn er selbst unhöflich war, indem er über etwas weiterlaberte, was sie offensichtlich nicht interessierte.

„Ich interessiere mich mehr für die Filme alter Schule", erklärte sie ihm und trank einen Schluck puren Whisky.

„Ach, du meinst wohl so etwas wie ‚Stirb langsam'?", fragte er, und seine Augen leuchteten auf wie bei einem Kind unter dem Weihnachtsbaum.

Lexis Augen dagegen leuchteten schwächer als eine Glühbirne, nachdem jemand einen Föhn eingeschaltet hatte. „Nein. Nicht wirklich. Ich meinte so etwas wie

‚Casablanca' oder ‚Frühstück bei Tiffany'. ‚Wer die Nachtigall stört'. ‚Planet der Affen'..." Lexis Stimme verebbte, als sie mehr und mehr erstaunt erkannte, dass ihm keiner der genannten Filme irgendetwas sagte. Null Beweis von Wiedererkennung in seiner Miene.

„Tja", sagte er und kratzte sich über sein glattes Kinn. „Ich glaube, das sind Filme, die meine Mutter mag."

Grundgütiger! Lexi musste sich stark zusammenreißen, um bei dieser unsinnigen Aussage nicht mit den Augen rollen zu müssen. Sie war doch ein echt heißes Mädchen, nicht wahr? Klar, sie kleidete sich etwas nachlässig, trug nie Makeup oder unternahm irgendwelche Dinge mit ihrem Haar außer es zu waschen, aber sie hatte all die weiblichen Kurven an den richtigen Stellen. Sie hatte genug Busen und Hintern, um wenigstens ein kleines Zeichen einer Anstrengung von diesem Typen erwarten zu können. Jedenfalls war sie heiß genug, um nicht mit seiner Mutter verglichen zu werden.

Mit dieser Unterhaltung ging es rasend schnell bergab. Lexi hatte sich nicht die Augen ausgeweint, nachdem sie ihr Pferd hatte verkaufen müssen – auch wenn das neue Zuhause von Maple nun wie der wahrgewordene Traum eines jeden Pferdes aussah – um sich dann in eine Bar zu schleppen, damit ihr der neueste Bourne-Film von einem Typen nacherzählt wurde, der einen Teller Pommes Frites bestellt und ihr keine angeboten hatte. Sie war in diese Bar gekommen, um ...naja, sie wusste selbst nicht so genau, was die Antwort darauf war.

Um ihre Sorgen zu ertränken? Vielleicht. Ihr würde

Maple so sehr fehlen. Ein wunderschöner schwarzweißer Schecke mit einer seidenweichen Mähne und Augen, die dir das Herz brechen konnten. Augen, die, wenn Lexi daran dachte, ihr *tatsächlich* das Herz brachen. Und so starrte sie gedankenverloren in ihren Drink und hörte dem Matt Damon-Begeisterten, der neben ihr saß, nicht mehr wirklich zu.

Geld war Scheiße. Nein. Korrektur. Geld war verdammt Scheiße. Wenn es kein Geld gäbe, hätte sie heute Morgen nicht das für sie liebste Geschöpf der Welt verkaufen müssen, um über die Runden zu kommen. Lexi kippte den restlichen Whisky hinunter, ehe ihr klar wurde, dass wenn es kein Geld gäbe, sie auch nicht in der Lage gewesen wäre, Maple überhaupt zu kaufen. Und damit verwirrte sie sich jetzt vollkommen.

„Hörst du mir überhaupt zu?", fragte Ron/Roy/Ricky mit verärgerter Stimme und riss Lexi damit aus ihrer auf Maple beruhenden depressiven Versunkenheit.

„Was? Ach so. Es tut mir leid…" Lexi hielt inne in der Hoffnung, mit etwas druckvoller Nachhilfe doch noch auf seinen Namen zu kommen, scheiterte jedoch, da er ihr partout nicht einfallen wollte, sodass sie einfach weiterredete. „Mir geht nur so viel durch den Kopf."

„Tatsächlich?", fragte er und kippte noch mehr von seinem Drink hinunter. „Denn du siehst nicht aus wie eine Frau, die in diesem hübschen kleinen Kopf eine Tonne Dinge herumwälzen muss."

In diesem Moment sah Lexi Rot. Vor Wut.

„Sollte das ein Kompliment sein, Roy?"

„Ich heiße Ray", schnauzte er. „Und natürlich war das ein Kompliment. Ich bezeichnete dich als hübsch."

„Es hörte sich eher danach an, als bezeichnetest du mich als dumm."

„Wenn du es auf diese Weise verstehen willst", meinte er schulterzuckend und von ihr wegschauend. Dann platzte er lauter heraus als er während des ganzen Abends gewesen war. „Verdammt! Warum sind Frauen nur immer so empfindlich?"

„Vielleicht weil du sie als dumm bezeichnest." Lexi stand auf.

Plötzlich umschloss seine Hand die empfindsame Haut ihres Oberarms etwas zu fest. „Warte mal, du stehst auf und willst einfach gehen, nachdem ich meinen ganzen Abend verschwendet habe, um mit dir zu reden? Ich habe dir diesen Drink gezahlt!" Wütend wies er auf ihr leeres Glas.

Lexi nahm einen seiner Finger zwischen ihre und kniff energisch zu. Schnell ließ er sie los, war aber nun ebenfalls aufgestanden.

„Meinst du dieses Fünf-Dollar-Glas mistigen Whisky? Kurzmeldung Ron: Die Frauen schulden dir gar nichts, auch wenn du ihnen noch so viel ausgibst. Und selbst wenn ich dir in irgendeiner verkehrten Welt etwas schulden würde? Dann betrachte meine Schuld als beglichen, nachdem ich dir vierzig Minuten lang zugehört habe, wie du über Matt Damons—"

„Ray? Ray Fogerty? Bist du das?" Eine maskuline Hand sauste herunter und landete direkt auf Rays Schulter.

Unter der Wucht der Begrüßung knickten Rays Knie ein, und er wurde auf recht effektive Weise wieder auf den Barhocker zurückplatziert. „Mann, seit ich wieder in der Stadt bin, habe ich dich nicht gesehen."

Lexis Blick folgte der Hand, die immer noch Rays Schulter umklammert hielt, zu einem muskulösen Unterarm, bis zu einem sehr attraktiven Ellbogen und hinauf zu einer breiten Schulter des Mannes mit den eisblauen Augen. Er ragte von hinten über ihr auf, und sie konnte tatsächlich die Hitze spüren, die von seinem Brustkorb an ihren Rücken ausstrahlte. Sie erschauerte und widerstand dem Drang, sich in diese wohlige Wärme sinken zu lassen. Er war ein Fremder, und wie aus ihrer Interaktion mit Ray ersichtlich wurde, war die letzte Gelegenheit, als sie es mit einem Fremden probiert hatte, ja auch nicht besonders heiß ausgegangen.

„Ja, wie geht es dir, Eric?", murmelte Ray in sein Bier, der durch den hinter Lexi stehenden Mann deutlich eingeschüchtert war.

„Es geht gut. Wirklich gut. Konnte nicht umhin, zu bemerken, dass es hier etwas angespannt zur Sache ging", sagte der Mann, also Eric.

Lexi reckte den Kopf, um Eric direkt ins Gesicht zu schauen. „Anspannung ist offenbar mein zweiter Vorname in diesen Tagen", sagte sie zu ihm, und sein Gesicht wurde von einem Grinsen erhellt.

„Dann hast du wohl auch einen ersten Vornamen?", fragte er.

„Lexi."

„Ray, ich werde dich nun ablösen und dir Lexi hier aus den Händen nehmen, sodass du einen freien Abend bekommst."

Ray blickte sich nicht einmal mehr um. Seine Ohrspitzen färbten sich rot, aber er kippte sein restliches Bier hinunter und zog ein paar Geldscheine hervor, um seine Rechnung zu bezahlen.

Schon war Ray verschwunden, und Eric hatte seinen Platz eingenommen. Er reichte der hübschen Barkeeperin sein leeres Glas, und es war beinahe so, als wäre Ray niemals hier gewesen.

„Presto change-o", sagte Lexi und machte dann ein Geräusch, als würde man auf einer Bananenschale ausrutschen. Heute Abend fühlte sie sich etwas leichtsinnig. Durch den Whisky und all die Veränderungen in ihrem Leben.

„Wie bitte?", fragte Eric, während er ohne Worte eine weitere Runde Getränke für sie beide orderte.

„Ach nichts", erwiderte Lexi und wischte die Sache als unbedeutend weg. „Du hast nur so schnell mit Ray Platz getauscht, dass es ein ‚presto change-o', ein schneller Wechsel, war! Und das erinnerte mich an diesen alten Zeichentrickfilm ‚Presto Change-o', bei dem es all diese verschiedenen Arten von Soundeffekten gibt." Sie machte nochmals das Geräusch der Bananenschale.

„Klar, ich erinnere mich daran", sagte Eric, und in seinen Augenwinkeln zeigten sich Lachfältchen, als er sie anlächelte. Er gab einen melancholischen Posaunenton von sich, der Lexi zum Lachen brachte. „Welches Tier aus dem

Zeichentrickfilm wurde durch diesen Ton charakterisiert?"

„Eine Katze, glaube ich?"

„Könnte auch ein Bär gewesen sein."

„Nein, es hatte einen langen Schwanz. Auch das Mädchen hatte einen langen Zopf. Den konnte sie im Kreis schwingen wie ein Lasso und dabei rufen ‚komm her großer Junge'."

Dieses Mal war es Eric, der lachte. „Ich muss sagen, Anspannung scheint doch nicht wirklich dein zweiter Vorname zu sein."

Lexi wirkte plötzlich sichtlich ernüchtert.

„Ach du Schande", Eric zog eine Grimasse. „Mein neues Lebensziel ist, dir niemals wieder einen Anlass zu geben, solch ein Gesicht machen zu müssen."

„Also mir ging es ziemlich gut, bis du mich daran erinnert hast", sagte sie, während sie ihn spielerisch in die Seite stupste. Sie bemühte sich, die Fassung zu bewahren, als sie auf steinharte Muskeln traf, wo eigentlich weicher Bauch hätte sein sollen. „Ich habe diesen großen Umzug zu bewältigen, und heute Morgen musste ich etwas, das ich sehr liebte, verkaufen, um das durchzuziehen. Ich bin einfach…deprimiert. Und gestresst."

„Was musstest du verkaufen?", fragte er und machte auf spaßige Art übergroße Augen. „Deinen Körper? Oder noch besser: deine Jungfräulichkeit? Hast du sie an den Höchstbietenden versteigert?" Er legte eine Hand auf ihren Arm. „Bin ich nur um Stunden zu spät dran?"

Lexi merkte, dass sie wieder lachen musste, während sie spielerisch seine Hand wegschlug. Normalerweise verhielt sie sich nicht so dumm, und ganz gewiss nicht bei einem Mann, den sie gerade erst kennengelernt hatte. Da musste etwas in der Luft liegen. „Mehr als ein halbes Jahrzehnt zu spät. Diesen Preis habe ich an Steve Jessup ‚versteigert' für den hohen Preis von zwei Eintrittskarten zu einem Radiohead-Konzert an unserem dreiwöchigen Kennenlerntag." Erics Grinsen löste ein Kribbeln in ihrem Magen aus. „Was ist mit dir?"

„Wann habe ich ‚meinen Stängel versteigert'?", fragte Eric. Auf der Suche in seinen Erinnerungen legte er das Gesicht in Falten. „Hmmmm. Das war mit Shawny Lowenschuss. Und diesen Preis hat sie sich erobert, indem sie verdammt gut aussah in ihrer Cheerleader-Uniform."

„Cheerleaderin, soso." Lexis Gesicht verschwand in ihrer Hand, und dann ließ sie ihre Finger um den Rand ihres Glases streifen. „Das würdest du tun."

„Das tat ich", bekräftigte er mit vielsagend hochgezogenen Augenbrauen.

Und schon musste sie wieder lachen. Das war etwas, wofür sie seit viel zu langer Zeit keinen Anlass mehr gehabt hatte. Die Belastung der letzten paar Monate war allmählich unerträglich geworden. Da sie jeden zweiten Gehaltsscheck an ihren Vater schickte, schaffte sie es einfach nicht mehr, festen Boden unter die Füße zu bekommen. Nie war sie von der Verwirklichung ihrer Träume weiter entfernt gewesen.

„Vielen Dank, Marina", sagte Eric zu der Barkeeperin, als diese ihre Getränke vor ihnen abstellte. Und dann beugte sich Eric zur Überraschung beider

Frauen vor, packte Marina am Kinn und platzierte einen schnellen Kuss auf deren sehr schockierte Lippen. Das Lachen erstarb Lexi in ihrer Kehle. Was zum Teufel? Erst dieses ganze Flirten, und dann packt er einfach diese Barkeeperin und küsst sie?

Marina trat einen Schritt zurück, lächelte ihn etwas scheu und verwirrt an und entschwebte dann in Richtung Küche.

„Aaaaaaahhhhhh", war alles, was Lexi herausbrachte.

„Ich bin nicht in sie verknallt", sagte Eric schnell. „Ich kenne sie schon mein ganzes Leben. Aber heute Abend habe ich etwas Neues über sie erfahren. Und ich wollte etwas in Gang setzen. Die Dinge in Bewegung bringen."

„Was?", fragte Lexi, vollkommen verwirrt.

Eric wies zum Ende der Bar in Richtung eines sehr attraktiven Mannes mit dunklem Haar und dunklen Augen, der Eric gerade einen Vogel zeigte. Der Mann stand abrupt auf und verschwand durch die Küchentür, wo auch Marina gerade verschwunden war. In stillem Salut hob Eric sein Glas und prostete in ihre Richtung. „Dylan braucht manchmal einen Tritt in den Hintern, um aufzustehen und etwas zu unternehmen."

„Oder er braucht wohl eher einen kleinen Kuss auf die Lippen", sagte Lexi mit hochgezogener Augenbraue.

„Eifersüchtig?", fragte Eric sie mit einem selbstgefälligen Grinsen.

Aber Lexi hatte keine Gelegenheit zu antworten, da Dylan aus der Küche gestürmt kam, einige Geldscheine auf die Theke warf, die Bar umrundete und auf sie zukam.

„Echt nett, Eric", schnauzte Dylan. „Du bist derjenige, der so einen Unsinn abzieht, und sie denkt irgendwie immer noch, dass es meine Schuld sei."

Irgendwie konnte Lexi nicht widerstehen, sie packte Dylan am Kinn und platzierte ihm einen schmatzenden Kuss direkt auf seine Lippen. Er blinzelte sie überrascht an, völlig perplex, und Lexi plumpste wieder zurück auf ihren Barhocker.

Eric blieb der Mund offen stehen.

„Jetzt sind wir quitt", meinte Lexi an Eric gewandt, während sich über Dylans Gesicht ein Grinsen ausbreitete.

„Das glaube ich auch", sagte Dylan an Eric gewandt. „Schön, dich kennenzulernen, ich bin Dylan Quinn.

„Lexi Fischer." Sie schüttelten sich die Hand. „Hast du Probleme mit Mädchen, Dylan Quinn?"

Er zuckte die Achseln und stopfte die Hände in die Hosentaschen. „Keine, die meine Freunde für mich lösen müssten."

„Verständlich", sagte Lexi und prostete ihm zu. Aber sie bemerkte, dass sich seine Augen deutlich verdunkelten, als Marina mit einem Tablett mit Burgern und Pommes Frites aus der Küche kam.

„Ich werde nach Hause gehen", sagte Dylan, nickte ihnen beiden zu, drehte sich um und hastete aus dem Restaurant.

Lexi wettete, dass er keine Ahnung hatte, dass Marinas Blick ihm die ganze Zeit folgte.

Lexi wandte sich wieder Eric zu, um ihm ihre

Beobachtung mitzuteilen, als sie merkte, dass er sie immer noch mit offenem Mund anstarrte.

„Du hast gerade meinen Freund geküsst", sagte er.

„Ach, glaube mir: Das war keine Mühe. Er ist sehr gutaussehend", sagte Lexi und tat so, als würde sie durch die Menschenmenge noch einen letzten flüchtigen Blick auf ihn erhaschen wollen.

Eric platzierte einen einzelnen Finger an die Unterseite ihres Kinns und kippte ihren Kopf zurück, dass sie ihm direkt ins Gesicht sah. Sie konnte kaum den Schauer unterdrücken, der ihr den Rücken entlanglief, als er ihr so leicht Befehle erteilte. Sie hatte eine Schwäche für Männer mit einer gewissen Befehlsgewalt. Ein wenig *Tu, was ich sage, ist sich selbst der Preis.* „Bist du immer noch gestresst, Lexi?"

„Etwas", antwortete sie. Die Wahrheit war, dass seine Gegenwart allein sie bereits entspannte. Doch das änderte auch nichts an dem Haufen Mist, der ihr Leben mittlerweile geworden war.

Eric beugte sich etwas weiter vor. Lexi merkte, wie sie diese Bewegung wie ein Spiegelbild automatisch nachmachte. Dieses ganze ‚die Musik/andere Menschen/die Welt tritt in den Hintergrund' passierte erneut. Und Lexi fand sich mit dem bestaussehenden Mann, den sie je gesehen hatte, in einem wunderbaren wirbelnden Strudel wieder.

„Ich kann mir eine wirklich großartige Art und Weise vorstellen, wie du deinen Stress los wirst", sagte er mit leiser heiserer Stimme.

Lachend warf Lexi ihr Haar zurück und beugte sich näher heran. „Darauf würde ich wetten."

„Könnte allerdings eine etwas schweißtreibende Angelegenheit werden", sagte er, während er eine Strähne ihres glänzenden Haares durch die Finger zog. „Könnte etwas grob sein für ein solch feingliedriges Mädchen wie du es bist."

Auf einmal war die witzige Atmosphäre vorbei, und Lexis Herz fing wild zu hämmern an, als sich in ihrem Kopf ungestüme Bilder dessen abspielten, was er ihr da ins Ohr flüsterte. Sie beide, ineinander verknäult und schweißgebadet auf dem Rücksitz ihres Autos auf dem Parkplatz. Oder im Badezimmer der Bar. Oder, verdammt nochmal, hier, gleich jetzt. Lexi trank einen Schluck. Sie war offensichtlich schon ein wenig zu lange hier. Sie musste sich beruhigen.

„Ich glaube nicht, dass ich jemals zuvor als feingliedrig bezeichnet wurde", sagte sie, und auch wenn sie gerade flirtete, so war es doch die Wahrheit. Sie war stark, direkt. Und oft wurde sie als einschüchternd beschrieben.

Er lehnte sich etwas zurück, aber seine Knie befanden sich nun jeweils an jeder Seite ihrer Knie, so dass sie eingefangen war. „Du glaubst also, dass du mit einem gewissen Gehämmer zurechtkommen würdest?"

Großartig! Lag es an ihr oder hatte die Hitze in diesem Raum plötzlich zugenommen? „Wie bitte?"

Und wieder grinste er. „Hast du jemals eine Mauer niedergerissen mit nichts anderem als einem Schlegel, und

28

dabei die Wut, die du niemals herausgelassen hast, auch mit weggerissen?"

„Wie bitte?", fragte sie erneut.

„Ich habe gerade eine Ranch gekauft, ungefähr eineinhalb Kilometer von hier. Da gab es eine alte Scheune, die ich wegreißen musste, und ich kann dir sagen, das hilft mehr als jede Therapie."

Lexi lehnte sich zurück, und ein überraschtes leichtes Lächeln umspielte ihre Lippen. „Du meinst es ernst."

„Ernst wie ein Kobrabiss." Er warf ein paar Geldscheine auf die Theke. „Kommst du mit?"

Sie neigte den Kopf zur Seite und musterte ihn. Er war auf jeden Fall attraktiv. Sein Körper rank und schlank, und sein Gesicht das eines griechischen Gottes. Aristokratisch. Bis auf das große breite Grinsen, das es in zwei Hälften zerlegte. Und diese besonderen Augen. Blauer als der Himmel an einem klaren Tag. „Ich verschwinde nur kurz mal für kleine Mädchen."

Eric nickte, lächelte und zeigte damit an, dass er warten würde. Sie rutschte vom Barhocker und schlängelte sich durch die Bar in Richtung Badezimmer. Halb dort angekommen, traf sie unvermittelt auf die Barkeeperin.

Lexi tippte sie an der Schulter an. „Hallo!"

Marina drehte sich um und wurde sofort blass. „Ich gehe nicht mit ihm. Er gehört ganz dir. Ich habe echt keine Ahnung, warum er mich geküsst hat. Ich—"

„Langsam, langsam!" Abwehrend hielt Lexi die Hände hoch, als ihr klar wurde, dass die Frau dachte, sie würde wie eine Verrückte auf sie losgehen oder sowas.

„Schnee von gestern, Mädchen. Da ist schon mehr nötig, damit ich anfange, in einer Bar loszuschlagen. Eigentlich", Lexi legte den Kopf schief und tat so, als würde sie intensiv nachdenken, „glaube ich nicht, dass ich niemals in einer Bar losschlägern würde."

Marina bedachte sie mit einem erleichterten Lächeln. „Gibt es irgendetwas, womit ich dir helfen kann? Willst du einen Drink bestellen?"

„Nein", sagte Lexi. „Ich schätze, ich wollte nur etwas über ihn erfragen." Sie wies mit einem Kopfnicken in die Richtung, wo Eric an der Bar auf sie wartete. „Mit ihm weggehen. Ist das sicher? Nicht sicher? Sollte ich stattdessen lieber einen Termin für einen Gehirnscan machen? Von Frau zu Frau: Was denkst du?"

Marina schaute zu Eric und brauchte nicht einmal einen Sekundenbruchteil, um zu antworten. „Sicher. Großartige Idee. Noch großartigerer Typ. Du hast dir einen von den guten Kerlen geschnappt."

Ohne weitere Worte verschwand Marina wieder hinter der Bar, um weiterzuarbeiten, und Lexi lächelte seit Langem wieder einmal richtig froh.

KAPITEL ZWEI

Somit bemerkte Eric, während er die gewundenen Bergstraßen zu seiner Ranch hinauffuhr, dass hier in Montana noch etwas anders war. Eine Frau aufzugabeln. In L.A. musste alles pompös und angeberisch sein. Beeindruckender, teurer Alkohol. Butterweiche Ledersitze eines Maserati. Zusammen in die Glitzermetropole Hollywood davondüsen. Und dann in seinem schicken Wintergarten landen oder in ihrem.

Nicht, dass er das seit sechs Jahren je wieder getan hatte. Nicht seit… Nein! Heute Abend wollte er nicht wieder über Brianne nachdenken. Nicht, wenn Lexi als Beifahrerin in seinem Truck saß, mit offenen Fenstern und dem samtschwarzen Himmel Montanas, der gleichzeitig so nah und so weit entfernt aussah.

Er sah, wie Lexi auf ihrem Sitz herumrutschte und mit ihren Fingern einen Rhythmus auf ihr Bein trommelte. Ihr sehr hübsches Bein. Ihr sehr ablenkendes Bein. Eric riss seine Augen davon los und schaute wieder auf die Straße.

Es verriet ihm, dass sie nervös war. Und warum sollte sie das nicht sein? Sie hatte gerade die Zivilisation verlassen mit einem Mann, den sie nicht kannte. Und jetzt fuhr er mit ihr mitten in der Nacht einen Berg hinauf. Er wollte sie beruhigen.

„Der beste Teil kommt noch", sagte er und versuchte, nicht zusammenzuzucken, als sie bei seiner plötzlichen Stimme erschrak.

„Was?"

„Der beste Teil der Fahrt zu meiner Farm kommt genau in fünf, vier, drei, zwei und TATA!" Er wirbelte mit seiner Hand, als würde er einen Zaubertrick präsentieren, als der Wagen um die letzte Kurve glitt, aus einer Baumgruppe herauskam, und die Bergkuppe plötzlich erreicht war. Unter ihnen erstreckte sich ein dunkles Tal, das sich kilometerweit ausdehnte. Der Himmel war plötzlich fünfmal so groß wie vorher.

„Wahnsinn!", murmelte Lexi. „Es kommt mir vor, als wären wir gerade in eine weit weit entfernte Galaxie getaumelt." Sie beugte sich über das Armaturenbrett vor, um durch die Windschutzscheibe in den unheimlich weitläufigen Nachthimmel zu spähen.

„Ich weiß. Es ist unheimlich schön", stimmte Eric zu. „Ist dir jemals aufgefallen, dass in manchen Nächten die Sterne einfach nur Sterne sind? Und in manchen Nächten sind sie..." Er zuckte die Achseln. „Ich kann es nicht erklären."

„Nein", sagte Lexi, und Eric war erfreut, als sie einen ihrer mit Chucks bekleideten Füße auf das Armaturenbrett legte. Das bedeutete, dass sie sich nun wohler fühlte. „Ich glaube, ich weiß, was du sagen willst. In manchen Nächten schaust du die Sterne an, und sie erinnern dich daran, dass sie Sterne sind. Denn du weißt es, logo, was denn sonst. Aber dann gibt es Nächte, in denen du sie siehst und sie dich daran erinnern, dass du auf einem Planeten stehst. Auf einem winzigen Planeten in dem ganzen riesigen Universum."

„Genau!" Er konnte nicht glauben, dass sie verstanden hatte, worüber er gesprochen hatte. „Und nicht nur ein winziger Planet. Sondern du erinnerst dich daran, dass du ein noch winzigerer Mensch bist." Er hob Finger und Daumen in einem Abstand von zwei Zentimetern hoch.

Lexi langte hinüber und drückte seine Finger noch ein wenig näher zusammen, und die glitzernden Ringe an ihren Fingern blitzten im Dunkeln auf. „Eher so."

Eric grinste, als er die Wärme aus ihrer Hand in seine strömen spürte. „Siehst du die Lichter dort unten? Die zwei bläulichen und das orangene dazwischen?"

Lexi setzte sich auf und schaute dorthin, wo er hindeutete. „Ja."

„Das ist meine Farm. Das sind die Verandalichter an dem Gehöft. Und das vierte Licht dort drüben, da wirst du mir deine beeindruckenden Fertigkeiten demonstrieren."

„Du willst wirklich eine ganze Scheune niederreißen? Warum?"

Eric zog eine Grimasse. „Termitenbefall."

„Ach du Schande!"

„Ja, aber der Farmbesitzer war ehrlich zu mir, als er mir davon berichtete. Sie niederzureißen und neu aufzubauen ist ein geringer Preis, den ich zahlen muss, im Vergleich zu den Plänen, die ich für das Land habe. Das

Haus ist vollkommen in Ordnung. Ich bin schon größtenteils eingezogen."

„Du willst es also renovieren, um es in was zu verwandeln", ermunterte sie ihn, weiterzureden.

Eric lenkte das Auto einen schmalen Feldweg hinunter, eine letzte Biegung bergabwärts, wo das ebenere Gelände war, auf dem die Farm stand.

„Eine Pferderanch."

Lexi gab ein kleines Geräusch von sich, das Eric nicht genau deuten konnte. Es könnte halb Freude und auch halb Trauer sein. Er verharrte, wartete darauf, dass sie das etwas ausführlicher erklären würde, aber als sie das nicht tat, redete er einfach weiter.

„Ja, ich habe ungefähr zwanzig Hektar Land, also könnte ich eine ziemlich stattliche Anzahl Pferde halten."

„Vielleicht weniger als du denkst", sagte Lexi, während sie in die Dunkelheit starrte. „Das hängt von vielen Faktoren ab, Bodenbeschaffenheit, Geländeform, Bewuchs."

„Weißt du viel über Pferde?" Er blickte sie neugierig an, während er seinen Truck durch die Dunkelheit lenkte, die lange, enge Einfahrt hinunter, die sein Land in zwei Hälften teilte.

Lexi zuckte die Schultern. Eine Sekunde lang überzog Traurigkeit ihr Gesicht, ehe sie sie hinter einem zuversichtlichen Grinsen verbarg. „Ich weiß eine Menge über viele Dinge. Willst du die Pferde für Rennen züchten?"

„Könnte sein. Ich bin mir noch nicht sicher, habe noch

keinen genauen Plan. Vielleicht gefällt mir das Farmleben auch so gut, dass ich die Farm in eine Pension verwandele. Um den Stadtmenschen das Gefühl für das einfache Leben zu vermitteln."

Lexi schaute ihn mit zusammengekniffenen Augen an. „Ganz schön großes finanzielles Risiko, wenn man keinen Plan hat."

Eric hielt bei der Scheune an. Er war sich ziemlich sicher, dass sie nicht wusste, wer er war, als sie sich in der Bar trafen. Nicht, dass er berühmt war oder sowas, aber manche Frauen legten Wert darauf, das Gesicht eines Milliardärs zu erkennen. Wenn sie dachte, dass es ein großes finanzielles Risiko darstellte, dann wusste sie nicht, dass er Eric Davenport war. Dann war sie nicht wegen des Geldes hier bei ihm, und das gefiel ihm sehr.

In L.A. war er Eric Davenport, der Milliardär. Hier in Montana war er Eric Davenport, das Kind, das die Sommer hier verbracht hatte, in Kalifornien reich geworden war und jetzt zurückkam, um das gute Leben zu finden.

Hier und jetzt, für Lexi, war er einfach Eric.

Und auf irgendeine seltsame Art fühlte es sich nicht richtig an, Lexi zu sagen, dass er Milliardär war, aber genauso wenig fühlte es sich richtig an, ihr zu sagen, dass er nur ein aufstrebender Farmer war.

Vielleicht war das ja auch nur sein eigenes Problem mit seiner eigenen Identität, das da seine hässliche Fratze zeigte. Ja, er entwickelte sich weiter, aber auf gewisse Weise wusste er nicht mehr so genau, wer er eigentlich war.

„Zur Zeit halte ich den Baumarkt meiner Großeltern am Laufen, während sie in Urlaub sind", sagte er schließlich. „Auf diese Weise habe ich ein hübsches regelmäßiges Einkommen." Eine Version der Wahrheit, aber warum sollte er ihr mehr erzählen? Vielleicht mal irgendwann, aber zum jetzigen Zeitpunkt wusste er nicht, ob er einen Grund dafür hatte. Im Moment war Lexi einfach eine attraktive Frau, die er in einer Bar kennengelernt hatte. Eine, die seit langer Zeit sein Interesse mehr als jede andere Frau erregt hatte.

Lexi nickte und sprang wie ein Könner vom Truck herunter. „Du Glückspilz. Ich schufte wie ein Tier, um etwas beiseitezulegen, aber irgendwie rieselt mir das Geld nur so durch die Finger. Nicht, dass ich etwa eine Verschwenderin wäre, aber immer wieder kommt so eine unerwartete Rechnung daher, du weißt schon?"

Er ging mit ihr zu der großen baufälligen Scheune. Durch das Mondlicht wurde das verrottende Holz versilbert, sodass es beinahe wie ein Piratenschiff aussah, das dort auf seinem dunklen Ankerplatz lag. Obwohl er nie um Geld hatte kämpfen müssen, verstand er dennoch die Möglichkeit, dass man der Tatsache blind gegenüberstand, wenn das Leben einen unerwarteten Umweg machte. Er fragte sich, was für Umwege es in Lexis Leben gegeben hatte, und wollte sie gerade danach fragen, als sie den Kopf zurückwarf. Ihr glänzendes Haar fiel ihr über eine schlanke Schulter, sie hielt einen Finger hoch, und ihre Ringe funkelten ihn an. „Aber warte mal! Ich dachte, wir seien hier, damit ich ein wenig Anspannung abbaue, nicht um meine Kreditwürdigkeit zu diskutieren."

Der Geschäftsmann in Eric fragte sich kurzzeitig, wie es um ihre Kreditwürdigkeit bestellt sein könnte, aber der Mann in ihm fragte sich, wie wohl ihr Hintern in diesen Jeans aussehen würde, wenn sie mit dem Schlegel gegen die Scheunenwand schlug.

Grinsend packte Eric ihre Hand und zerrte sie zu der Scheune.

„Toll, dieses Ding ist ja direkt aus ‚Kinder des Zorns'", murmelte Lexi, während sie hinter Eric her torkelte und Spinnweben aus ihrem Haar streifte.

„Ich weiß", meinte er mit noch breiterem Grinsen. Er zog sie hinüber zu der Rückwand der Scheune, die schon fast vollständig niedergerissen war. Durch das zackig herausgebrochene Loch konnten sie den dunklen Berg über das Tal aufragen sehen. Eric holte den Schlegel, den er dafür benutzt hatte, aus der Ecke und hielt ihn Lexi entgegen.

„Ich sage dir. Das ist besser als Yoga."

Verwundert zog sie eine Augenbraue hoch, nahm aber den großen Hammer aus seinen Händen. „Was weißt du über Yoga?"

Jetzt war er derjenige, der eine Augenbraue hochzog. „Die meiste Zeit meines Lebens lebte ich in L.A. Glaub mir, ich kann dich locker mit *Chaturanga-Stützen* übertrumpfen."

Lexi versuchte, nicht zu lächeln. „Vielleicht werden wir deine kleine Theorie einmal einem praktischen Test unterziehen müssen."

„Jederzeit, überall. Aber jetzt hör mal auf, Zeit zu schinden. Fangen wir damit an!"

„Klingt einfach", meinte Lexi achselzuckend, ging zur Wand hinüber und hob den Schlegel über den Kopf.

Eric erwischte sie am Handgelenk, bevor sie den Hammer auch nur einen Zentimeter schwingen konnte. „Nein, hör auf! Wenn du einfach so loslegst, da nimmst du der Sache ja die ganze Romantik."

Lexi stieß ein überraschtes Lachen aus und wandte ihm das Gesicht zu. „Romantik? Wenn man eine Wand niederreißt?"

„Klar", meinte Eric achselzuckend. „In allem steckt Romantik. Glaub mir! Du bemühst dich ein bisschen, verführst die Wand ein bisschen, und schon zahlt es sich weitaus mehr aus."

Jetzt musste Lexi wirklich lachen. „Du willst, dass ich die Wand zu einem gediegenen Abendessen einlade? Gähne und meinen Arm um ihre Schulter lege beim Drive-in?"

Er lächelte auch, nahm Lexi an den Schultern und drehte sie herum, sodass sie die Wand anschaute. Der Druck seiner Hände war leicht, aber beständig. Er stand nahe genug bei ihr, dass sie die Hitze seines Körpers spüren konnte. Er widerstand dem Drang, mit seinen Fingern über die glatte Haut ihrer Schultern zu streifen.

„Okay. Bleibe hier bei mir, Lexi! Diese Wand ist keine Wand. Sie ist die reale Abbildung jeder beschissen gelaufenen Sache in deinem Leben. Jeder Termin, bei dem du zu spät gekommen bist. Jeder ekelhaft neugierige Nachbar. Jede Reifenpanne."

Sie drehte den Kopf zurück, um ihn anzuschauen, und bei dieser Bewegung rutschte der eine Träger ihres Tops über seinen Daumen. „Das sind nicht meine Probleme, Eric."

„Also entweder sagst du mir deine Probleme, damit ich dir helfen kann, sie zu visualisieren, oder du füllst die Lücken einfach selbst in deinem Kopf aus."

Sie nickte, hielt aber die Lippen fest zusammengepresst, und Eric merkte, dass er irgendwie enttäuscht war, dass sie ihm nicht sagte, was sie so sehr belastete.

„In Ordnung, ich visualisiere", sagte sie.

„Okay, also stelle dir diese Probleme vor, als würden sie von einem Projektor wie ein Film an diese Wand projiziert. Und wenn du mit dem Hammer diese Wand bearbeitest, zerbersten diese Probleme in die Nacht hinaus."

„Ja", flüsterte sie, und Eric wusste, dass sie von seinen Worten in Bann gezogen worden war.

„Schwinge nicht einfach nur den Hammer", erklärte er ihr. „Benutze jeden Muskel deines Körpers! Fang hier an!" Er ließ eine Hand auf ihren Bauch fallen, spürte die Wärme ihres straffen Bauches durch ihr dünnes Shirt. „Du wirst dich verwinden und spüren, wie es hier drinnen brennt. Und dann wirst du es hier spüren." Er streifte mit einer Hand an der geschmeidigen Linie ihres Rückgrates hinauf, fast bis zu ihrem Haaransatz. „Deine Schultern

werden als nächstes drankommen." Zwei Hände
wanderten leicht über ihre Schultern, zu ihren Ellbogen
hinunter. „Sogar deine Hände, die den Griff fest
umklammern, werden es auch spüren." Für nur eine
Sekunde umklammerte er mit seinen Händen ihre. „Du
wirst deine Füße fest platzieren müssen." Mit seinen
Füßen tippte er an die Außenseite ihrer Schuhe. „Und dann
schwingst du. All deine Frustration, all deinen Stress
ziehst du aus dir heraus wie Wasser aus einem Brunnen.
Und es wird brennen. Glaub mir! Es wird dir irgendwie
aus deinen Muskeln herausgezogen. Aber dann
zertrümmerst du den ganzen Scheiß an dieser Wand. Und
es wird dir höllisch besser gehen. Du wirst dich freier
fühlen."

Ihre Atemzüge hatten sich in keuchendes
Luftschnappen gewandelt. Und seine eigenen auch. Sein
Herz raste, als würde es versuchen, über den vier
Zentimeter breiten Abgrund zwischen seinem Brustkorb
und ihrem Rücken zu springen.

Sie machte einen Schritt von ihm weg, näher an die
Wand, und sofort fehlte ihm die ungezähmte Hitze, die aus
ihrem Körper ausstrahlte. Er war beinahe hypnotisiert von
ihr, wie sie einen Schritt vorwärts machte und den
Schlegel wie ein Baseball-Spieler heranzog. Sie platzierte
ihre Füße, wie er es ihr gesagt hatte, und holte zum
Schwung aus.

Eric riss die Augenbrauen hoch. Er war maßlos
beeindruckt. Sie hatte keine Testschwünge gebraucht, um
sich zu orientieren. Der Hammer brach mit einem

widerhallenden Knall explodierend durch die Wand. Die alte Scheune ächzte laut, während sich Lexi auf den nächsten Schwung vorbereitete.

Als der Schlegel dieses Mal auf die Wand traf, wurde die gesamte Scheune durch die Wucht ihres Schlages erschüttert, und die Bretter flogen drei Meter weit. Lexi stieß ein zufriedenes Stöhnen aus, was Eric veranlasste, sich zu bewegen, da seine Hose auf einmal wieder zu eng wurde.

Sie sah wunderschön aus, war alles, was er denken konnte. Da stand sie, mit bloßen Armen und angespannten Muskeln, in den blauen Schatten der alten Scheune. Ihr langes Haar floss über ihren Rücken hinunter. Ihr Gesichtsausdruck war fast verspielt, auch anmutig, und ihr Körper frei von jeder Verschönerung oder Schmuck außer den Ringen an ihren Fingern. Als er sie so musterte, gewann Eric den Eindruck, dass sie eine Frau war, die es gewohnt war, Dinge anzupacken. Ihren Körper einzusetzen. Sie hatte nicht das zarte, kultivierte Aussehen wie die Frauen in L.A., die er kannte. Frauen, deren Körper eher so etwas wie eine Leinwand waren für ihre eigenen Schönheits-Kunstprojekte. Daran war ja nichts Falsches, natürlich. Aber es lag schon etwas sehr Anziehendes in dem Aussehen dieser Frau im Top, mit Jeans und Turnschuhen, ohne Makeup. Etwas sehr Anziehendes in einer Frau, die ein Werkzeug so in der Hand hielt, als hätte sie auch vorher schon einmal so etwas benutzt.

Und auch dieser Hintern in diesen Jeans hatte etwas

schmerzhaft Anziehendes. Großer Gott! Die Frau hatte einen perfekten Hintern. Schonungslos riss Eric den Blick davon los, als sie sich zu ihm umdrehte. Sie keuchte vor Freude und grinste, als sie merkte, was er angestarrt hatte.

* * *

Lexi schob eine Hüfte vor und gab Eric so auf verspielte Weise eine bessere Sicht auf ihren Hintern. Er hatte es verdient, für so eine gute Idee wie diese belohnt zu werden. Der Mann ließ sie zu ihrer eigenen Läuterung seine Scheune niederreißen.

Und es funktionierte.

Sie war entspannter als sie sich seit Jahren gefühlt hatte. Sie hatte sich auf dieser Wand ihr Bankkonto vorgestellt. Während der letzten zwei Jahre hatte sie drei Jobs gehabt, um sich über Wasser zu halten, und dennoch hatte sie von Maple Abschied nehmen müssen. Sie hatte sich ihren Vater vorgestellt, der all seine Träume aufgeben hatte müssen, nur um ihr ein gutes Leben zu ermöglichen. Ein geregeltes Leben.

Dieser Gedanke veranlasste Lexi, sich wieder von Eric abzuwenden. Zurück zur Wand. Sie holte mit dem Schlegel aus, kniff die Augen zusammen und stellte sich das Gesicht ihres Vaters vor, so gutaussehend und freundlich. Sie stellte sich ihn so vor, wie er auf Bildern zu sehen war, als er ein junger Mann gewesen war. Ein Aussehen wie ein Filmstar und hochfliegende Pläne und Hoffnungen. Er hatte Schauspieler werden wollen. Wollte nach Hollywood gehen. Aber Lexis Mutter war mit ihr schwanger geworden, und so war er geblieben. Er hatte sich für seine Tochter entschieden und sie groß gezogen. Lexi holte Schwung mit dem Hammer. Und sie zertrümmerte natürlich nicht das Bild ihres Vaters. Sie zertrümmerte das Bild all seiner Träume, seine Ziele, die er aufgegeben hatte.

Sie hatte Jahre verbracht, um herauszufinden, wie sie sich dafür dankbar erweisen könnte, obwohl sie eigentlich niemals gewollt hatte, dass ihr dies passierte.

Wieder hob Lexi den Hammer. Auf ihrer Haut brach leichter Schweiß aus. Sie konnte hören, wie sich Eric hinter ihr bewegte, seine Stiefel knirschten auf dem Kies. Ein leises Geräusch bloß, aber es rief ihr ins Gedächtnis, dass er da war. Nicht, dass sie daran erinnert werden musste. Ihr Körper summte immer noch an all den Stellen, die er berührt hatte. Als seine Hand auf ihrem Bauch gelegen war. An ihrem Rücken und über ihre Arme gestrichen war. Sogar die Berührung mit seinen Schuhen an ihren. Jede Berührung, und war sie auch noch so harmlos erschienen, hatte sie irgendwie aufgeweckt. Jede Berührung war ihr so unter die Haut gegangen, dass alles zu einem lebhaften Energieschub verschmolzen war.

Sie wurde von einem sexuellen Energieschub durchzuckt, der ihr eine Kraft schenkte, von der sie kaum wusste, dass sie sie hatte. Die Wand vor sich zu zertrümmern, würde ihre Spannung nicht lösen, erkannte sie plötzlich schlagartig.

Nur eins konnte das — wenn sie den Mann hinter sich

berührte.

Er war diese Sorte Mann, bei dem du dich glücklich schätzen konntest, wenn du mit ihm eine Nacht deines Lebens verbringen konntest. Jemanden, an den du denken konntest, wenn du alt wärst und auf deiner Schaukel auf deiner Veranda sitzen würdest. Normalerweise würde sie so etwas niemals tun, aber nun war sie hier, zertrümmerte ihren Stress und zog in Betracht, sich auf einen Mann zu stürzen, den sie gerade erst kennengelernt hatte.

Aber eins nach dem anderen. Sie würde sich diese Gelegenheit nicht entgehen lassen. Sie holte sich die letzten Bilder vor ihr inneres Auge, die sie zertrümmern musste. Ein Kaleidoskop aller Dinge, die sie an der Verwirklichung ihrer Träume hindern könnten. Jede klebrige Spinnwebe, die das Leben im Angebot hatte. Was verwirrend war, denn manche waren gleichzeitig gut als auch schlecht. Pleite gehen ging Hand in Hand mit sich Verlieben. Verstrickungen, die sie hier irgendwo im Nirgendwo in Amerika festhielten. Krankheit, ein kaputt gegangenes Auto, ein sehr gutaussehender Mann…

Ein Mann wie Eric…

Ein Mann, auf den sie sich nicht einlassen durfte.

Zumindest nicht für mehr als eine Nacht.

Aber heute Abend? Könnte sie das tun?

Könnte Eric ihr Abschiedsgeschenk an sich selbst sein?

Es war nicht typisch für sie, sich ihm zuzuwenden und den Schlegel beiseite zu werfen. Es war nicht typisch für sie, ihn schweratmend anzustarren und auf ihn zuzugehen.

Es war nicht typisch für sie, sich das Top vom Körper zu reißen.

Und es war gewiss nicht typisch für sie, ihn am Nacken zu umfassen, ihre Beine hoch und um seinen Körper zu legen und von seinem Mund zu trinken, als wäre es der beste Whisky.

Und dennoch tat sie all dies. Bevor das Summen verschwunden sein könnte. Bevor sich ihr Kopf wieder einschaltete.

Sofort fanden Erics Hände ihren Hintern. Seine Berührung war stark und sicher, nicht zögernd vorantastend. Lexi konnte nicht genug davon bekommen. Seine Hände fühlten sich an wie ein Anker, der sie an der richtigen Stelle hielt. Ohne seine Berührung würde sie den Boden unter den Füßen verlieren.

„Zum Haus", murmelte Eric, als er seinen Mund von ihrem losgerissen hatte.

„Zu weit weg", erwiderte sie, während sie mit ihren empfindsamen Lippen über sein stoppeliges Kinn streifte. „Genau hier."

Tief in seiner Kehle stieß er ein Knurren aus, dann nahm er wieder ihre Lippen und suchte mit seiner kräftigen Zunge nach ihrer. Ihre Aromen vermengten sich. Das eine stark, das andere zart, und keiner konnte genug bekommen.

Als sich sein Mund zu ihrem Hals und zu ihrem Schlüsselbein bewegte, wölbte sich Lexi ihm entgegen und ließ den Kopf zurückfallen. Kurz darauf setzte er ihre Füße auf dem Boden ab und drehte sie herum.

Lexi erschauerte, als er mit seinen Händen wieder genauso über ihre Arme streifte wie vorhin, als er mit ihr über das Zertrümmern der Wand gesprochen hatte. Seine Vorderseite presste sich an ihren Rücken, während er seine Finger mit ihren verschränkte, ihre Hände hochhob und ihre Handflächen auf einen alten Holzbalken platzierte.

Er benutzte nichts, um sie einzuschränken, aber Lexi hatte das Gefühl, als sei sie an Ort und Stelle festgehalten. Sie spürte seine Hände auf ihrem Körper, auch wenn er sie gar nicht berührte. Seine Hände wanderten wieder über ihren Rücken hinauf, spurten ihr Rückgrat nach. Und dann streiften sie über ihren Bauch. In einer festen, selbstsicheren Bewegung kamen Erics Hände über ihre Hüftknochen hinauf bis zur Unterseite ihrer Brüste und wieder zurück.

Sie erschauerte, als er mit seinen Fingern über ihren Hosenbund streifte und mit seinem Mund auf ihrem Nacken landete.

Mit einer schnellen Bewegung wischte er ihr Haar von ihrem Rücken weg und stöhnte.

„Ach Gott", murmelte er, mehr zu sich selbst als zu ihr. „So wunderschön!"

Er öffnete ihren BH, streifte ihn über ihre Arme ab und platzierte ihre Hände danach wieder auf dem Balken. Und dann fielen ihm ihre Brüste in die Hände, während er an ihrem Ohrläppchen knabberte.

Lexi war auf die elektrisierende Wirkung nicht vorbereitet, die das Streifen seiner Daumen über ihre Brustwarzen hatte. Natürlich war sie auch schon vorher mit Jungs zusammen gewesen, aber so etwas hatte sie noch nie zuvor gespürt.

Und dann war die Hitze von ihm verschwunden, und sie reagierte enttäuscht. Lexi schlug verwirrt die Augen auf, die Luft um sie herum fühlte sich auf einmal kühl an. In dem Moment tauchte Eric unter ihren Armen durch und fiel vor ihr auf die Knie. Ehrfurchtsvoll knöpfte er den Knopf ihrer Jeans auf und zog sie über ihre Hüften hinunter.

In diesem Moment könnte sie eine Million Dinge sagen, aber sie konnte nur spüren und fühlen und empfinden. Das Rutschen ihrer Jeans über ihre Hüften, seine starken selbstsicheren Hände an ihren Fußknöcheln, als er ihr half, aus den Schuhen und der Jeans zu steigen, und dann sein stoppeliges Kinn, als er an der Innenseite ihres Beines entlang nach oben streifte.

Lexi stöhnte auf, als er an der Innenseite ihres Oberschenkels knabberte. In den silbrigen Schatten der Scheune grinste er sie an und knabberte an der anderen Seite.

Sie war sich sicher, dass ihr Herz sogleich zerspringen würde. Ihre Atemzüge kamen nun in abgehackten Schüben. Jetzt trug sie nur noch ihre Unterwäsche, während sie immer noch den Balken vor sich umklammert hielt.

„Lexi!" Seine Stimme war tief und heiser und ließ sie buchstäblich dahinschmelzen. „Ich will dich hier küssen." Eine Hand berührte federleicht ihre intimste Stelle. Sie stöhnte auf und spreizte die Beine weiter. Blitzartig trat ein

Grinsen auf sein Gesicht, aber er machte weiter. „Und dann werde ich hier und dort an dir saugen." Und wieder elektrifizierten seine Daumen ihre Brustwarzen, und sie konnte nicht anders, als sich ihm entgegenzuwölben. Er hakte seine Daumen seitlich an ihrem Slip ein und begann, ihn hinunterzuziehen.

„Und was dann?", fragte sie atemlos.

Ihre Blicke trafen sich, als er ihr aus ihrer Unterwäsche half, nacheinander eine starke Hand an jedem ihrer Fußknöchel. Mit seiner schwieligen Handfläche strich er an ihrem Bein entlang hinauf, dann ergriff er ihr Knie und warf sich ihr Bein über die Schulter.

Als er sie so anstarrte, das Gesicht halb im Schatten und halb von Mondlicht beschienen, sah er so unheimlich gut und so gefährlich aus. Sein Haar war zerzaust, durch seine Schultern war sein Hemd bis zum Zerreißen gespannt.

„Wenn du danach noch sprechen kannst, wirst *du* mir sagen, was als nächstes kommt." Er befeuchtete seine Lippen und streckte die Hand nach einer ihrer Hände aus, die immer noch den Balken umklammerten. „Du wirst dich hier weiterhin festhalten wollen." Dann ließ er ihre Hand in sein Haar fallen, kippte ihre Hüften nach vorn und tauchte ein.

* * *

Sie schmeckt wie eine süße Frucht, dachte Eric. Heiß und reif zerbarst sie auf seiner Zunge. Er hatte immer Gefallen daran gefunden, mit einer Frau Sex zu haben, aber das war zweifellos die erotischste Erfahrung seines Lebens. Lexi packte sein Haar, erschauerte an ihm, und ihr Bein lag wie eine Schraubzwinge über seiner Schulter. Er hatte nie eine Frau so selbstvergessen gesehen wie sie, ihr Kopf war zurückgeworfen, und ihr Haar fiel wasserfallartig fast bis zum Boden.

„Ahhh", stöhnte sie, als könnte sie nicht glauben, was geschah. „Ach Gott!"

Eric hatte den Frauen, mit denen er zusammen war, immer Vergnügen bereiten wollen, und das hatte er natürlich, aber mit Lexi *brauchte* er ihr Vergnügen unbedingt. Immer und immer wieder kostete er sie, umkreiste ihre perfekte Klitoris mit seiner Zunge und saugte, als ihn das Bedürfnis nach ihr überwältigte.

Sie schnappte nach Luft, stöhnte auf und rieb sich an ihm, und das veranlasste Eric, aufzustöhnen. Sie so zu spüren. Ihre verspielte, peitschende Energie. Sie war eine Göttin für ihn, als er seinen Blick an ihrem Körper hinaufwandern ließ, ihr superlanges Bein über seiner Schulter. Ihre Brüste waren perfekt und üppig und vibrierten bei jedem Stoß ihrer Hüften, als sie auf seinem Gesicht ritt. Mehr als alles wollte er, dass sie zu ihrem Orgasmus kam. Und wenn es ihn umbrachte, würde ihm das nichts weiter ausmachen.

Er saugte und saugte an ihr, ächzte und stöhnte angesichts ihres Aromas und wie geschmeidig und weich sie sich anfühlte. Und dann war seine Zunge in ihr und befühlte jede Seite des Himmels, den er dort vorfand. Lexi schrie auf und versteifte sich, als sich ihr enger Kanal um seine Zunge krampfte. Doch Eric hörte nicht auf und trieb sie durch ihren Orgasmus und darüber hinaus.

„Eric", sagte sie, halb zwischen Stöhnen und Keuchen. „Eric."

Eric kam etwas weiter hoch auf seinen Knien und hielt Lexi im Gleichgewicht. Stellte ihren Fuß wieder auf den Boden und legte ihre Hand wieder auf den Balken. Er war so groß, dass er sich, wenn sie sich ein wenig hinunterbeugte, mit ihren Brüsten auf Augenhöhe befand.

Er ließ ihr kaum einen Augenblick, um sich zu erholen. Schon war sein Mund wieder dort auf ihr. Gierig saugte er an ihrem elektrisierten Körper. Er war gnadenlos, nutzte alles, was ihm zur Verfügung stand. Zähne, Stoppelbart, Hände. Er wusste, dass sie nach ihrem Orgasmus besonders empfindsam war, und das nutzte er aus. Er wollte, dass sie sich wand und krümmte, bettelte. Er wollte, dass sie ihn auch am nächsten Tag noch überall spüren würde.

Er saugte an ihr, bis sie aufschrie, halb zwischen weiter vorwärtsstoßen und sich zurückziehen.

„Ich brauche…Oh Gott…"

„Sag's mir, Liebling", ächzte er, und seine leidenschaftlich glühenden Augen bohrten sich in ihre verschwommen verschleierten. „Sag mir, was du brauchst!"

Sie zitterte, dort, wo sie stand, und Eric erhob sich augenblicklich, um sich hinter sie zu stellen und sie im Gleichgewicht zu halten. Mit einer Hand streichelte er über ihren Rücken, als wäre sie ein Fohlen, das er beruhigen müsste. Und es funktionierte.

Sie holte tief Luft und legte den Kopf seitlich, mit ihren Händen hielt sie sich immer noch an dem Balken fest wie das gute Mädchen, das sie, wie er wusste, von Natur aus war. „Ich brauche dich."

Wieder streichelte er mit seiner Hand über sie. „Sag mir, Süße, wo brauchst du mich?"

Ihre Lippen erbebten, aber mit ihren Augen fand sie seine. „In mir", flüsterte sie.

Ja, das musste sie ihm nicht zweimal sagen.

Sofort riss sich Eric das Hemd über den Kopf, schleuderte seine Schuhe weg und entledigte sich seiner Hose und Boxershorts. Aus seiner Hosentasche nahm er ein Kondom und streifte es über.

Er fühlte Stolz in sich aufwallen, als Lexi ihn von Kopf bis Fuß genau betrachtete.

„Wow", flüsterte sie bei sich, als ihr Blick auf seinem Schwanz landete, der absolut superglücklich aussah, endlich aus dieser verdammten Hose rauszukommen und weniger als zwei Zentimeter von dieser prachtvollen Frau und ihrem triefend nassen Stück vom Himmel entfernt zu sein.

Für viele Frauen könnte seine Größe wirklich einschüchternd sein, und Eric wollte Lexi nicht beunruhigen. Er ergriff ihre Hände, drückte ihre Handflächen sogar noch fester an den Balken, damit sie etwas hatte, woran sie sich festhalten konnte, dann platzierte er seine Hände an ihren Hüften und zog sie zu sich.

Durch diese Bewegung wurde sie nach vorn gebeugt, und automatisch ließ Lexi ihren Kopf vorfallen. Es gefiel Eric nicht, dass er ihre Augen nicht sehen konnte. Aber er hatte keinerlei andere Klagen über den Anblick. Ihr Rücken war glatt wie Eis, silbrig und lang. Ihr Hintern war wohl gerundet und geweitet und sang wie eine Sirene ein verführerisches Lied für seinen Schwanz.

Eric machte einen Schritt nach vorn und drückte sich gegen ihren innersten Kern. Er berührte so viel von ihrer Haut wie in dieser Stellung möglich war. Er brachte ihre Beine auf eine Linie und platzierte seine Hände auf ihren Hüften.

Und als die Spitze seines Schwanzes durch ihre seidenweiche Nässe glitt, sah er Sterne. Er stieß aber immer noch nicht in sie hinein, sondern schob seinen Schwanz nur vorwärts, sodass ihre Schamlippen das Kondom befeuchteten.

Lexi schnappte nach Luft und stieß gegen ihn, sodass er das noch einmal machte. Und noch einmal. Die Seiten seines Schwanzes wurden von ihrer Muschi wieder und immer wieder gefickt. Als sich ihre Atemzüge zu einem Keuchen verwandelten und ihre Beine sich anspannten, entschied Eric, dass er es nicht mehr aushalten konnte. Er würde durchdrehen, wenn er nicht in sie kommen konnte.

Er zog sich also langsam zurück, damit Lexi seine Absichten erkannte, und benutzte eine Hand, um seinen Schwanz an ihrem Eingang zu positionieren. Er drang nur einen Zentimeter ein, und Lexi stöhnte laut und lange auf.

„Mehr", stöhnte sie, als er nicht weiter hineinstieß.

Aber das konnte er nicht, noch nicht. Die Schlinge um seinen Hals zog sich immer fester zu. Es wäre nicht gut genug, sie niederzulegen und sie wie ein Tier zu ficken, doch das war das Einzige, was sein Körper ihm im Moment riet.

„Mehr, Eric. Gott, bitte!", stöhnte sie, und er konnte nicht widerstehen, als sie ihn so wunderbar eindringlich anbettelte. Er stieß vorwärts, und sie verschlang ihn ganz.

Sein Sichtfeld wurde zu einem Tunnel, als er sie so spürte. So feucht und eng. Er hatte das Gefühl, als würde sie ihn mit einem Brandzeichen versehen. Von so einer Muschi würde er niemals wieder loskommen. Nichts würde jemals wieder so sein wie zuvor.

Er zog sich ein wenig heraus und stieß dann probeweise wieder stark hinein. Er wollte nicht zu früh explodieren, doch er wusste nicht, wie viel er auf diese Weise aushalten konnte. Das Gefühl, sie zu spüren, ihr Anblick, ihr Duft. Aber dann stöhnte sie, so perfekt, so wunderbar, und er befand, dass er ihr nichts abschlagen konnte. Er begann einen Rhythmus, einen perfekten, harten Rhythmus. Jeder Stoß war lang und fließend; er wollte, dass sie jeden Zentimeter von ihm spürte.

Lexi warf ihren Kopf zurück, und er erhaschte einen flüchtigen Blick auf ihr Gesicht. Ihr Mund stand offen, und ihre Augen glänzten verschleiert. Wieder schrie sie seinen Namen, ehe sie sich mit ihren Hüften wieder an seinen rieb und seine Stöße aufnahm, die sich von fließend zu heftig wandelten.

Aber diese Bewegung war zu viel. Ihre Hände rutschten vom Balken ab, und sie taumelten zu Boden. Eric fing ihren Sturz ab, und Lexi landete auf ihren Händen und Knien, Eric über ihr, noch immer zwanzig Zentimeter weit in ihr.

Doch darüber beklagte er sich nicht, und sie auch nicht. Er bumste sie von hinten, ihr Rhythmus setzte kaum einen Schlag aus. Er platzierte seine Hände seitlich an ihr, so dass ihr Rücken komplett von seinem Brustkorb bedeckt war, während er heftig in sie eindrang. Sein Mund an ihrem Ohr küsste sie nicht, sondern flüsterte.

„Du fühlst dich so gut an, Liebling." Die Worte purzelten aus seinem Mund. „Du bist so wunderhübsch, wenn du kommst. So perfekt. Wirst du nochmals für mich kommen, Süße? Wirst du auf diesem Schwanz kommen?"

Lexi stöhnte bei seinen Worten auf, und ihre Muschi zog sich unwillkürlich zusammen. Und als sie ihren Kopf zurückwarf, entblößte sie ihren Hals für Eric, und er ließ sogleich froh seinen Mund dorthin fallen. Er konnte spüren, wie sie unter seinen Lippen in ihrer Kehle schrie, als sie überwältigt wurde und kam und kam. Dieses Mal dauerte es unglaublich lange an, wie ihr Körper sich anspannte und vibrierte. Er zog leckend eine lange Spur an ihrem Hals entlang hinauf und wieder hinunter. Und dann gab es nichts mehr zu tun, als über ihrer Schulter die Zähne zusammenzubeißen und sie an Ort und Stelle zu halten, um alles zu nehmen, was er ihr gab, während er mit ihr durch ihren Orgasmus furchte.

Als es vorüber war, merkte er, dass sein Gewicht für

sie zu viel war.

Und mit dieser Position war es jetzt sowieso vorbei.

„Dein Gesicht", murmelte er. „Ich muss dein Gesicht sehen."

Er zog sich aus ihr heraus und legte sich sogleich auf den Rücken. Der schmutzige Boden der Scheune war ihm egal. Er konnte nur an sie denken. In diesen Momenten war sie seine ganze Welt.

* * *

Lexi war auf einem anderen Planeten. Sie war noch nie zuvor durch Geschlechtsverkehr zu einem Orgasmus gekommen, und das war der beste Orgasmus gewesen, den sie je gehabt hatte. Sie hatte gedacht, sie könnte nur durch seine Worte schon zum Kommen gebracht werden, aber dann war da dieser riesige Schwanz in ihr und tat die unglaublichsten unvorstellbar schmutzigen Dinge. Oh Gott, dieser Mann bedeutete Schwierigkeiten. Aber sie konnte nicht aufhören, und sie würde nicht aufhören. Sie reagierte enttäuscht, als er sich herauszog. Aber dann spürte sie, dass er sie an den Hüften packte und auf sich zog.

Er wollte, dass sie auf ihm ritt. Ja. Japp. Los geht's!

Sie war in ihrem Leben noch nie mehr auf etwas erpicht gewesen. Lexi setzte sich rittlings auf ihn, positionierte sich über seinem Schwanz und nahm ihn auf. Er war groß — er würde nie leicht in sie passen — aber durch ihren exzessiven Höhepunkt war sie so nass, dass er direkt bis zum Anschlag in sie glitt.

In seiner Miene stand unfassbare Überraschung.

„Ja", brachte er durch zusammengebissene Zähne heraus und klammerte sich mit seinen Händen gierig an ihren Hüften fest. Und nun war sie an der Reihe, ihn Stück für Stück auseinanderzunehmen.

Lexi hob sich von ihm hoch und glitt wieder auf ihn nieder. Sie legte ein Tempo vor, das sie dazu brachte, sich vor Vergnügen auf die Lippe zu beißen. Gütiger Gott, war es möglich, dass sie noch einmal kommen würde? Was war das mit ihm und seinem magischen Schwanz? Ihre Stöße waren schnell und sanft, er ächzte durch zusammengebissene Zähne, und sein Kopf fiel zurück.

„Ach Gott", brummte er. „Du wirst mich noch umbringen."

Und dann brachte er mit seinen Händen ihre Hüften zur Ruhe, hielt sie an Ort und Stelle, damit er nach oben stoßen konnte, um ihr zu begegnen, von unten in sie hämmern konnte.

Lexis Kopf fiel zurück, als sich ihr Körper verspannte. Es passierte schon wieder. Es passierte. Es pa—

Vor ihren Augen explodierten Lichter, und sie spürte stoßartige Wellen von Vergnügen durch ihre Fingerspitzen jagen bis in ihre Haarspitzen. Sie war nur noch ein weißes vibrierendes Licht, als sie kam und kam und kam. Ihr Orgasmus verdoppelte, ja verdreifachte sich. Sie spürte Eric überall. Auf ihrer Haut genauso wie in sich. Sie stellte sich vor, wie er vor ihr kniete und sie verschlang. Und wie er ausgesehen hatte, als er zwischen ihren Füßen stand und sie im Aufstehen gevögelt hatte. Sie hörte erneut seine geilen Worte, die er ihr ins Ohr geflüstert hatte, als er sie auf ihren Händen und Knien genommen hatte.

Zwanghaft riss sie die Augen auf und brannte sich das Bild in ihr Gedächtnis ein. Eric auf seinem Rücken, wie er sie von unten fickte, mit angespanntem und angestrengtem Gesicht, mit hektischen und harten Stößen. Und dann hatten seine Augen ihre gefunden, seine Pupillen weiteten sich, und er wurde sogar noch härter in ihr.

Lexi stieß Lustschreie aus, als sein Schwanz noch mehr anschwoll und er von seinem Orgasmus übermannt wurde. Ihr Höhepunkt hielt immer noch an, und sie kostete das Gefühl aus, dass sein Orgasmus und ihrer zusammentrafen, bis sie nicht mehr konnte. Schließlich brach sie auf ihm zusammen.

Es hätten zehn Minuten oder eine Stunde sein können, bis ihre Herzen wieder in Normalgeschwindigkeit schlugen. Bevor sie genug Luft holen konnten, um zu sprechen. Kurzzeitig kämpfte Lexi gegen den Drang an, ihm zu sagen, wie beeindruckt sie war. Bewegt.

Doch es war besser, die Sache leicht zu nehmen.

„Du siehst vielleicht gut aus, Eric", sagte sie, während sie sich über ihn beugte, und ihr Haar kitzelte seine Brust. „Wie Paul Newman in ‚Zwei Banditen'."

„Ach was." Er verlagerte sich unter ihr, seine Hände fielen zum ersten Mal seit einer Stunde von ihrem Hintern herunter. Er strich sich mit einer Hand durchs Haar, ehe er sie für eine leichte Liebkosung auf ihren Rücken legte.

Ihre Worte machten ihn verlegen, was ihr große

Freude machte. „Nein, ich meine es ernst. Du bist so schön wie er es war. Du hast dieses ganze in-Stein-gemeißelte-Aussehen-mit diesem-Blick-dass-die-Höschen-schmelzen, den er eben hatte."

„Also erstens war Paul Newman in diesem Film blond."

„Der war schwarz-weiß", unterbrach sie ihn. „Man kann es also nicht genau sagen."

Er ignorierte ihren Einwurf und redete einfach weiter. „Zweitens bin ich nicht ‚schön', sondern markant gutaussehend. Attraktiv. Der männlichste aller Männer."

Sie musste sich ein Lächeln verbeißen. „Klar."

„Und drittens", fuhr er fort, indem er sie erneut ignorierte. „Hast du absolut Recht, was diesen Höschen-schmelzenden-Blick betrifft."

Sie lachte, als er sie beide herumrollte, seine Hände in ihrem Haar vergrub und ihren Hals eine Minute lang küsste.

„Und viertens…"

„Noch mehr? Du liebe Zeit, Eric, du bist ja ein wahrer Redner."

„*Viertens*, siehst du selber auch gar nicht mal schlecht aus, Lexi Fischer." Mit seinen Fingerknöcheln strich er liebkosend über das besagte Gesicht. Ziemlich fester Druck, nicht zartfühlend. Sie mochte das an ihm. „Wie Sophia Loren in ‚Hausboot'. Nur dass du langes Haar hast."

Jetzt war sie an der Reihe, sich herauszuwinden. „Lass mir mal eine Pause! Du hast bereits meine Höschen zum

Schmelzen gebracht, Paul Newman. Nicht nötig, sie jetzt auch noch in Brand zu setzen."

„Schau! Das ist nicht so leicht, wenn du derjenige bist, der auf dem Schleudersitz sitzt." Er glitt mit einer Hand an ihrer Seite entlang und hielt inne, um sich herüberzubeugen und etwas anzuschauen. „Wir sind schmutzig", meinte er grinsend. Er hielt die Hand hoch, um ihr zu zeigen, wie viel Schmutz und Erde sie sich ausgesetzt hatten. „Wir brauchen eine Dusche."

Und dann zerrte er sie vom Boden und hob sie hoch wie ein Baby. „Mein Held", sagte sie mit klimpernden Wimpern. „Du weißt aber schon, dass ich gehen kann, oder?"

„Sei so nett", erwiderte er. „Dies ist mein Moment als King Kong. Du weißt schon, ‚ich Tarzan'."

„Ich glaube, diese Vorstellung wäre eher angebracht gewesen, bevor du mich verschnabuliert hast, Tarzan."

Achselzuckend setzte er seinen Weg zur Eingangsveranda seines Hauses fort. „Man kann nicht alles haben." Dann grinste er. „Was für mich allerdings in Ordnung geht, wenn man bedenkt, dass ich verdammt glücklich bin mit dem, was ich bekommen habe."

Als er sich niederbeugte und ihre Nase küsste, lachte sie. „Ich auch, Eric. Ich auch."

KAPITEL DREI

Ein paar Stunden später begann die Sonne gerade aufzuwachen, die das Licht in Erics Schlafzimmer grau erscheinen ließ. Erst vor ein oder zwei Stunden waren sie eingeschlafen, aber Lexi saß bereits an der Bettkante, streckte ihren glatten schönen Rücken durch und warf ihr Haar zu einem verworrenen Schopf nach oben.

„Gehst du irgendwohin?", fragte Eric, der nur ein Auge aufschlug, aber nicht widerstehen konnte, mit einer Hand an ihrem Rückgrat hinabzustreifen.

Sie erschrak ein wenig, drehte sich um und schaute ihn an. „Ich wollte dich nicht aufwecken."

Eric, dem deutlich bewusst war, dass sie seine Frage nicht beantwortet hatte, schlug gezwungenermaßen beide Augen auf und setzte sich auf, wobei er die Decke um seine Taille zusammenfasste. Er sah ihr zu, wie sie aufstand und sich umsah.

„Verdammt", murmelte sie. „Ich merke gerade, dass wir unsere Kleidung in der Scheune zurückgelassen haben."

Er behielt ihr Gesicht fest im Blick und versuchte, herauszufinden, in welcher Stimmung sie war.

Normalerweise konnte er die Mienen der Menschen sehr gut lesen. Genau genommen war dies einer der vielen Gründe, warum er in der Geschäftswelt so erfolgreich war. Aber als sie unruhig von einem Fuß auf den anderen trat und ihre Arme vor ihrer Brust verschränkte, hatte er verdammt große Schwierigkeiten, etwas daraus abzulesen.

„Kommode", sagte er zu ihr und deutete auf eine Anrichte mit Schubladen hinter ihr.

Sie drehte sich um und blinzelte ihn durch die Dunkelheit an. „Du bietest mir an, Kleidung von dir zu tragen?"

„Klar, du kannst dir ausleihen was auch immer du willst." Er reckte sich auch und schwang seine Füße über die Bettkante.

„Ja. Nein, ich glaube nicht. Ich werde einfach meine Sachen holen."

Jetzt war es Eric, der sie mit zusammengekniffenen Augen ansah. Sie sah aus wie ein Reh im Scheinwerferlicht. Nervös und unsicher. Er bezweifelte, dass sie selbst überhaupt mit den rasenden Gedanken in ihrem Kopf mithalten konnte.

„In Ordnung", sagte er und hob eine Hand, um anzuzeigen, dass er sie nicht zu irgendetwas zwingen wollte. „Du bleibst hier. Ich werde deine Sachen holen."

Sie sah aus, als wolle sie diskutieren, doch sie klappte den Mund zu, als er aufstand, zur Kommode hinüberging und Shorts aus einer Schublade nahm. Er konnte spüren, wie sie ihm mit Blicken folgte, und es dauerte lange, bis er seine Selbstsicherheit wieder angekurbelt hatte.

Wenigstens überlegte sie es sich nicht nochmals, ob sie ihn anziehend fand oder nicht.

Obwohl sie definitiv über irgendetwas nochmals nachdachte, grübelte er, während er aus dem Haus und zurück zur Scheune eilte. Als er durch das Loch in der zerstörten Wand stieg, grinste er. Er blickte hinüber zu dem Schlegel, der dort lag, wo sie ihn hingeworfen hatte. Es gab Abdrücke im Schmutz, wo sie herumgerollt waren, gerungen und sich gegenseitig erobert hatten. Verwundert registrierte er die Entfernung eines jeden Kleidungsstücks. Sie hatten sich wirklich die Kleidung so schnell und wild vom Leib gerissen wie sie gekonnt hatten.

Er konnte sich nicht erinnern, jemals mehr Dringlichkeit oder Leidenschaft für jemanden verspürt zu haben. Nicht einmal für Brianne.

Sie waren sechs Jahre lang zusammen gewesen. Sie war ein großer Abschnitt seines Lebens gewesen, mehr als ein halbes Jahrzehnt. Sechs Jahre lang hatte er sie geliebt, mit ihr Liebe gemacht und sein Leben um sie herum geplant. Und ungefähr sechs Jahre lang hatte sie seine Liebe erwidert. Nur nicht so sehr wie sie Erics besten Freund Gabe liebte. Und aus irgendeinem unerfindlichen Grund begann er zum ersten Mal zu verstehen, dass seine Gefühle für Brianne, so sehr er sie auch geliebt hatte, nicht alles gewesen waren.

„Jetzt nicht", murmelte er bei sich, als er die Kleidungsstücke vom Boden aufsammelte und zum Haus zurückeilte. Über all das wollte er jetzt im Moment nicht nachdenken. Über die Gründe, warum er L.A. verlassen hatte und nach Montana gezogen war. Er wollte sich nicht auf die Vergangenheit konzentrieren oder überhaupt an die Vergangenheit denken. Er wollte seine Zukunft.

So großartig Brianne auch war, sie hätte niemals eine Scheunenwand auf diese Weise zertrümmert. Sie hätte sich niemals auf diese Weise auf ihn gestürzt. Sie hätte niemals auf diese Weise mit ihm auf dem Boden Sex gehabt.

Nicht weil sie prüde war, sondern weil sie nicht die Richtigen füreinander waren.

Nicht auf die Weise, wie Lexi für ihn die Richtige war.

Eric knallte die Vordertür zu und eilte die Treppe hoch. Kurzzeitig verharrte er vor der Schlafzimmertür, und dieses Mal rief er absichtlich ein Bild von Brianne vor seinem geistigen Auge auf, und war erleichtert, dass ihm dies nicht mehr das Herz brach.

Stattdessen verschwand ihr Gesicht recht schnell und wurde durch Bilder aus der Nacht zuvor ersetzt. Lexi, die sich über ihn beugte. Lexi auf Händen und Knien. Lexi, die ihn wie eine Göttin ritt mit diesen sanften leichten Stößen, die ihn fast verrückt gemacht hatten.

Er zog eine Grimasse, als er sah, dass sich in seiner Short bereits wieder überdeutlich etwas regte. Er musste sich unbedingt runterfahren oder er würde die arme Frau vollends verschrecken. Sie war heute Morgen schon nervös genug, ohne dass er nun auch noch mit seinem riesigen Ständer daherkommen musste.

Er holte tief Luft und dachte an das eine Mal, als er versehentlich bei seiner Großmutter auftauchte, als diese sich umzog, und brachte sich so wieder unter Kontrolle. Er ging ins Schlafzimmer und versuchte, nicht zusammenzuzucken, als er sah, wie sie auf dem Bett saß, mit hochgezogenen Knien, als würde sie sich vor ihm verstecken wollen.

„Die Sachen sind etwas schmutzig, aber anziehbar", sagte er und hielt ihr ihre Kleidung hin.

Sie bedachte ihn mit einem angespannten Lächeln und streckte die Arme danach aus.

Nachdem er sie überreicht hatte, setzte er sich neben sie auf das Bett, während sie hineinschlüpfte.

„Trinkst du gerne Kaffee?", fragte er.

Sie nickte. „Ich würde momentan liebend gerne einige Kaffeebohnen schlürfen."

„Großartig", meinte er und erhob sich.

„Bei nochmaliger Überlegung werde ich doch lieber einen trinken, wenn ich zurückkomme." Ihre Worte kamen überstürzt und nervös. Er hasste das. „Lexi, ich kenne dich nicht gut genug, um genau sagen zu können, was los ist, aber habe ich irgendetwas getan, so dass es dir schlecht geht oder was dich verärgert hat oder so etwas?"

Sofort biss sie sich auf die Lippe und machte ein kummervolles Gesicht. „Nein", meinte sie kopfschüttelnd. „Eigentlich ist genau das Gegenteil der Fall."

Er neigte den Kopf zur Seite. „Würdest du das bitte erklären?"

Sie blickte ihn wieder an, und ihre Augen wanderten über seinen nackten Brustkorb. Auf einmal stand sie auf, ging zur Kommode hinüber und durchstöberte die

Schubladen. Dann warf sie ihm ein Hemd zu.

„Zieh das an", sagte sie. „Ich kann nicht denken, wenn du so aussiehst." Sie machte eine Handbewegung in Richtung seiner Brust, als würde sie durch sein attraktives Aussehen verärgert werden.

Er verbiss sich ein Lächeln. Glücklich, dass sie redete, und überglücklich, dass sie durch seine nackte Brust ein wenig durcheinander kam.

„Du bist wirklich großartig. Ich mag dich sehr, und letzte Nacht war…" sie räusperte sich „einfach unglaublich, legendär, nicht zu toppen, soweit es mich betrifft."

Eric musste einfach grinsen und nicken. „Für mich auch."

Kurzzeitig zeigte sie das gleiche Lächeln wie er. Zwischen ihnen schwirrte wieder dieses elektrisierende Prickeln, ehe sie den Blick abwandte und ihr Lächeln erstarb.

„Aber ich verlasse heute die Stadt", sagte sie mit einem deutlichen Ausatmen. Dabei streifte sie mit den Händen durch ihr Haar, ehe sie sie in die Hosentaschen steckte.

Eric zog verwundert die Augenbrauen hoch, während ihm das Herz schwer wurde. „Für die Ferien?"

„Nein", entgegnete sie kopfschüttelnd. „Für immer."

Seine Brust zog sich zusammen, dass ihm die Luft wegblieb. „Wohin?"

Leichte rötliche Flecken traten auf ihre Wangen. „L.A."

Eric blieb der Mund offen stehen. Natürlich. Natürlich spürte er diese umwerfende Anziehung ausgerechnet für eine Frau, von der er erfuhr, dass sie genau an den Ort zog, wo er niemals wieder leben wollte.

„Ich weiß, ich weiß", sagte sie und deutete seinen Gesichtsausdruck falsch. „Ich sehe nicht wie ein Mädchen aus L.A. aus. Und ich weiß, dass es schwer ist, es dort zu etwas zu bringen. Aber wenn ich es jetzt nicht tue…"

Klar.

Das war zumindest ein Gefühl, das Eric verstehen konnte. Er wusste, wie es war, sich einer Sache zu widmen, denn wenn man es nicht tat, bedeutete es, man würde es nie tun. Er hatte eine baufällige Scheune und zwanzig Hektar Land, um dies zu beweisen.

„Was wartet in L.A. auf dich?"

„Ich bin Drehbuchautorin", erwiderte sie, und ihre Wangen färbten sich noch röter. „Naja, zumindest *will* ich es sein. Ich habe schon jede Menge geschrieben. Aber trotz Internet ist es echt schwer, dass das Zeug in die Hände der richtigen Leute kommt. Nach allem, was ich gelesen habe, muss ich tatsächlich in L.A. leben, wenn ich die Chance haben will, erfolgreich zu sein, deshalb…"

Sie hob die Hände und ließ sie wieder sinken.

„Ergibt Sinn. Wo wirst du wohnen?"

Sie vergrub die Hände noch tiefer in den Hosentaschen. „Noch keine Ahnung?" Sie sagte es wie eine Frage.

„Warte mal, du willst also nach L.A. ziehen, ohne einen Ort zum Wohnen zu haben?" Er hörte die

Beurteilung in seinem Tonfall und wünschte sich sofort, er könnte seine Worte zurücknehmen.

Sie verschränkte die Arme vor der Brust. „Naja, ich werde nicht sofort dorthin gehen. Ich werde den Sommer über brauchen, um dort anzukommen. Ich muss einige Gelegenheitsjobs annehmen, um das Geld dafür zusammenzukriegen. Und bis ich dann dort bin, habe ich hoffentlich so einiges auf die Reihe bekommen."

Sie zuckte die Achseln, als wäre es keine große Sache, aber er konnte ihre nervöse Anspannung in ihren Augen sehen. Und er spürte auch einen kleinen Hoffnungsschimmer aufleuchten. Ihr Zeitfenster war nicht so eng, wie sie es zunächst hatte erscheinen lassen.

„Wenn du erst am Ende des Sommers in L.A. sein musst, warum willst du dann heute schon von hier fort?"

Bei dieser Frage kam sie zurück, um sich aufs Bett zu setzen und sich nochmals durchs Haar zu streifen. „Weil ich hier nicht registriert bin, um für den Sommer hierzubleiben und auch keinen Arbeitsvertrag habe. Ich habe einfach so in einer Stadt nach der anderen gelebt. Und ich kann dir eins sagen, was sie alle gemeinsam haben." Sie wandte sich ihm zu, und ihre Augen leuchteten wie helle Lichter, die ihn an Ort und Stelle hielten. „Treibsand."

Wieder sank sein Herz ins Bodenlose. „Du meinst, dass du Angst hast, dass du hier steckenbleibst."

Sie nickte und schaute weg und spielte dabei mit dem ausgefransten Saum ihrer Jeans. „Es gibt unzählige Möglichkeiten, wie Mädchen wie ich an einem Ort wie diesem kleben bleiben können. Angst. Pleite sein." Sie schaute ihn wieder an. „Du bist ein echt großartiger Typ."

Für ihn fügte sich nun das Bild in allen Einzelheiten zusammen. Sie hatte sich nicht so reserviert und nervös verhalten, weil sie ihn nicht mochte oder nicht in seiner Nähe sein wollte. Sondern weil sie ihn *tatsächlich* mochte und *wirklich* in seiner Nähe sein wollte.

„Aha", nickte er verständnisvoll. „Was meinst du mit ‚Mädchen wie du'?"

„Du weißt schon. Pleite. Kaum Familie. Wenige Freunde, die überall in den Staaten verstreut sind. Durchschnittliches Maß an Talent. Viele Träume. Und ein großes Herz, das immer jeden anderen an die erste Stelle stellt."

Er wusste nicht, ob sie ein wirklich akkurates Bild von sich selbst zeichnete, aber er kannte sie nicht gut genug, um darüber zu debattieren.

„Du stellst dir also vor, dass du, wenn du langsam nach Süden ziehst Richtung L.A., dadurch eine höhere Chance hast, es dort zu etwas zu bringen. Selbst wenn du nicht so viel Geld verdienen würdest, als wenn du hier einen festen Job hättest? Sagen wir mal, in einem Baumarkt?" Er konnte nicht sagen, warum er ihr dieses Angebot machte. Er kannte sie kaum. Er wusste nur, dass der Gedanke, dass sie so bald weggehen würde, ihm das Herz schwer machte. Er wusste ohne Zweifel, dass er sie, wenn sie heute abfuhr, niemals wiedersehen würde. Diesen Gedanken konnte er nicht ertragen. Ihr einen Job anzubieten, war vielleicht ein wenig gewagt. Es war ein

Schuss ins Blaue, und wenn sie dieses Angebot nicht annahm, dann war das ihre Entscheidung.

„Meinst du den, den du momentan managst?" Sie kniff ihre Augen noch mehr zusammen.

Er zuckte die Achseln. „Schau, ich brauche eine Hilfe während des Sommers. Es besteht keine Möglichkeit, dass ich das Geschäft so am Laufen halte, wie meine Großeltern sich das wünschen, *und* ich mich gleichzeitig auf die Farm konzentrieren kann. Ich könnte irgendeinen Teenager einstellen, der dann an der Kasse die ganze Zeit Textnachrichten am Handy schreibt. Oder ich könnte jemanden einstellen, dem ich vertraue, dass er mir hilft, den Laden gut zu führen."

Sie sagte nichts. Furchte nur die Stirn und spielte weiterhin mit dem Saum ihrer Jeans.

Er beschloss, aufs Ganze zu gehen. „Wenn du meine Meinung hören willst, was du ja eigentlich nicht willst, das weiß ich, aber ich sage sie dir trotzdem. Mit einem geregelten Job Geld verdienen und zu sparen, sich keine Gedanken über das Einkommen machen zu müssen oder wo du wohnen wirst, ob dein Wagen in der Früh anspringt oder nicht, das alles wird es viel wahrscheinlicher machen, dass du es am Ende des Sommers in L.A. zu etwas bringen wirst. Und wenn du willst, werde ich dich im August feuern, damit du gehen *musst*."

Sie grinste ihn kurz an, ehe sie sich vor Nervosität und Unsicherheit erneut auf die Lippe biss.

Er wandte sich ihr zu und nahm ihre Hand in seine. „Außerdem habe ich lange Zeit in L.A. gelebt. Vielleicht kann ich dir dabei helfen, irgendetwas zu organisieren."

Zum ersten Mal blitzte so etwas wie Hoffnung in ihren Augen auf.

„Ich schwöre, Lexi", sagte er und drückte ihre Hand, um seinen Worten Nachdruck zu verleihen. „Ich würde niemals einen Beitrag zu deinem Treibsand leisten wollen. Genau genommen werde ich dein Lebensretter vor dem Treibsand sein."

Bei diesen Worten musste sie grinsen. „Wirst du eine Pfeife haben und so eine rote Lebensretterweste tragen?"

Er nickte feierlich. „Ich werde sogar den winzigkleinen Badeanzug tragen."

Jetzt musste sie lauthals lachen. „Das würde ich zu gerne sehen." Aber dann gewann wieder die Unsicherheit die Oberhand. „Ich brauche einen Kaffee, um diese Entscheidung zu treffen."

Er zog sie mit nach unten, ehe sie diese Worte überhaupt herausgebracht hatte.

Er hob sie auf die Küchentheke und fing sofort an, Kaffee zu machen, während sie sich umschaute.

„Ziemlich leer hier", stellte sie fest.

Er zuckte die Achseln. „Ich bin immer noch dabei, Verschiedenes herauszufinden." In vielerlei Bereichen.

Sie nickte. „Ich bin auch nicht besonders gut, was das Einrichten anbelangt. Ich brauche eigentlich nur eine Zahnbürste und ein Kissen, und schon bin ich eingerichtet."

„Wo wohnst du im Moment?"

Ihr Blick entfernte sich von seinem, als sie ihm die

Kreuzung nannte.

Er kniff die Augen zusammen und schenkte ihr die erste Tasse Kaffee ein, die er aus dem sich schnell füllenden Behälter quetschen konnte. Er kannte diese Kreuzung. „Dort gibt es doch nur Motels."

Sie zuckte die Achseln. „Ich dachte, dass ich nur einige Nächte hier in der Stadt bleiben würde."

„Du hattest hier einen Gelegenheitsjob?"

„Nein." Sie senkte den Blick, als sie die Tasse Kaffee von ihm annahm. „Es lag an meinem Pferd. Maple. Ich habe sie gestern an einen Typen auf der anderen Seite der Stadt verkauft."

Eric konnte den kleinen Seufzer vor Mitleid nicht verhindern, der seinen Weg an die Oberfläche fand. Sie hatte ihr Pferd verkauft, um sich den Weg nach L.A. leisten zu können. So unbedingt wollte sie dorthin. Augenblicklich weitete sich sein Herz und umschloss diese Frau. „Lexi, sag ja zu diesem Job! Ich werde dich gut bezahlen, und ich schwöre, du wirst dadurch deinen Träumen näher kommen. Außerdem könnte ich wirklich die Hilfe brauchen. Es wird eine Win-Win-Situation sein."

Sie trank einen großen Schluck Kaffee, stellte die Tasse beiseite und starrte ihn direkt an. „Wenn ich für dich arbeite, werde ich nicht mit dir schlafen."

Er erstickte beinahe an seinem eigenen Kaffee. „Wie bitte?"

„Sieh mal! Ich habe in meinem Leben schon oft genug Pech gehabt, dass ich es mir nicht leisten kann, die Linie zu verwischen, die zwischen bezahlt werden für Arbeit und bezahlt werden für Sex liegt. Das ist nicht gut für mein Selbstwertgefühl."

„Lexi, ich würde dich nicht für Sex bezahlen. Das schwöre ich. Du würdest eine ehrliche Arbeit in einem waschechten Job in einem Baumarkt machen."

„Ich werde nicht mit dir schlafen, während du mein Boss bist", wiederholte sie starrsinnig.

Eric seufzte. „Also gut. Das wäre jetzt nicht meine erste Wahl, nachdem die letzte Nacht die heißeste meines Lebens war, aber ich respektiere deine Wünsche. Das Angebot liegt noch auf dem Tisch, und den Sex lassen wir."

Sie starrte ihn an, als wäre er ein Rätsel, das sie zu lösen versuchte. „Du bist wirklich ein guter Kerl, nicht wahr?"

„Ich schlafe des Nachts gut."

Sie sprang von der Theke herunter. „Ich werde also für dich arbeiten. Du wirst mir dabei helfen, die beste Möglichkeit zu finden, wie ich in L.A. loslegen kann. Und wir schlafen nicht miteinander", fasste sie zusammen.

„Und du wirst hier bei mir wohnen", vollendete er, auch wenn er sich ziemlich sicher war, wie sie auf diese Äußerung reagieren würde.

„Wie bitte?", unterbrach sie verwundert. „Ich werde ganz sicher nicht bei meinem Boss wohnen, mit dem ich *nicht* schlafen werde."

Grinsend hob er abwehrend die Hände hoch. „Schon gut, schon gut. Wirf mir nicht vor, es versucht zu haben. Aber sieh mal, bloß weil wir nicht miteinander schlafen, heißt das nicht, dass ich will, dass du in diesen zwielichtigen Motels am Highway wohnst."

Sie zuckte die Achseln. „Ich werde schon einen Platz finden."

Er schnippte mit den Fingern und zog sein Handy aus der Tasche. „Weißt du was? Ich kenne jemanden, der dich vielleicht aufnehmen würde."

„Wer?"

„Marina, die Barkeeperin von gestern Abend."

Lexi beugte sich über die Theke, um von ihrem Kaffee zu trinken. „Hast du die Absicht, sie erneut vor meinen Augen zu küssen?"

Eric feuerte die Textnachricht ab, die er gerade geschrieben hatte, und grinste sie an. „Das wäre wohl nicht sehr professionell von mir, oder?" Er beugte sich über die Theke zu ihr. „Da wir gerade von professionell sprechen. Technisch gesehen arbeitest du noch nicht für mich, weißt du."

Sie musste sich ein Lächeln verbeißen. „Wir haben ein Gentleman's Agreement, eine Vereinbarung unter Ehrenleuten."

„Ich bekomme also nicht einmal ein Schäferstündchen zur Feier der Abmachung?", fragte er hoffnungsvoll.

Sie schüttelte den Kopf und schluckte den Rest ihres Kaffees hinunter.

„Auch gut", sagte er wieder, stellte ihre Kaffeetassen in die Spüle und eilte zu seinem Wagen, um mit ihr zum Motel zu fahren, um ihre Sachen zu holen. Er war enttäuscht, dass sie nicht wieder miteinander schlafen würden. Aber eigentlich hoffte er, dass sie in diesem Punkt ihre Meinung ändern würde. Aber er wusste, wie es war, wenn man einem Traum nachjagte, während die schäbigeren Aspekte des Lebens dir nachjagten. Er wusste, wie es war, wenn man in ständiger Angst vor dem Scheitern lebte. Und er mochte dieses Mädchen viel genug, dass er bereit war, alles in seiner Macht Stehende zu tun, um zu gewährleisten, dass sie diese Angst ein für allemal abschüttelte.

KAPITEL VIER

Was war da verdammt nochmal passiert? Lexi ließ sich auf ihr Bett fallen und fühlte sich wie Julia Roberts in ‚Pretty Woman'. Naja so ähnlich. Immerhin hatte sie sich hartnäckig *geweigert*, eine Hure zu werden. Und darum war es also wirklich überhaupt nicht das Gleiche.

Aber der plötzliche Wechsel zu Pomp und Glamour war doch ziemlich ähnlich wie in dem Film. Nicht, dass Marinas Haus besonders pompös war. Aber es war doch ein gewaltiger Fortschritt nach den schäbigen Motels, in denen sie gewohnt hatte. Und eine Riesenverbesserung im Vergleich zum Schlafen auf dem Rücksitz ihres Autos.

Marina war überaus erfreut über die Idee einer Zimmergenossin. Naja, zumindest von der Idee, dass ihr jemand beim Bezahlen der Miete helfen konnte. Lexi hatte sie zwar bis jetzt noch nicht gesehen, aber sie hatten sich am Handy miteinander unterhalten, und Marina hatte für Lexi die Zweitschlüssel unter einem unechten Felsen im Garten zurückgelassen.

Lexi richtete sich auf ihrem Bett auf. Das Zimmer war zwar etwas einfach, aber sauber. Und es hatte gerade mal

45 Sekunden gedauert, um all ihr Zeug aus dem Auto hier herein zu schaffen. Sie betrachtete ihren kleinen Koffer, den sie halbwegs in den Schrank bugsiert hatte, nachdem sie ihre Klamotten, die gerade mal zwei Schubläden füllten, ausgepackt hatte. Ihr altersschwacher Laptop stand nun auf dem Schreibtisch, und ein Glas Wasser stand auf dem Nachttisch neben ihr.

Und das war's.

In der Umgebung dieses gemütlichen kleinen Zimmers mit den hellgelben Wänden und einer plüschigen cremeweißen Bettdecke sahen ihre spärlichen Besitztümer wirklich mitleiderregend aus. Aus ihrer rückwärtigen Hosentasche zog Lexi ihre Brieftasche. Und von da entnahm sie das Bild, das sie dort aufbewahrte.

Lexi war ungefähr acht Jahre alt, schlaksig und mager, ihr Haar ein unordentlicher Pferdeschwanz. Sie hatte ihre Beine in einer Can-Can-Pose ausgestellt, ihr Papa lachte sie an und hatte einen Arm um ihre Schultern gelegt. Sein attraktives Gesicht wurde größtenteils von einer Baseball-Kappe verdeckt.

Lexi seufzte und lehnte das Bild vorsichtig an die Wand hinter dem Nachttisch. Ihr attraktiver Vater. Der immer sein Gesicht verbarg. Er hatte seinen Traum, Schauspieler zu werden, beiseite gelegt, und nachdem ihre Mutter gestorben war, diesen Traum für immer aufgegeben. Er musste sich auf seine Fertigkeiten verlassen, die er als Kind gelernt hatte, um Essen auf den Tisch zu bringen. Das war, als er und Lexi sich den Rodeo-Touren verschrieben hatten.

Natürlich war das ein seltsamer Ort, um aufzuwachsen. Viele wettergegerbte Männer mit Alkoholproblemen, die ihre Frauen zuhause betrogen und zwei Packungen Zigaretten am Tag rauchten. Aber Lexi konnte nicht anders als für die Rodeos Zuneigung zu empfinden. Sie hatte sich daran gewöhnt, an jedem Tag Zeit mit ihrem Vater zu verbringen. Und sie hatte sich daran gewöhnt, bestimmte Teile von Amerika zu sehen, während sie mit den Rodeo-Vorführungen unterwegs waren. Sie hatte sich in die Filme verliebt, die sie auf dem Rücksitz des Wohnmobils ihres Vaters sah. Immer wenn es unter den Männern zu rau für ein Mädchen zuging, hatte er sie zu einem Film überredet. Vielleicht nicht die klassisch beste Lebensweise, aber ihr hatte es gut getan. Sie hatte reiten gelernt. Ja, Maple wurde ihr dann zu ihrem sechzehnten Geburtstag geschenkt, billig verkauft von dem besten Freund ihres Vaters.

Aber nachdem sie achtzehn wurde, hatte sie sich nach mehr gesehnt. Sie war ausgezogen, um ihren eigenen Weg zu finden: Sie wusste nicht, dass sie die nächsten sieben Jahre mit ihrer eigenen Rundreise verbringen würde. Von Stadt zu Stadt, von Job zu Job reisen. Dabei gerade mal eben so über die Runden kommen, während sie noch etwas Zeit herausschlug, um zu schreiben und Maple zu reiten.

Eine Träne rollte Lexi über die Wange. Der Scheck, den der Käufer für ihr Pferd ausgestellt hatte, brannte immer noch ein Loch in ihre Tasche. Lexi hatte ihn noch nicht in Bargeld eingelöst, obwohl sie es verzweifelt brauchte. Sobald das Geld auf ihrem Konto nicht mehr reichte, würde es Realität werden. Alles. Ihr Pferd wäre weg, und sie wäre auf ihrem Weg nach L.A.

Plötzlich fühlte sie sich nicht mehr bereit dafür. Plötzlich geschah alles so schnell. Ohne nochmal nachzudenken, holte sie ihr Handy hervor. Sie blickte auf die Uhrzeit und wusste, dass ihr Vater sich gerade für eine große Show vorbereitete. Wenn er heute Abend nicht selbst ritt, würde er einem anderen Cowboy bei der Vorbereitung helfen. Das war nicht der richtige Zeitpunkt für einen Anruf. Doch ein schneller Text konnte ja nicht schaden.

-Hallo Papa

Wie immer kam sofort eine Antwort.

-Hallo Schätzchen, was geht ab?

-Nicht viel, nur ein bisschen traurig wegen Maple

Und ein bisschen verwirrt wegen des schärfsten Mannes, den ich je kennengelernt habe, der mich bis zum Dienstag gevögelt hat. Aber diesen Teil teilte sie ihm natürlich nicht mit.

-Das war eine schwere Entscheidung, mein Kind, doch du hast sicher gestellt, dass dein Pferd es gut hat, da wo es jetzt hinkommt. Daran ist nichts Falsches. Ich liebe dich, mein Mädchen. Aber jetzt geht es hier mit der Show weiter. Ich bin als nächstes dran. Wünsch deinem alten Papa Glück! Morgen werde ich dich anrufen.

-Ich liebe dich auch, Papa.

Lexi lächelte bei dem Gedanken an ihren Papa in seinen ledernen Überhosen und seinen Cowboy-Stiefeln, wie er ein Bein über den Pferderücken warf. Das

Bullenreiten hatte er schon seit längerem aufgegeben, nachdem er abgeworfen wurde und sich einige Rippen und das Handgelenk gebrochen hatte. Danach hatte er entschieden, dass er das Risiko nicht eingehen konnte, dass seine Tochter sehen würde, wie er wie eine Puppe zertrampelt wurde. Seitdem blieb er beim Einfangen der Kälber mit dem Lasso. Gelegentlich auch mal ein Tonnen-Rennen.

Als sie sich das letzte Mal vorstellte, als sie ihren Vater gesehen hatte, verschwand Lexis Lächeln. Er hatte wie immer gelächelt, war aber zu schnell gealtert. Natürlich war er älter geworden, und er hätte sich längst vom Rodeoleben zurückziehen sollen, aber das konnte er nicht. Er hatte keinerlei andere Ausbildung, die ihm den Lebensunterhalt sicherte. Und Lexi hatte gewiss auch nicht das Geld, um ihm zu helfen. Noch nicht jedenfalls. Allerdings bald. Bald würde sie dieses Bühnenstück schreiben, ihre Träume wahr werden lassen und gleichzeitig ihrem Vater helfen. Ihm wenigstens ein leichteres Leben ermöglichen. Das hoffte sie zumindest.

Ach ja, sie liebte ihren Vater. Für sie hatte er alles aufgegeben, und das war für sie nicht selbstverständlich. Er war für sie der liebste Mensch auf der Welt. Wenn sie mit ihm zusammen war, war sie glücklich. Wie es auch mit diesem anderen Mann war…

Das Bild ihres Vaters verblasste, und Eric trat an dessen Stelle.

Gütiger Gott, sie konnte nicht abstreiten, dass Eric ihr ein ganz wunderbares Gefühl reingevögelt hatte. Eine leichte, glitschige Seifenblase, die sich in ihrer Brust eingenistet hatte und die nicht wieder zerplatzen würde, egal was sie tat. Und das musste sie einfach irgendwie ignorieren. Denn sie suchte nicht danach, sich niederzulassen. Jedenfalls nicht jetzt. Und auf keinen Fall mit einem Farmer in Montana.

Wenn sie sich einmal niederlassen würde, und zwar *nachdem* sie ihre Träume vom Drehbuchschreiben verwirklicht hatte, würde das mit einem weltgewandten Mann aus L.A. sein, der vielleicht selbst Autor war. Er würde die richtigen Leute kennen und sie in gehobene Restaurants ausführen, wo ihnen Speisen aufgetischt werden würden, deren Namen sie noch nie gehört hatte. Vielleicht würde ihr Traumtyp surfen und am Morgen mit den Füßen auf dem Küchentisch Akustikgitarre spielen, während sie eine Tasse Kaffee trank und zu schreiben anfing. Und ihr Vater würde in ihrer Nähe wohnen, sodass sie ihn besuchen und ihn hin und wieder mit etwas Luxus verwöhnen konnte.

Guten Filmen. Gutem Essen.

Gute Zeit.

Ja! Das war das Leben, das sie wollte. Sie war mit Cowboys aufgewachsen. Abgetragene Jeans, ein Woche lang nicht rasiert, eine Dose Tabak in der Gesäßtasche. Sie kannte diese Männer. Männer, die wild feierten, von Dingen träumten, die sie nie erreichen würden und die ein unruhiges Fohlen nur mit einem Streicheln über die Mähne beruhigen konnten. Solche Männer waren anziehend, klar. Es gab nichts, was verführerischer war als ein Mann in einem engen T-Shirt und abgetragenen Jeans. Aber Lexi rief sich eindringlich ins Gedächtnis, dass diese Männer nicht nur aus Treibsand bestanden, sie steckten auch selbst im Treibsand fest.

Doch irgendetwas an Eric war irgendwie anders gewesen, und das war auch der Grund gewesen, warum sie den Job von ihm angenommen hatte. Und dennoch war er nicht anders genug für sie, dass sie mit ihm eine Beziehung eingehen wollte. Nein danke, mein Herr.

„Lexi?", rief eine Frauenstimme, während die Eingangstür zuschlug.

„Hier drin!", rief Lexi zurück, schwang ihre Füße von der Bettkante und setzte sich auf.

Marina tauchte im Türrahmen auf, und Lexi neigte den Kopf zur Seite, um sie zu mustern. In der Bar hatte Marina mit ihrer Barkeeperinschürze und den Dingen, die sie balanciert hatte, ausgesehen wie die kleine Schwester von jemandem, der zur Aushilfe da war. Aber hier im Tageslicht machte Marina in ihrem leichten Sweatshirt und der maßgeschneiderten Hose eine gute Figur. Gepflegte zarte Finger, eine positive Erscheinung, wie ein Lufthauch transparenter Kumuluswölkchen, die vom Wind leicht davongeweht werden könnten.

Jedes Merkmal war leichter als das andere. Ihr karamellfarbenes Haar umstäubte nur ihre Schultern, und die Augen, die, wie Lexi annahm, haselnussbraun waren, wurden von zarten Wimpern eingerahmt, sodass sie praktisch hell wirkten. Ihre Nase war klein und wohl geformt, und ihre ungeschminkten Lippen hatten beinahe dieselbe Farbe wie ihre Haut. Marina war hübsch, erkannte Lexi, aber sie tat ihr Möglichstes, um unsichtbar zu erscheinen.

„Gefällt dir dein Zimmer?", fragte Marina mit leiser, melodischer Stimme.

Lexi nickte und hüpfte im Sitzen kurzzeitig leicht auf der Matratze auf und ab. „Bequem, sauber, was sollte mir nicht gefallen?"

„Gut." Marina blickte auf ihre Finger und dann wieder Lexi an. „Es tut mir so leid."

Mist! Sie wurde wohl schon wieder hinausgeworfen. „Was denn?"

Marina blickte drein, als hätte sie gerade eine Bank ausgeraubt, und hantierte schuldbewusst mit ihren Fingern. „Ich habe komplett vergessen, dir etwas zu sagen, und es ist auch völlig in Ordnung, wenn du dann nicht mehr hier wohnen möchtest. Mit der Miete werde ich schon klarkommen. Und natürlich werde ich dir deine Anzahlung zurückgeben und—"

„Spuck es schon aus, Marina!" Lexi wusste, dass ihr Tonfall beinahe unhöflich war, aber diese Frau entschuldigte sich unnötigerweise und ohne ersichtlichen Grund, sodass Lexi beinahe der Kragen platzte.

Mit schuldbewusstem Blick gestand sie es. „Ich vergaß, dir von Tulpe zu erzählen."

Lexi hob verwundert eine Augenbraue. „Hast du einen Tulpengarten? Warum sollte das ein Grund sein, dass ich hier nicht mehr wohnen möchte?"

„Nein." Marina schüttelte den Kopf, feierlich. „Mein

Hund Tulpe."

Sie rückte zur Seite, sodass eine große rosa Schnauze neben ihrem Knie in Sicht kam. Im nächsten Moment wurde Lexi von dem grinsenden Gesicht eines riesigen Pitbulls angeschaut.

Lexi stieß einen kleinen Freudenschrei aus und ließ sich sofort auf den Boden nieder, machte schmatzende Geräusche und streckte eine Hand nach dem Hund aus. Mit einem kra-kra-kratzenden Geräusch seiner Krallen kam Tulpe heran und ließ sich an Lexis Seite auf den Hinterbeinen nieder. Geduldig saß er da und ließ seine pinke Zunge seitlich aus seinem massigen Kopf hängen.

Lexi ließ sich von dem Hund beschnuppern und streichelte ihm dann über den Kopf und an seinem knochigen Körper entlang. „Was bist du doch für ein hübsches Mädchen", gurrte sie, während sie das ingwergoldene Fell oberhalb seiner Augen kraulte.

„Junge", verbesserte Marina. „Tulpe ist ein Junge."

Lexi stieß ein anerkennendes Lachen aus. „Hoppla. Ich schätze mal, dass es einem Hund ziemlich egal ist, was er für einen Namen hat, oder?"

„Kann ich reinkommen?", fragte Marina.

Lexi blickte verwirrt auf. „Türlich."

Marina machte einige vorsichtige Schritte durch die Tür und legte ihre Hand auf den Kopf von Tulpe. Sofort legte er sein enormes Gewicht auf Marinas Bein.

„Ich gab ihm den Namen Tulpe, als ich ihn rettete", sagte Marina. „Weil ich weiß, wie viel Angst die Menschen vor Pitbulls haben. Ich dachte, wenn er einen netten Namen hat…"

„Wer könnte denn vor diesem Kerl Angst haben?", fragte Lexi, als sie die geheime Stelle von Tulpe gefunden hatte, wenn man die streichelte, machte sein Bein unwillkürliche Zuckungen.

„Genau mein Gedanke." Marina holte tief Luft. „Er ist ein Trosthund für mich."

„Ach", Lexi zog schnell die Hände weg. „Das bedeutet wohl, dass ich ihn nicht anfassen sollte, oder?"

„Ist okay. Er ist kein Diensthund", sagte Marina. „Ich muss, ich habe mit Angstzuständen zu kämpfen und…" Noch ein tiefer Atemzug. „PTBS. Ein Arzt hat mir empfohlen, ein Tier zu finden, das mir bei diesen Gefühlszuständen hilft."

Natürlich wollte Lexi Marina sofort fragen, warum sie an einer posttraumatischen Belastungsstörung litt, aber sie unterdrückte den Drang. Das Recht zu fragen musste sie sich erst verdienen. Vielleicht würden sie Freunde werden, und sie könnte eines Tages fragen. Vielleicht könnte sie Marina sogar irgendwie helfen. Aber dann rief sie sich ins Gedächtnis: Treibsand!

Sie würde nicht lange genug hier sein, um so etwas zu tun. Und obwohl sie das traurig machte, musste sie es akzeptieren.

„Ähm, verlässt Tulpe das Haus mit dir?", fragte sie.

„Meistens. Er bleibt dann in der Bar in einem Hinterzimmer. Er döst und stiehlt sich Leckereien von den Köchen der Kalten Küche."

Lexi grinste. „Wie cool! Naja, ich will dir ja nicht auf

die Zehen treten, aber falls du jemals jemanden brauchst, der mit ihm spazieren geht oder ihn rauslässt, bin ich zur Stelle. Ich liebe Hunde."

„Das ist nett. Vielen Dank", sagte Marina.

Lexi erhob sich und bemerkte, als sie so nebeneinander standen, um wie viel sie größer war als Marina.

„Also", Lexi räusperte sich. „Vielen Dank, dass du mich hier so Knall auf Fall unterbringst."

„Ehrlich gesagt bin ich dankbar für die Gesellschaft. Und auch für die Mitbeteiligung an der Miete. Dies war das Haus meines Vaters, bevor er in ein Pflegeheim drüben in Jacksonville musste. Und in machen Monaten habe ich Schwierigkeiten, die Rate aufzubringen. Hast du Hunger? Ich habe gerade ein paar Lebensmittel eingekauft und wollte etwas zu essen machen, bevor ich in die Bar muss."

„Gern." Lexi schaute auf die Uhrzeit auf ihrem Handy. Du liebe Zeit! Es war schon fast fünf Uhr. Der Tag war wie im Flug vergangen. „Das klingt großartig."

Lexi half Marina beim Auspacken der Lebensmittel, während Tulpe mit dem Bauch nach oben auf dem Küchenfußboden lag. Lexi musste jedes Mal grinsen, als sie über ihn steigen musste. Dann aßen sie beide relativ schweigend ihre Sandwiches an der Frühstückstheke. Lexi blickte sich um und versuchte, ein Gefühl für das Haus zu bekommen.

Marina aß langsam und methodisch, dann stand sie unvermittelt auf, um ihren Teller abzuspülen und abzutrocknen. „Also ich muss mich jetzt umziehen und in die Bar", sagte Marina. „Wenn du vorbeikommen willst, kannst du ein paar Getränke gratis haben. Um deinen Umzug zu feiern?"

Lexi konnte erkennen, dass die Einladung, wie fast alles, was sie tat, Marina nervös machte. Sie war wie ein Haufen Laubblätter, und die Welt war ein Laubbläser. „Wie wäre es morgen Abend? Ich möchte für meinen ersten Arbeitstag morgen frisch sein."

„Ach ja, richtig. Ich vergaß, dass Eric sagte, du würdest jetzt im Baumarkt arbeiten."

Lexi stand auf, säuberte ihren eigenen Teller und spülte ihn ab. „Seit wann kennst du Eric?", fragte sie und versuchte, beiläufig zu klingen.

„Seit wir vier oder fünf Jahre alt waren. Seit damals hat er jeden Sommer hier bei seinen Großeltern verbracht."

„Und dann ging er nach Kalifornien zurück?"

„Genau", Marina bekam leuchtende Augen. „Ich erinnere mich einmal an Ferien zu Thanksgiving, als die Jungs ihn in L.A. besuchten. Jake, sein Bruder Dean und, ähm, Dylan." Bei Dylans Name liefen ihre Wangen rot an. „Sie kamen mit Muschel-Halsketten und Sonnenbrand zurück und dachten, sie könnten plötzlich mit Worten wie ‚krass' und ‚radikal' um sich werfen."

Lexi grinste. „Und wie kam das in Montana an?"

Marina erwiderte das Grinsen. „Sagen wir mal so: Es war nicht von Dauer."

KAPITEL FÜNF

Eric strich sich durchs Haar und fummelte mit den Schachteln mit Schlüsselanhängern neben der Kasse herum. Er wartete auf Lexi, die zu ihrem ersten Arbeitstag im Baumarkt kommen sollte. Warum zum Teufel war er dann so nervös?

Sie hatten bereits, verfickt nochmal, toll miteinander geschlafen. Weshalb sollte er nervös sein? Und dennoch, er war sich ziemlich sicher, dass er die Dinge an der Kasse fünfmal umgeräumt hatte, ehe ihr Auto endlich auf den Parkplatz fuhr.

Bei dem klappernden Geräusch ihres alten Honda Civic zuckte er unwillkürlich zusammen. Diese Karre war auf keinen Fall mehr sicher. Vielleicht gab es eine Möglichkeit, sie zu überreden, einen Wagen zu fahren. Vielleicht einen, der das Logo vom Baumarkt an der Seite hatte. Er könnte ihr sagen, dass dies ein Teil des Angestellten-Pakets sei oder so etwas.

Ach! Als hätte er die Chance, dass sie ihm diesen Mist abkaufen würde. Sie war schon fast überzeugt, dass er versuchte, sie zu einer ‚ausgehaltenen‘ Frau zu machen. Ihr ein besseres Auto aufzuzwingen, wäre zu diesem

Zeitpunkt gleichbedeutend wie ihr Reizunterwäsche zu kaufen. Er gab ihr einen Job und ein wenig Stabilität über den Sommer. Das würde erst mal genug sein müssen.

Ihm stockte der Atem, als sie ausstieg und sich dann fast sofort umdrehte und wieder einstieg.

Was zum Teufel? Wollte sie einen Rückzieher machen?

Sie stieg aus. Ging ungefähr halb den Weg zum Vordereingang hinauf. Nur um umzukehren und wieder zum Auto zurückzuschleichen.

Eric ging an die Tür, bereit, ihr nachzugehen, aber da sprang sie aus dem Auto, knallte die Tür nachdrücklich zu und eilte herauf. Die Klingel über der Tür ertönte, und sie blieb erschrocken stehen, als sie ihn dort stehen sah, mit den Händen in den Hosentaschen.

Sie beäugten einander, und Eric musste den Impuls unterdrücken, den Abstand zwischen ihnen zu überbrücken und sie in seine Arme zu nehmen.

Scheiße. Es würde schwerer werden, als er vorausgesehen hatte, eine professionelle Atmosphäre aufrechtzuerhalten.

„Hallo Boss", sagte sie schließlich, wippte auf ihren Absätzen und stopfte die Hände in die Taschen ihrer Jeans. Eine bessere Jeans als die, die sie an jenem Abend in der Bar getragen hatte.

Er zog eine Grimasse. „Eric als Anrede ist immer noch völlig in Ordnung."

„Gern. Ich, ähm, ich wusste nicht, was ich anziehen sollte."

Er konnte nicht widerstehen, ihren Körper zu mustern, das enge T-Shirt, eine perfekt sitzende Jeans und ihr Haar, das bis zu ihren Ellbogen herabfiel. Gott! Sogar ihre abgewetzten Chucks törnten ihn an. Er musste sich unbedingt unter Kontrolle bringen.

Eric räusperte sich und deutete auf sich selbst. „Jeans sind in Ordnung. Es ist schließlich ein Baumarkt. Und ich habe ein T-Shirt für dich." Er zeigte auf sein eigenes waldgrünes Firmen-Hemd, auf dem das Logo ‚Iris Baumarkt' prangte. „Iris ist der Name meiner Großmutter."

Unwillkürlich bekamen Lexis Augen einen sanften Glanz. „Dein Großvater benannte das Geschäft nach ihr?"

„Nein", lachte Eric, als er hinter die Theke ging und ein T-Shirt für sie hervorzog. „Sie benannte den Laden nach sich selbst. Sie war ziemlich knallhart. Glaube mir! Sie nimmt sich, was sie will, und wartet nicht auf Almosen."

„Klingt, als würde sie mir gefallen", sagte Lexi, nahm das T-Shirt in Empfang und zog es über dasjenige, das sie bereits anhatte.

Es passte wie angegossen, und Eric musste sich stark zusammenreißen, sie nicht bewundernd anzustarren, als sie ihr glänzendes blondes Haar unter dem Kragen hervorholte und über die Schulter warf.

„Willst du die große Rundtour?" Wieder musste er sich räuspern. Er würde Hustenbonbons zur Arbeit mitbringen müssen, wenn sie Seite an Seite arbeiten würden.

Er zeigte ihr das ganze Geschäft und war erfreut und erleichtert, dass sie die Bezeichnungen und den Verwendungszweck von fast allen Werkzeugen kannte. Er probierte auch ein paar mögliche Szenarios diverser Kundenwünsche aus, und sie zeigte genügend Wissen, um all diese fiktionalen Probleme zu lösen.

„Und wenn ich irgendetwas nicht weiß, kann ich es doch einfach googlen, oder?", fragte sie ihn und nickte in Richtung eines alten Computers hinter der Kasse.

„Klar, oder du fragst mich. Obwohl ich wahrscheinlich die meiste Zeit über nicht hier sein werde."

„In Ordnung." Sie schaute hinaus auf die Straße. „Es sieht so aus, als würdest du eine Lieferung bekommen. Ich werde sie in Empfang nehmen", sagte sie und lief bereits zur Tür hinaus, ehe er etwas tun konnte.

Eric beobachtete sie und rieb sich den Nacken. Gott, er mochte sie. Er fühlte sich zu ihr hingezogen. Mit ihr hatte er den heißesten Sex seines Lebens gehabt. Jetzt musste er mit der Tatsache fertig werden, dass er, aus reiner Hilfsbereitschaft heraus, sie nicht mehr berühren durfte.

Nicht mehr küssen durfte.

Sich nicht mehr auf sie stürzen durfte.

Sie nicht mehr vögeln durfte.

Verdammt! Eric ächzte und streckte die Hand nach seiner Tasse langsam kalt werdenden Kaffees aus, die auf der Theke stand.

Lexi lachte wegen etwas, das der Bote draußen sagte. Eric sah zu, wie der Mann Lexis üppigen Hintern betrachtete, als sie sich hinunterbeugte, um das Paket aufzuheben. Eric umschloss mit seiner Hand die Kaffeetasse fester, anstatt das zu tun, was er eigentlich tun wollte, nämlich dem Paketboten eine reinzuhauen.

Die Türklingel ertönte wieder, und Lexi bahnte sich mit dem Paket in den Händen mit den Schultern einen Weg herein.

„Ich werde es auspacken", rief sie ihm zu und riss bereits das Klebeband von der Schachtel.

„Hast du schon gefrühstückt?", fragte er und kam hinter der Theke hervor.

Lexi blickte überrascht auf und kniff ein wenig die Augen zusammen. „Klar. Marina hat heute Morgen Pfannkuchen gemacht und sie mit mir geteilt."

Eric riss die Augen auf und sah zur Wanduhr. „Marina war früh genug auf, um dir Pfannkuchen zu machen, bevor du zur Arbeit gehst? Sie muss bis mindestens 2 Uhr 30 in der Bar gewesen sein. Das sind weniger als fünf Stunden Schlaf."

„Ach, das ist nicht gut. Vielleicht konnte sie nicht schlafen?"

Eric legte die Stirn in Falten. Als es für Marina bergab ging, war er nicht hier gewesen, sondern immer noch in L.A. Und seitdem waren viele Jahre vergangen. Sie hatte erstaunliche Fortschritte gemacht. Und doch, wenn sie Schlafprobleme hatte, war das kein gutes Zeichen. Er wollte sich merken, dass er sich nach ihrem Befinden erkundigen würde. Vielleicht könnte er bei Dylan nachfragen.

Die Türklingel ertönte und riss ihn aus seinen Gedanken.

„Guten Morgen, Frau Gunderson", sagte er, als eine ältere, pummelige Frau in das Geschäft kam, als gehörte es ihr. Sie war die beste Freundin seiner Großmutter, und Eric wusste, dass sie es sich zur Aufgabe gemacht hatte, sicherzustellen, dass es mit dem Laden während seiner Zeit nicht bergab ging, während Iris im Urlaub war.

„Guten Morgen, Junge", sagte sie und fächelte sich Luft zu in der automatischen Geste einer Frau, die weiß, wie man die Hitze auf altmodische Weise besiegen kann. „Hast du noch etwas mehr von diesem Kaffee da?"

„Natürlich, Ma'am." Eric versuchte, nicht zu seufzen. Er mochte Frau Gunderson. Wirklich. Er war mit ihr wie mit einem Familienmitglied aufgewachsen. Aber ihr eine Tasse Kaffee zu bringen, bedeutete, dass sie bleiben und eine Weile plaudern würde. Und sie war berüchtigt dafür, Augen wie ein Habicht zu haben. Er legte nicht besonders viel Wert darauf, momentan mit Lexi beobachtet zu werden.

„Ach! Kind, hast du mich erschreckt!", flötete Frau Gunderson, als Lexi aus einem Gang des Geschäfts auftauchte und die Schachtel in Stücke zerlegte, die sie gerade fertig ausgepackt hatte.

„Das tut mir leid. Lexi Fischer."

„Cheryl Gunderson." Frau Gunderson hielt Lexis Hand nur einen kurzen Moment, während sie sie mit klugen Augen beäugte. „Naja, du bist ja ein interessantes Geschöpf."

Lexi blickte die ältere Frau verwundert an, war offenbar unsicher, was sie von dem altmodischen Kleid mit Blumenmuster halten sollte, dem federartig aufgebauschten Haar der achtziger Jahre und den uralten Cowboy-Stiefeln. Oder was wahrscheinlicher war, sie war sich nicht sicher, was sie davon halten sollte, Geschöpf genannt zu werden.

„Nicht sehr weiblich, aber dennoch hübsch", sagte Frau Gunderson und sah zu, wie Lexi von Eric eine Tasse Kaffee annahm.

Lexi blickte noch erstaunter drein. „Ähm—"

„Wie viel verstehst du von Pferden, Kind?", fragte Frau Gunderson, während sie sich vorbeugte und einen der kleinen silbernen Ringe anblinzelte, die Lexi trug. Eric hatte zuvor nicht bemerkt, dass der Ring die Form eines Pferdes hatte.

Er schüttelte den Kopf über Frau Gunderson. Über 75 Jahre alt und Augen wie ein Habicht.

Lexi straffte die Schultern und starrte Frau Gunderson direkt an. „Ich weiß genug."

„Ich vermute, du hast in einem dieser Sommerlager etwas über Pferde gelernt, wie? Die mit den lustigen Hüten und wenn man Polo spielt."

Lexi blinzelte langsam, und als sie antwortete, war es dem gedehnt gesprochenen Südstaatenakzent verdammt ähnlich, der auch bei Frau Gundersons Aussprache deutlich wurde und wie Sirup aus ihrem Munde tropfte. Eric fragte sich, ob sie das absichtlich machte oder ob es ihre natürliche Aussprache war.

„Nein, Ma'am. Ich bin auf dem Rodeo-Circuit aufgewachsen."

„Stimmt das tatsächlich?" Nun hatte sie Frau Gundersons vollständige Aufmerksamkeit. Und auch Erics. „Und was war deine Disziplin?"

„Vom Pferd aus mit dem Lasso ein Kalb einfangen und Wettreiten. Schafreiten als Kind, wer sich am längsten halten kann."

Eric versuchte, darauf zu achten, dass ihm der Mund nicht offen stehenblieb. Sie war in der Rodeo-Szene aufgewachsen? Wer war diese Frau? Und warum hungerte er förmlich danach, noch mehr von ihr zu erfahren? Alles, was er erfuhr, veranlasste ihn dazu, nur noch mehr von ihr in Erfahrung bringen.

Nun hatte Frau Gunderson eine Miene aufgesetzt, als würde sie versuchen, ein ebensolches Interesse zu unterdrücken. „Als Mädchen habe ich auch an einigen Rodeos teilgenommen." Sie zog eine der gezeichneten Augenbrauen hoch. „Das ist keine einfache Welt für eine Frau."

Lexi zuckte die Achseln. „Mein Vater war bei mir. Er passte auf mich auf."

Frau Gunderson betrachtete sie erneut interessiert. „Also wirst du einmal bei mir vorbeikommen und dich mit mir über Rodeo unterhalten?"

„Ist das eine Einladung?"

„Klar."

„In Ordnung." Lexi wippte auf ihren Absätzen. „Dann werde ich vermutlich kommen."

„Ich freu mich darauf", sagte Frau Gunderson und drückte Eric die halb ausgetrunkene Tasse Kaffee wieder in die Hand. „Aber Herr Gunderson und ich haben ein wenig altmodische Ansichten, wenn wir Gäste haben. Zieh ein Kleid an!"

Lexi war erstaunt, doch diesmal war sie eher belustigt als beleidigt. „Und wenn ich kein Kleid habe?"

Frau Gunderson drehte sich nicht um, ging einfach weiter auf die Tür zu. „Kauf dir eins!", rief sie noch über ihre Schulter zurück, ehe sie verschwunden war.

„Das ist eben noch die alte Schule", sagte Lexi, als sie sich auf die Zehenspitzen stellte, um der Dame auf der Straße nachzuschauen. „Typisch vom Land."

Mit erstaunter Miene beugte sich Eric vor und konnte nicht widerstehen, Lexi das Haar über die Schulter zurückzustreifen. „Rodeo, wie?"

Sie zuckte die Achseln. „Jeder muss doch irgendwo aufwachsen."

* * *

An diesem Tag verging für Lexi die Zeit schnell. Es gab viel zu lernen und immer viel zu tun. Ihr gefiel es, beschäftigt zu sein. Doch da es im Leben um die richtige Ausgewogenheit geht, gefielen ihr auch die Pausen gut. Sie hatte im Hinterzimmer gerade die Füße hochgelegt, als sie die Tür im Laden klingeln hörte.

Ausgerechnet jetzt! Es kamen kaum drei Kunden am Tag, doch in dem Moment, da sie ihre Pause machte, kam jemand herein. Sie war gerade aufgestanden, als eine verführerische weibliche Stimme bis ins Hinterzimmer zu vernehmen war.

„Hallo, Eric!"

„Schönen Nachmittag, Sarah", sagte Eric. „Hast du etwas zu reparieren?"

„In der Tat", erwiderte die Frau in einem aufreizenden Ton, der Lexi auf den Gedankern brachte: *Ich wette, du hast es echt nötig, dass etwas repariert wird.*

Lexi konnte sich nicht zurückhalten und spähte aus der leicht offenstehenden Tür.

Schon entdeckte sie langes seidiges Haar und ein Stückchen eines puderrosaroten Kleides.

„Ich habe zuhause eine Lampe, die sich nicht einschalten lässt. Ich fragte mich, ob du vorbeikommen und sie dir einmal anschauen könntest?"

Eric räusperte sich. „Die Wahrscheinlichkeit ist groß, dass du nur eine neue Glühbirne brauchst. Weißt du, wie viel Watt sie haben sollte?" Er führte die Frau – *Sarah* – in Richtung der Leuchtmittelabteilung des Geschäfts. Sie drehte sich gerade so weit um, dass Lexi einen Blick auf ihre perfekten überdurchschnittlich großen Brüste ergattern konnte.

„Ja, weißt du, es ist dieses süße kleine Ding aus Europa, das Papa mir aus Venedig mitgebracht hat. Und ich kann mir beim besten Willen nicht ausmalen, was für eine Glühbirne dafür nötig sein könnte. Aber ich habe ein Foto von der Lampe dabei, um sie dir zu zeigen. Vielleicht kannst du so darauf kommen."

Eric beugte sich näher, um das Foto auf ihrem Handy zu betrachten, und Lexi sah, wie sich sein Gesichtsausdruck in eine leicht geschockte Miene verwandelte. „Ähm, Sarah, ich glaube nicht, dass das das Bild ist, das du mir zeigen wolltest."

Sarahs leichtes melodiöses Lachen hallte durch das Geschäft, und Lexi ballte ihre Hände zu Fäusten, sodass sich ihre Fingernägel in ihre Handflächen gruben.

„Ach, nein", krähte Sarah. „Tut mir leid." Doch es hörte sich nicht so an, als würde es ihr wirklich leid tun. Sie wischte einige weitere Fotos beiseite, und Lexi konnte an Erics Miene ablesen, dass ein Foto aussagekräftiger als das andere war. „Hier ist die Lampe."

Eric räusperte sich. „Ja. Komm mit, wir haben einige dieser Art auf Lager."

„Gott sei Dank", erwiderte Sarah. „Es ist die Lampe auf meinem Nachttisch, und ich habe wirklich gerne das Licht an, wenn ich im Bett bin… zum Lesen."

Lexi krampfte die Fäuste zusammen. Sie war ja dafür, dass Frauen ihre Sexualität ausdrückten. Und als jemand, der vor zwei Nächten einen nahezu Fremden in einer Scheune gevögelt hatte, stand es ihr nicht zu, jemanden anzuprangern, wenn er schamlos auf jemanden losging. Aber um Gottes willen! Das war Erics Arbeitsplatz! Wo eine Kundin wie Frau Gunderson jederzeit hereinspazieren konnte!

Und auch wenn sie wusste, dass dies ein absolut alberner Gedanke war, so konnte sie nicht anders, als Eric als *ihren* Typen zu betrachten. Und es gefiel ihr absolut überhaupt nicht, wenn diese Sarah mit ihren D-Cup-großen Brüsten und ihren wie-anzüglich-unanständig-auch- immer Fotos, die sie auf ihrem Handy hatte, mit ihrem Typen flirtete.

Eric sagte nicht mehr recht viel, kassierte ihren Einkauf ab, nahm das von ihr auf seine Wange hingehauchte Küsschen hin und stieß einen Seufzer der Erleichterung aus, als sie endlich zur Tür hinaus verschwunden war.

Lexi lehnte am Türrahmen des Pauseraumes und räusperte sich.

Eric wandte sich ihr zu. „Hey, vermutlich hast du das alles mitbekommen?" Er deutete mit seinem Daumen zur Tür, wo die süße Sarah gerade entschwunden war.

„Einen Teil davon", sagte Lexi und stopfte die Hände in die Hosentaschen. „Obwohl es mir scheint, als hättest du viel mehr Hübsches zu sehen bekommen!"

„Junge, Junge, wie wahr." Eric zog eine Grimasse. „Ich glaube, das, was sie auf einem dieser Fotos gemacht hat, war technisch betrachtet eigentlich illegal."

„Und sie hat sie einfach so auf dich abgefeuert? Erfordert eine Menge Mumm." Lexi schlenderte weiter, immer noch die Hände in den Hosentaschen, und eine neutrale Miene aufgesetzt.

„Erfordert eine Menge von allem Möglichen." Er starrte sie kurz an, neigte den Kopf und grinste dann. „Anscheinend bist du ja nicht sonderlich geschockt von der Vorstellung von Nacktbildern. Liegt das daran, dass du selbst auch schon welche gemacht hast?"

MIT DEM BOSS IM BETT

Das hatte sie nicht, aber anstatt ihm das zu sagen, meinte sie achselzuckend: „Das ist eben das Zeitalter des Fotohandys."

Eric blieb der Mund offen stehen. „Verdammt nochmal, dann zeig sie mir!"

Lexi staunte, wie schnell sein neckender Ton gebieterisch werden konnte. Das erinnerte sie daran, wie dominant er in jener Nacht in der Scheune gewesen war, als er ihre Hände an diesen Balken geheftet hatte. Aus Angst, dass er ihre Bewegung sehen und richtig deuten könnte, presste sie ihre Beine nicht zusammen, obwohl sie das nur allzu gerne tun würde.

„Ich bin deine Angestellte, schon vergessen?"

„Also gut. Du bist gefeuert. Jetzt zeig sie mir!" Er streckte seine Hand nach ihrem Handy aus, aber nun war sein Tonfall wieder neckend, und in seinem Gesicht stand ein freundliches Lächeln.

Lexi musste dieses Lächeln einfach erwidern. „Ich sagte dir, wir würden nicht wieder miteinander schlafen, Eric."

„Das geht in Ordnung, aber du sagtest nicht, dass wir nicht miteinander flirten dürften. Es könnte sein, dass ich damit klarkomme, nicht mit dir zu schlafen. Aber nicht mit dir zu flirten? Da verlangst du Unmögliches. Das würde bedeuten, dass man gegen die Naturgesetze ankämpft."

„Na gut. Flirten? Geht in Ordnung. Vögeln? Geht nicht in Ordnung."

„So ist es." Er grinste wieder, und Teufel nochmal, er sah so gut aus, dass es manchmal echt schwierig war, ihn

99

anzuschauen. „Und nur fürs Protokoll, Versand eigener anzüglicher Nachrichten, sei es in Bild- oder Textform, zählt als Flirten nicht als Vögeln."

Sie verdrehte die Augen. „Gewiss nicht."

Er wollte gerade etwas erwidern, als sein Handy wegen einer hereinkommenden Nachricht summte. Er las sie und sagte. „Mein Freund Jake möchte wissen, ob du heute Abend auf einen Drink mitkommen willst. Vielleicht können wir eine Meinungsumfrage abhalten, was die Debatte über das Versenden von Nacktfotos anbelangt. Was sagst du dazu?"

Lexi trat zu der Kasse heran und spielte mit einem der Schlüsselanhänger herum, die dort verkauft wurden. „Wer ist wir?"

„Jake, Dylan und ich. Und vielleicht auch unser Freund Will. Wir treffen uns ein paar Mal die Woche in der Bar."

„Meinst du das Skeeps?", fragte Lexi und nannte die Bar, wo Marina arbeitete.

Er nickte.

„Da gehe ich sowieso schon hin", entgegnete Lexi. „Marina und ich feiern unsere neue Wohngemeinschaft."

Sie ging nicht darauf ein, wie seine Miene aufleuchtete, als sie sagte, dass sie dort sein würde. Das wäre nicht gut für das unkontrollierte Herzklopfen, das plötzlich einsetzte.

„Großartig!"

„Ich werde nicht lange bleiben", warnte sie ihn vor. „Ich muss morgen früh zur Arbeit."

Er lächelte sie an. „Ich auch. Und ich habe einen Tag voll Flirten vor mir."

Lexi würde es niemals zugeben, aber Herrgott, ihr gefiel diese Sprache. Irgendwie gelang es ihr, zu sagen: „Flirte so viel, wie du willst! Aber denke daran, das Versenden anzüglicher Nachrichten ist *kein* Flirten."

Eric lachte nur. „Das werden wir ja sehen."

KAPITEL SECHS

Eric regte sich maßlos auf, denn er war in echten Schwierigkeiten.

Warum zum Teufel hatte er sich darauf eingelassen und zugestimmt, Lexi nicht anzufassen? Und warum hatte er Dylan und Jake gesagt, sie hätten beschlossen, nur gute Bekannte zu sein?

Jake hatte sein saublödes Grinsen aufgesetzt, während er zusah, wie Lexi sich bei Marina an der Bar einen Drink bestellte. „Man darf sich das neue Mädchen also ruhig grabschen?"

Eric hatte jeden Funken Selbstbeherrschung zusammenkratzen müssen, um Jake nicht einen saftigen Schlag in sein hübsches Arschgesicht zu versetzen. Erst dieser Typ vom Paketdienst. Jetzt Jake. Eric hatte noch nie ein Problem damit gehabt, Besitzansprüche auf eine Frau anzumelden.

Erst bei Lexi ging es ihm so.

Dylan schlug Eric leicht auf die Schulter. „Ihr seht nicht wie nur gute Bekannte aus, aber wenn ihr euch das selbst so einreden wollt, Bruder."

Und jetzt saßen sie alle an einem Tisch im

rückwärtigen Teil vom Skeeps, Jake und Eric auf der einen, und Dylan und Lexi auf der anderen Seite.

Während der letzten zwanzig Minuten hatte sich Dylan leise mit Lexi unterhalten, und Eric bekam immer schlechtere Laune, wenn er den beiden nur zusah.

Er trank von seinem Bier und wandte sich an Jake. „Jake", sagte er laut genug, dass die beiden anderen ihn auch hören mussten. „Ich bitte um deine fachkundige Meinung als Experte: Fällt das Versenden von Nacktfotos und anzüglichen Nachrichten in die Kategorie ‚Flirten' oder ‚Sex'?"

Jake grinste, schob seine Baseballmütze etwas zurück und trank einen langen, meditativen Schluck Bier. „Interessante Frage, Kumpel." Er zwickte die Augen etwas zu, und es sah aus, als würde er weit in die Ferne blicken.

Lexi behielt einen neutralen Gesichtsausdruck bei, doch Eric war sich beinahe sicher, dass sie bald entweder finster dreinblicken oder lächeln würde.

„Meines außerordentlich großen Expertenwissens nach", fing Jake an, „nach Jahren der Forschung, Gruppenvergleichen, verschiedener Tests—"

„Ach du liebe Zeit", brummte Dylan, ehe er sein Bier austrank und per Handbewegung bei Marina ein weiteres bestellte.

„muss ich sagen, dass es eindeutig in die Kategorie des Flirtens fällt, da man davon ja nicht schwanger werden kann." Mit Nachdruck stellte Jake sein Bierglas auf den Tisch wie ein Richter, der mit dem Benutzen seines Richterhammers das Ende der Gerichtsverhandlung signalisiert.

Eric zog erstaunt eine Augenbraue hoch und sah dabei Lexi an, die es ihm gleich tat.

„Dennoch gibt es verschiedene Abstufungen des Flirtens, meinst du nicht?", sagte Dylan in gedehnter Südstaatenmanier, während er Marina beäugte, die sich mit einer weiteren Runde Bier ihrem Tisch näherte. „Flirten zwischen Fremden. Flirten zwischen Freunden. Flirten zwischen Menschen, die weit mehr im Sinn haben. Meinst du nicht, dass das Versenden solcher Nachrichten Flirten mit einer eindeutigen Absicht entspricht?"

Marinas Hände erzitterten, so dass das Tablett wackelte, ehe sie es schnell wieder unter Kontrolle bekam. Dylans Blick war weiterhin auf ihr Gesicht fixiert, aber sie ignorierte ihn weiterhin hartnäckig und stellte vor jedem sein jeweiliges Getränk ab.

Zum hundertsten Mal während der letzten paar Tage fragte sich Eric, was sich da zwischen seinen beiden Freunden abspielte. Und obwohl ihm klar war, dass er Marina aus dem Spiel lassen sollte, da sie so sehr errötete, konnte er sich gleichzeitig nicht daran zu hindern, sich zu fragen, ob sich womöglich zwischen ihr und Dylan etwas Besonderes abspielen könnte, wenn ihnen die Chance dazu gegeben werden würde.

„Was meinst du, Marina?", fragte er sie. „Ist Sexting nur Flirten?"

Sie spitzte die Lippen. „Weiß ich doch nicht."

Jake lehnte sich auf seinem Platz zurück. „Hast du niemals jemandem Nacktfotos oder anzügliche

Nachrichten geschickt?"

„Ich…" Marinas Wangen flammten auf, während sie eisern den Tisch anstarrte. „Ich, naja, ich schätze, ich weiß nicht genau, wie ihr Sexting definiert."

„Naja", sagte Jake, „Sexting definiert man erstens als das Versenden von Nacktfotos, zweitens obszöne Wörter, drittens—"

„Absichtlich versuchen, jemanden, dem man dies alles schickt, zu erregen, aufzuregen", mischte sich Dylan ein.

Marinas Wangen erröteten noch mehr, ehe sie die Augen zusammenkniff, dabei Dylan anschaute und ihr Kinn hob. „Also gut, kann sein, dass ich das schon einmal gemacht habe."

„Also, was denkst du? Ist Sexting nur harmloses Flirten?", fragte Eric wieder.

„Flirten ist nie harmlos, wenn es eine Freundschaft ruinieren könnte", erwiderte Marina, steckte sich das leere Tablett unter den Arm und eilte in das sichere Umfeld der Bar zurück.

„Ich denke, es wird noch dauern, bis der endgültige Urteilsspruch gesprochen ist", murmelte Lexi, während sie Marinas Rückzug beobachtete. Angespanntes Schweigen breitete sich am Tisch aus. Auf einmal fluchte Dylan. Als er aufstand, um Marina zu folgen, hielt Lexi ihn am Arm fest, um ihn aufzuhalten.

„Hast du etwas dagegen, wenn ich mit ihr rede?", fragte sie.

Dylan wollte gerade anfangen zu debattieren, und sein Blick flackerte zu Marina. Dann schaute er Eric an.

Eric nickte. „Du kannst Lexi vertrauen. Ich tue es jedenfalls."

Damit blieb Dylan dann doch etwas widerwillig am Tisch sitzen.

Lexi formte mit den Lippen ein unhörbares „Danke" und eilte hinter Marina her.

* * *

Sobald Lexi das Hinterzimmer betreten hatte, wo Marina auf einer Kiste Wasserflaschen in einer Ecke saß, tätschelte sie Tulpe auf seinem großen grinsenden Schädel.

„Hey, Marina", sagte Lexi und drehte dabei einen Eimer um, um sich draufzusetzen und neben Marina zu sein. „Sieh mal, ich weiß, dass wir uns noch nicht besonders gut kennen. Und Spitzfindigkeiten sind nicht gerade meine starke Seite. Aber ich lüge niemals und ich plaudere auch keine Geheimnisse aus. Wenn du also darüber reden willst, was auch immer da draußen vorgefallen ist, dann bleibt es unter uns."

Marina holte tief Luft, und augenblicklich war Tulpe an ihrer Seite, stupste sie an ihrer Hand an und ließ seine Zunge seitlich heraushängen. „Ich weiß auch nicht, was mit mir los war. Ich…" Sie holte nochmals tief Luft. „Ich war glücklich, als wir einfach Freunde waren, weißt du. Ich brauche keinen Mann. Ich *will* keinen. Nicht nachdem…"

Lexi legte sanft ihre Hand auf den Kopf des Hundes. Marinas Blick folgte Lexis Bewegungen wie ein Vogel, der einer Fliegenklatsche folgt. Tief in sich spürte sie einen Aufschrei von Trauer und Schmerz. Es war offenkundig, dass Marina von jemandem sehr weh getan worden war, und Lexi wollte wieder nachfragen, aber Marina zitterte wie Espenlaub, sodass Lexi es ihr nicht noch schwerer machen wollte.

„Du musst mir nicht alles erzählen, aber erzähle mir nur eins, Marina", sagte Lexi sanft. „Erzähle mir von Dylan!"

Marina seufzte leise, und Lexi fragte sich, ob sie wohl wusste, wie viel Sehnsucht daraus sprach. „Unser ganzes Leben sind wir befreundet gewesen. Und genau genommen war er sogar derjenige, der mich gerettet hat… vor etwas wirklich Schlimmen. Vor dem Schlimmsten, das mir je zugestoßen ist. Und seitdem ist er mein *bester* Freund. Aber seit einiger Zeit will er mehr als ich ihm geben kann."

„Vielleicht *denkst* du nur, dass du ihm nicht mehr geben kannst", sagte Lexi.

Marina schaute Lexi direkt in die Augen, es war der festeste und direkteste Blick, den sie je von ihr gesehen hatte. „Nein. Dieser Teil von mir ist tot. Seit langer Zeit. Und Dylan, der attraktiv aussieht und mir schmeichelt, der mich nach Hause fährt und mir Nachrichten schreibt, wenn er an mich denkt… Er versucht, etwas wieder zum Leben zu erwecken, von dem es besser ist, wenn es tot ist. Und das bewirkt, dass ich bestimmte Dinge tue. Dinge, die ich nicht tun sollte, ich sollte ihm keine falschen Hoffnungen machen…"

„Naja", sagte Lexi und kraulte Tulpe unter dem Kinn. „Wenn du ihn nicht willst, dann willst du ihn nicht. Und daran sollte er sich möglichst schnell gewöhnen."

Marina zuckte zusammen. „So einfach ist das nicht. Manchmal kannst du etwas wollen, und du musst gleichzeitig akzeptieren, dass du es nicht haben kannst. Egal, wie sehr du dir etwas wünschst, liegt die Sache doch anders. Manchmal müssen wir eine schwierige Entscheidung treffen und dann mit dieser Wahl leben. Weißt du, was ich meine?"

Lexi starrte Marina an und dachte an ihre eigene Entscheidung, die sie getroffen hatte, um ihr Herz vor Eric zu schützen, dann nickte sie. „Ja, ich weiß, was du meinst." Sie wünschte sich, sie wüsste es nicht. Sie wünschte sich, sie könnte Marina widersprechen und ihr sagen, dass sie sich, egal, was in der Vergangenheit passiert war, nicht das vorenthalten sollte, was sie in der Gegenwart glücklich machte. Aber das wäre scheinheilig von Lexis Seite aus. Sie wusste genau, wie es war, wenn man die schwierige Entscheidung treffen musste. In Lexis Fall war es, die Vermeidung jeglicher emotionaler Bindungen, die ihren Träumen im Weg stehen würden. In Marinas Fall? Wenn ihr die Gefühle von Sicherheit und Klarheit wichtiger waren als das, was Dylan ihr geben konnte, wie sollte dann ausgerechnet Lexi dagegenhalten?

Marina stand plötzlich auf. „Ich sollte wieder dorthin raus. Aber Lexi?"

Lexi schaute ihre neue Freundin an. „Ja?"

„Du und Eric. Ich…spüre, dass da etwas zwischen

euch ist. Und ich will, dass du weißt, dasselbe gilt auch für mich. Wenn du jemals darüber reden willst, dann bleibt es unter uns."

Lexi lächelte. „Danke, Marina."

Marina ging, und einen Augenblick lang saß Lexi nur da. Dann folgte sie Marina in die Bar, hielt nur kurz an, um sich ein Glas Wasser an den Tisch zu bestellen.

Als ihr Handy in ihrer Hosentasche summte, wusste sie sofort, wer ihr da eine Nachricht schrieb.

Sie biss sich auf die Lippe und ließ alles, was gerade geschehen war, nochmals Revue passieren. Sie hatte ihre schwierige Entscheidung getroffen.

Das hatte sie, aber sie war auch nicht Marina. Sie musste nicht eine solch harte Grenze ziehen, wenn es darum ging, dass sie sich von einem attraktiven Mann angezogen fühlte, der sie deutlich begehrte.

Nein, sie konnte Eric nicht haben, ohne ihre Träume, nach L.A. zu ziehen und Drehbuchautorin zu werden, aufs Spiel zu setzen. Aber so lange sie sich nicht zu sehr auf ihn einließ, so lange sie nicht wieder mit ihm schlief, wäre es da wirklich so schlimm, weiterhin einen harmlosen Flirt zu genießen? Schließlich war ihr ja nicht weh getan worden, wie Marina. Sie konnte viel klarer denken. Und Eric wusste genau, wie die Dinge standen. Dass sie nicht bleiben würde. Dass Treibsand das Allerletzte war, was sie wollte.

Deshalb…

Nicht imstande, zu widerstehen, zog sie ihr Handy aus der Hosentasche, und klar, da war eine Nachricht von Eric.

-Siehst du? Sogar Marina verschickt anzügliche Botschaften. Und in der High School war sie Mitglied einer Band.

Lexi musste einfach lachen. Sie wandte sich um und warf Eric über ihre Schulter blitzartig ein Lächeln zu. Er saß dort am Tisch, hatte den Arm über die Rückenlehne gelegt und unterhielt sich mit Dylan, aber er fing ihr Lächeln auf und grinste alsbald achselzuckend zurück.

Gerade rechtzeitig schaute Lexi zur Bar, um zu sehen, wie Marina einen hellroten Drink mit einer kleinen Beigabe von Grün vorbeitrug. Lexi blickte erstaunt drein und warf ihr Haar über die Schulter.

„Ich weiß, dass ich wie ein total mädchenhaftes Mädchen aussehe", witzelte Lexi, „aber ich ziehe die Haltelinie vor solchen Fruchtdrinks."

„Glaub mir", gab Marina schnell zur Antwort. „Der hier ist gar nicht mädchenhaft. Ich habe ihn selbst zusammengemixt. Das ist Hibiscus, Eistee mit Rosmaringeschmack, dazu Wodka und ein Schuss Limette. Überhaupt nicht süß!"

Mit immer noch hochgezogener Braue beugte sich Lexi vor und probierte einen Schluck. Das Aroma explodierte in ihrem Mund. „Wahnsinn, Mari!"

Marina grinste. „Ich hab's dir ja gesagt."

„Vergiss Dylan", sagte Lexi und trank noch einen Schluck. „Du bist jetzt meine Freundin."

Vor Verlegenheit biss sich Lexi auf die Zunge, denn sie befürchtete, zu weit gegangen zu sein, aber Marina lachte nur. Ein kleiner Ton der Freude. Sie bewegte sich weiter durch die Bar, um die nächste Bestellung eines Kunden aufzunehmen. Lexi merkte, dass sie wieder ihr Handy beäugte.

Entweder lag es an dem Wodka in ihrem Drink oder sie wollte wirklich ihren Worten Taten folgen lassen, und sie holte einen tiefen Atemzug. Zeit für Ehrlichkeit.

-Flirten/Sexting klingt nach Spaß. Aber es klingt auch nach einem anderen Wort für Treibsand.

Augenblicklich leuchteten auf ihrem Display die Punkte auf, die anzeigten, dass er bereits eine Antwort schrieb, und Lexi schluckte ihre Nervosität hinunter, die wie kleine Luftblasen in ihrer Brust aufgestiegen war.

-Kein Treibsand. Das verspreche ich dir. Betrachte es lieber als praktische Übung für deine ersten einsamen Wochen in L.A. Du wirst JEMANDEN brauchen, der sich um solche Bedürfnisse kümmert. Und ich werde dann eineinhalbtausend Kilometer weit weg sein. Niemand kann in einer Entfernung von eineinhalbtausend Kilometern in Treibsand steckenbleiben.

Lexi versuchte, nicht zu lächeln. Es lief alles darauf hinaus, wie sehr sie sich selbst und Eric traute. Vertraute sie darauf, dass Eric ihr helfen würde, am Ende des Sommers ihrem Traum nachzujagen? Vertraute sie auf sich selbst, zu wissen, was sie tat?

Lexi signalisierte Marina, dass sie zum Waschraum ging. Als sie das Schloss umdrehte, rang sie noch mit der Entscheidung, ob sie ein Bild im Spiegel machen sollte, im klassischen Selfie-Stil, doch stattdessen hielt sie das

Handy über ihren Kopf. Sie schaute hoch in die Kamera und vergewisserte sich, dass die Linse eine prächtige Aussicht in den Ausschnitt ihres Tops hatte. Sie beugte sich nur ein kleines bisschen vor, so dass ihre Brüste, die von der üppigeren Sorte waren, in ihren BH gedrückt wurden. In der letzten Sekunde brachte Lexi ihren Daumen an ihre Unterlippe, zog sie nur ganz leicht etwas nach unten und machte das Foto. Sie drehte ihre Kamera um, damit sie sich das Bild anschauen konnte.

Bingo!

Sie sah sexy, voller Lust und für alle Schandtaten bereit aus. Sie flitzte aus dem Bad und setzte sich auf einen Barhocker. Sie warf ihr Haar zurück, nahm noch einen großen Schluck ihres Cocktails und öffnete ihre Konversation mit Eric.

Und schickte ihm das Foto.

Sie konnte ein Grinsen nicht verhindern, als sie hörte, wie er hustete, als er sich an seinem Schluck Bier verschluckte. Auftrag erledigt.

Und dann summte ihr Handy mit seiner Antwort.

D
U
L
I
E
B
E
Z
E

I
T
-Da musst du einen Mann schon erst vorwarnen!

Lexi konnte sich ein Grinsen nicht verkneifen.

-Du hast das bekommen, was du wolltest, und beklagst dich jetzt?

-Verdammt nochmal, nein, ich beklage mich nicht. Ich befinde mich gerade in dem Prozess, mich vor meinem neuen Gott zu verbeugen. Nein, vor meinen Göttern, sollte ich sagen. Deine Brüste verdienen höchste Verehrung.

Lexi verdrehte die Augen.

-Du bist dran, schrieb sie.

-Um ein Foto zu schicken?

-Logo!

In Sekundenschnelle war er bei ihr an der Bar, sprach aber nicht mit ihr. „Marina, noch eine Runde für die Jungs, okay? Auf meine Rechnung."

Er schaute sich nicht um, als er den Gang hinunterging.

Lexi nahm ihr Handy zur Hand. Sie musste unbedingt eine Sache klarstellen.

-Kein Penisbild!

Sie hörte noch sein bellendes Lachen, als er in den Herrenwaschraum trat und die Tür schloss.

Sekunden später bekam sie ein Bild, das er von seinem Spiegelbild gemacht hatte. Es zeigte, wie er mit einer Hand sein Hemd hochschob, seine Brustmuskeln freilegte und das V seiner Muskeln in Richtung

Hosenbund. Der Gummizug seiner Boxer-Shorts war an seinen Hüften gefährlich weit nach unten gerutscht.

Lexis Mund wurde trocken. Er war so heiß! Und sein Gesicht!

Sie unterdrückte ein Aufstöhnen. Er schmachtete nicht kitschig grinsend in die Kamera, wie es die Typen in solchen sexy Bildern oft machen.

Nein, er lächelte bloß, aber in seinen Augen stand eine klare Botschaft. Dass er sie von Kopf bis Fuß mit der Zunge bearbeiten wollte.

Lexi holte tief Luft und trank noch einen Schluck ihres Drinks. Als Eric aus dem Bad wieder auftauchte, hob Lexi ihr Glas und prostete ihm zu.

Er zwinkerte und machte eine leichte Verbeugung.

Flirten, redete sie sich ein. Das war nur ein bisschen harmloses Flirten.

Aber während die Worte noch in ihrem Kopf widerhallten, gab ihr das vibrierende Gefühl in ihrem Magen – und in ihrem Herzen – doch zu denken. Und ließ sie fragen, ob Marina nicht doch die Klügere von ihnen beiden war.

KAPITEL SIEBEN

Eric und Lexi fielen in einen gewissen Rhythmus. Ein sehr aufregender, verführerischer Rhythmus, aber nichtsdestotrotz ein Rhythmus. Tagsüber die Arbeit, bei der sie die Dinge auf einer beruflichen Ebene hielten. Während der Abende die Bar, wo sie das miteinander Flirten zuließen, aber auch nur so weit. Ein paar Tage wurden zu einer Woche, und aus einer Woche wurden zwei.

Am Ende ihrer zweiten Arbeitswoche im Baumarkt erhielt Lexi ihren ersten Gehaltsscheck, und sofort schickte sie die Hälfte des Geldes an ihren Vater. Aber mehr noch als über das Geld freute sie sich über die Situation. Die Arbeit machte ihr Spaß, und sogar noch mehr Spaß, wenn Eric in der Nähe war. Die einzigen Male, als es nicht so lustig war, waren die Zeiten, als Fräulein Sarah Burn ihren Arsch in das Geschäft schob und sich bei Eric einschmeicheln wollte.

Und leider war gerade jetzt wieder so eine Zeit.

Eric führte Sarah durch das Geschäft und gab diverse Artikel in ihren Einkaufswagen. Lexi war sich sicher, dass er versuchte, Sarah so schnell wie möglich wieder loszuwerden, aber sogar das ärgerte sie.

Nachdem Sarah für 125 Dollar Mist, den sie gar nicht brauchen konnte, da war Lexi überzeugt, eingekauft hatte, küsste sie Eric auf die Wange und ging. Lexi versuchte, ihre Gedanken im Zaum zu halten, aber es hatte keinen Zweck. Sie sagte: „Ich wette, all ihre Höschen passen farblich genau zu ihren BHs."

„Wie bitte?", sagte Eric mit hochgezogener Augenbraue und erstarrte beim Wegräumen einiger saisonabhängiger Gegenstände, um sie zurück ins Lager zu bringen.

„Du hast mich genau verstanden. Ich wette, sie benutzt ihre Zahnbürste genau nach Vorschrift und keinen Tag länger. An Thanksgiving wird Papa den Truthahn anschneiden, so wie es eines Tages ihr Ehemann tun wird. Aber sie wird zu sehr damit beschäftigt sein, dem Poolpfleger schöne Augen zu machen, um es überhaupt zu bemerken."

„Wow!" Eric schnappte sich einen Besen aus dem Hinterzimmer und begann zu kehren. „Da hast du dir ja eine schöne Geschichte zusammengesponnen." Er hielt inne. „Erstaunlich akkurat noch dazu."

„Das ist eine Gabe." Lexi zuckte die Achseln und hakte zwei Dinge auf der Inventurliste ab. „Ich kann für jeden, den ich kennenlerne, eine Hintergrundgeschichte erfinden."

„Für jeden, wie? Wie wär's bei Frau Gunderson?", forderte er sie heraus.

„Naja, da ist schon ein bisschen Schummeln im Spiel,

denn sie hat mir bereits von ihren Rodeozeiten erzählt, aber ich kann natürlich den Rest ergänzen." Lexi lehnte sich zurück und dachte eine Sekunde nach. „Ihr Vater war ein reicher Mann, besaß vielleicht eine Miene. Aber die Miene stürzte ein, und der Geldzufluss versiegte. Sie musste schnell lernen, wie man sich seine Brötchen verdiente. Sie war jung, hübsch und konnte reiten. Sie schloss sich der Rodeo-Tour an. Sie war gut, aber zu resolut, die Männer begehrten sie, aber sie wollte in Ruhe gelassen werden. Sie verließ die Tour, zog nach Norden, tat einige Jahre lang irgendetwas Langweiliges, gerade lange genug, um Herrn Gunderson kennenzulernen. Freundlich, ruhig, solide. Er hatte nicht viel, aber er wusste, wie man es durch Arbeit zu etwas bringen konnte. Und das bedeutete nach Frau Gundersons Meinung eine ganze Menge mehr. Sie versuchten, Kinder zu bekommen, aber es klappte nicht. Darum wurde die ganze Stadt zu ihrem Baby. Und nun ist sie so eine Art überbehütende Mama. Sie möchte alles wissen: wer, was, wann, wo und wie etwas passiert. Und das ist für sie genug."

Eric blieb der Mund offen stehen. „Wirklich nicht weit gefehlt. Ich bin mir ziemlich sicher, dass ihr Vater eine Ranch besaß, die den Bach runterging, keine Miene. Aber deine Version ist interessanter."

Sie deutete auf sich selbst und sagte: „Geschichtenerzählerin. Ich kann das Leben von jedem in einen Film verwandeln. Außer mein eigenes."

„Das Leben von jedem?"

Wieder zuckte sie die Achseln. „Probiere es aus!"

„Wie wär's mit meinem?"

Lexi stützte eine Hand in die Hüfte und neigte den Kopf, während Eric das, was er auf der Kehrschaufel hatte, in den Abfall kippte. Er sperrte die Eingangstür des Baumarkts zu und drehte das Schild von offen auf geschlossen.

„Hmmm… Also, Eric, ich würde sagen, du stammst von einer reichen Familie ab." Mit zusammengekniffenen Augen schaute sie ihn an. „Ja, eindeutig. Aber das hat dich nicht träge gemacht, sondern motiviert. Du hast ein gutes Verhältnis zu deinen Eltern. Stehst deiner Mama näher als deinem Papa. Keine Geschwister. In letzter Zeit sind dir die Leute in diesen reichen Kreisen auf die Nerven gegangen. Du weißt niemals, ob sie dich wegen deines Geldes oder deiner Persönlichkeit mögen. Du bist hierher zurückgekommen, weil du auf der Suche nach dem einfachen Leben warst. Und du bist überrascht, wie einfach es ist, den Schalter umzulegen. Es war zwar schwer, deine Familie zurückzulassen, aber du hattest keine engen Freunde, hattest nie ein Mädchen, das dir irgendwie viel bedeutet hätte, deshalb hast du dein Zeug zusammengepackt und…"

Lexis Stimme erstarb, als etwas Bedrohliches über Erics Miene flackerte. Etwas, das nach unendlich viel Leid aussah.

Er machte einen Schritt zurück und schaltete die Lichter in dem Geschäft aus. In dem schwachen Licht ging er dann auf sie zu. „Toll, du bist ziemlich gut", sagte er angespannt.

„Eric", sagte sie leise und eilte um die Theke herum auf ihn zu. „Ich habe einfach nur dummes Zeug erzählt. Habe im Dunkeln herumgestochert. Ich hatte nicht die Absicht—"

„Nein, nein. Du hattest größtenteils Recht. Bis auf ein paar Dinge. Ich stehe meinen beiden Elternteilen gleichermaßen nahe. Und es war nicht leicht, mein Leben in L.A. zurückzulassen, um hierherzukommen. Es war eigentlich furchtbar hart. Ich ließ meinen besten Freund auf der Welt zurück und ein Mädchen, das ich sechs Jahre lang geliebt hatte." Er wandte sich ihr zu, und das trübe Licht fiel auf sein Gesicht. „Ich glaube nicht, dass ich ihnen sehr gefehlt habe. Und wenn doch, dann hatten sie ja einander, um sich zu trösten."

So hatte sie ihn noch nie gesehen. Wenn es jemand anderer gewesen wäre, hätte sie gedacht, dass sie in seiner Miene Wut gesehen hätte. Aber nicht bei Eric. Nein. Es war maßlose Enttäuschung über sich selbst, die sie in seinem Gesichtsausdruck lesen konnte.

„Ach, Eric!" Da sie nicht imstande war, etwas anderes zu tun, schloss sie den Abstand zwischen ihnen und legte ihre Arme eng um seine Taille. „Es tut mir so leid, dass ich solche Sachen sagte. Ich weiß auch nicht, warum—"

„Nein, das ist schon okay. Du hast es nicht gewusst." Er strich mit einer Hand über ihr Haar, und Lexi wurde beinahe schwach vor Erleichterung, dass er sie nicht wegstieß. „Es hat mich nur getroffen, weißt du? Da ist Lexi, diese Frau, die mich mittlerweile ziemlich gut kennt, und sie sagt mir, dass ich den Eindruck mache, als hätte ich nie jemanden wirklich geliebt. Und das veranlasste mich, mich zu fragen, warum ich einen solchen Eindruck vermittle. War dies die gleiche Ursache, warum sich Brianne Gabe zugewandt hat? Habe ich etwas an mir, wodurch sich die Menschen ausgeschlossen fühlen?"

„Nein!" Lexi schüttelte vehement den Kopf und starrte ihn an. „Nein, das ist nicht der Grund, warum ich das gesagt habe. Was du sagst, klingt so, als wärst du kalt oder lieblos oder so etwas, aber in Wirklichkeit ist das Gegenteil der Fall."

„Was meinst du?" Er versuchte, einen Schritt von ihr wegzugehen, aber Lexi ließ ihn nicht gehen. „Ich sagte das, was ich sagte, weil du so freundlich, so loyal, so leidenschaftlich bist. So… rein. Ich dachte mir nur, dass du, wenn du jemanden wirklich geliebt hättest, ein Zeichen tragen würdest, das man immer sehen würde. Aber nur weil ich das nicht gesehen habe, heißt das nicht, dass es nicht da ist. Es tut mir so leid—"

„Findest du wirklich, dass ich so bin? Freundlich? Loyal? Rein?"

„Bist du verrückt? Natürlich denke ich das! Dylan und Jake würden ihre Hand für dich ins Feuer legen. Du bist der einzige, der Marina etwas lockerer macht. Wenn du in der Nähe bist, leuchten alle Augen auf."

„Und leidenschaftlich?"

Lexi hielt seinem Blick stand. Ihr Magen schlug Purzelbäume, und sie spürte ein Gefühl von Wärme und Erleichterung durch ihre Adern fließen. In seine Augen trat ein gewisser Ausdruck, der ihr verriet, dass er nicht ganz so verletzt war, wie es zunächst den Anschein gehabt hatte. „Und natürlich bist du leidenschaftlich. Ich war doch dabei in jener Nacht in der Scheune, schon vergessen? Du bist erfahren, heiß und rücksichtsvoll." Sie befeuchtete ihre Lippen. „Kreativ… Du hast bewirkt, dass ich… auf eine Weise reagiert habe wie nie zuvor. Hast mich entzündet."

„Entzündet?", fragte er, und sein Blick fiel auf ihre Lippen, wo sie mit ihrer Zunge noch einmal über ihre Unterlippe fuhr.

„Entzündet wie einen Geburtstagskuchen mit hundert Kerzen. Und dann, als ich es nicht mehr aushalten konnte, hast du mich direkt ausgeblasen."

Plötzlich wurde es Lexi sehr bewusst, dass sie in einem dunklen Raum standen, völlig allein, und sie hielt ihn immer noch um die Taille umfasst, als hätte sie schreckliche Angst, er könnte fliehen. Ihre Brüste wurden an seinen harten Brustkorb gepresst, und das wurde durch ihre keuchenden Atemzüge nur umso offensichtlicher.

„Ich bin mit dir rauer umgegangen als normalerweise. Irgendwie…fordernder", sagte er, so nah, dass sie seinen Atem auf ihren Lippen spüren konnte.

Er war sich vage bewusst, dass er sie nach hinten führte. In ihrem Rücken waren die Regale. Er platzierte je eine Hand an jede Seite ihres Kopfes und schaute sie mit einer unbeschreibbaren Emotion in seinen Augen an.

„Hast du Klagen von mir gehört?"

Er gab keine Antwort, sondern betrachtete ihr Gesicht einen Moment lang. Sein Körper fühlte sich unter ihren

Händen an wie warmer Stahl. Kurzzeitig wurde sein Gesichtsausdruck durch ein kleines Lächeln weicher. „Es hat dir gefallen."

Sie biss sich auf die Lippe und nickte. Fand, dass sie ihn nicht anlügen konnte. „Ja."

„Es hat dir gefallen, als ich dich dazu gebracht habe, diesen Balken zu ergreifen." Er beugte sich nur um eine Hundertstel Bewegung weiter hinunter. „Als ich dich mit meinem Mund zum Kommen gebracht habe. Als ich dich vorn übergebeugt habe und dich von hinten genommen habe."

„Ja", schluckte sie, Sklavin seiner Leidenschaften. Sie wusste, dass es Gründe gab, warum sie solche Momente mit ihm gemieden hatte, aber sie konnte sich partout nicht mehr daran erinnern, welche das waren. Ihr Leben außerhalb dieses Raumes existierte nicht mehr. Alles, was sie hatte, waren diese vier Wände und dieser traumhafte Sexgott, der über sie gebeugt war.

„Dir hat es gefallen, wie ich dich auf Händen und Knien gebumst habe?"

„Ja", sagte sie keuchend, nahm ihn so bewusst auf, wie er sie überall umgab. Seine Hände an den Seiten ihres Kopfes. Sein Körper nahm den ganzen Raum vor ihr ein.

Und dann gab es keinerlei Raum mehr zwischen ihnen. Sein Mund fiel auf ihren, und sie schluckte seine Küsse und stöhnte in seinen Mund. Lexi löste ihre Hände endlich von seiner Taille, aber nur um in sein Haar zu greifen. Sie wusste, dass sie zu stark daran zog, aber er ächzte nur und schob sie weiter in die Regale hinter ihr.

Die letzten beiden Wochen Abstinenz von ihren jeweiligen Körpern hatten ihren Tribut gefordert. Jeder Moment, in dem sie ihn hatte berühren wollen und es kaum geschafft hatte, sich zurückzuhalten, türmte sich vor ihr auf und brach nun aus ihr heraus. Lexi stöhnte auf, und ihr Kopf fiel zurück.

Eric wanderte mit seinem Mund zu ihrem Hals und saugte und knabberte an der dort entblößten Haut.

Bevor sie wusste, was sie tat, hatte sie ihre Beine um seine Taille geschlungen, und er wirbelte mit ihr von den Regalen weg, schritt zu dem kleinen Tisch im Hinterzimmer, wo Lexi jeden Tag Brotzeit machte. Mit einer Hand ergriff Eric die Tischdecke und riss daran, so dass all der Krimskrams darauf zu Boden fiel.

Und dann lag Lexi vor ihm auf dem Tisch ausgebreitet da.

* * *

Lexi war alles, was er je gewollt hatte.

Nein, sie war alles, was er genau hier und jetzt *brauchte*.

Nicht mehr und nicht weniger.

Denn das war alles, was sie ihm geben konnte – diesen Moment – also war das alles, was er nehmen würde.

Aber er würde es verdammt nochmal auch nehmen.

Mit ein paar hektischen Bewegungen öffnete er ihre Jeans.

Er schleuderte den einen Schuh von ihr auf die Seite und dann den anderen.

Und dann riss er ihre Hose weg.

Beim Anblick ihres blauen Baumwollslips stöhnte er. Nichts Ausgefallenes. Fast schon jungenhaft. Dennoch zum Vögeln sexy. Einfach perfekt Lexi. Er packte eines ihrer Knie und dann das andere. Er beugte sich vor und knabberte gerade fest genug an der Innenseite eines ihrer Oberschenkel, dass sie nach Luft schnappte.

Seine Augen bohrten sich in ihre. „Sag mir, dass du das willst, Lexi!"

„Ich will es", keuchte sie und stieß mit ihren Hüften hoch, als würde sie nach einer Erlösung suchen. „Bitte!"

„Bitte was?", fragte Eric, der seinen Kopf auf teuflische Art zu einer Seite neigte.

Er erwartete, Verärgerung oder Enttäuschung in ihrer Miene zu sehen, stattdessen sah er nur ihr dringendes Bedürfnis, ihre Not, ihre Bereitwilligkeit, sich ihm zu ergeben. Und wie sehr sie es wollte.

„Bitte lass mich kommen!"

Er vergeudete keine Sekunde. Eric riss ihren Slip beiseite und verschlang sie. Sie war genauso süß wie letztes Mal. Sie war eine herrliche Flüssigkeit auf seiner Zunge, und er war süchtig nach ihr. Er kostete seine Zeit aus, aber als sie anfing, zu jammern, ihre Füße auf den Tisch unter sich stellte und den Kopf von einer Seite zur anderen warf, schaltete Eric einen Gang hoch. Er saugte an ihrer Klitoris, umkreiste sie und beruhigte sie mit seinem Zungenrücken, als die Empfindungen zu viel wurden. Lexi bog den Rücken durch und krallte ihre Finger um die Tischkante.

Eric streckte die Hand aus und ergriff eine ihrer Hände, die er in sein eigenes Haar führte, damit sie etwas hatte, um sich daran wie an einem Anker festklammern zu können.

Sie zog ruckartig daran, und der plötzliche Schmerz veranlasste Eric zu grinsen, zu knurren und sie mit seinem Mund rücksichtslos zu ficken. Und als sie nah am Höhepunkt war, so nah, dass sie zitterte, zog sich Eric zurück.

Es war für ihn schmerzvoll, körperlich schmerzvoll, sie nicht zu nehmen, aber er wollte und brauchte es, in ihr zu sein, wenn sie ihren Höhepunkt hatte. Als sie ihn verlor, jammerte sie, streckte eine Hand nach ihm aus und schaute ihn mit solchen Augen an. Augen, die ihn fast auf die Knie fallen ließen, so dunkel, so versunken in Leidenschaft, so voller Lust.

Die Art und Weise, wie sie ihn anschaute und sich nach ihm verzehrte, ließ ihn über sich hinauswachsen. Er wollte sie dafür belohnen. Sie sollte einen so intensiven Höhepunkt haben, dass sie nie bedauern würde, mit ihm zusammen gewesen zu sein.

Eric riss seinen Gürtel runter, und als er durch die letzten Schlaufen zischte, knallte das Leder, und das Geräusch hallte durch den ruhigen Raum.

Lerxis Augen loderten, und ihre Nasenflügel bebten. Sie befeuchtete ihre Lippen, und ihre Miene bekam einen heißhungrigen Ausdruck.

Begriffen!

Aber nicht jetzt. Er warf den Gürtel beiseite und schob seine Hose bis zu den Knien hinunter. Sein Penis drängte heraus. Eric merkte, dass er nur die Geduld hatte, um sich das Kondom überzustreifen. Seine Hose und seine Schuhe würden eben während dieses Ritts dranbleiben müssen. Lexis Augen loderten wieder auf. Nur wegen seines Anblicks, wie er über ihr aufragte, ein harter Schwanz, der sich nach ihr sehnte und für sie anstrengte.

Er kletterte auf den Tisch, kniete sich vor sie hin und zog sofort eines ihrer Beine über seine Schulter, um sie für ihn zu öffnen. Er musste all seine Kräfte und seinen Willen zusammennehmen, nicht jetzt sofort in sie einzutauchen.

„Eric", flüsterte sie.

Aber ihre Stimme versagte, als seine Finger ihren innersten Kern ertasteten. Er zog ihren Slip auf eine Seite und streichelte und liebkoste sie, ganz versunken in den Anblick seiner dicken Finger, die in ihr verschwanden. Und als er das Feuer wieder angefacht hatte und sie hautnah an den Rand des Höhepunkts gebracht hatte, packte Eric ihre Hüften und kippte sie nach oben, um sich selbst in sie hineinzustopfen. Zentimeter für qualvollen Zentimeter.

Lexis Rücken wölbte sich vollständig vom Tisch hoch, ihr Mund stand offen, ihre Augen waren aufgerissen und hatten einen leeren Blick. Ihre Muschi krampfte sich in einem Orgasmus zusammen, und er dehnte ihn für sie so lange aus, wie er nur konnte, indem er ihre Klitoris mit seinem Daumen umkreiste und mit seinem Schwanz unermüdlich vorwärtsstieß, ihr dabei gerade genug Reibung gab, damit sie weiterhin kam.

Schließlich entspannte sich ihr Körper, und sie wurde schlaff wie ein Weidenbaum.

„Eric", flüsterte sie wieder.

„Ich bin hier, Liebling", sagte er zu ihr und hielt sie fest an sich gedrückt. „Ich habe dich. Ich habe dich." Und dann zog er sich heraus, gerade genug, um wieder einzutauchen.

Sie wurde unter ihm wieder lebendig. Ihre Finger krallten sich in seinen Rücken und hinterließen trotz seines Hemdes Striemen. Ihr Bein rutschte von seiner Schulter und schloss sich dem anderen um seine Taille an. Ihre Zunge fand das Innere seines Mundes und stieß und bekriegte sich mit seiner und eroberte.

Eric fand ihren Rhythmus, einen unerbittlichen Takt, der den Tisch unter ihnen erbeben und sie beide in die Höhe steigen ließ. Er riss seinen Mund von ihrem weg und ächzte. Sie fühlte sich zu gut an. Sie zerstörte ihn. Auch wenn er oben war, so nahm sie ihn doch regelrecht auseinander, Schlag auf Schlag. Er war hin- und hergerissen zwischen dem Bedürfnis, sich zu erheben und sie zu beobachten, und dem Bedürfnis, weiter herunterzufallen und sie zu spüren. Er wollte beides. Er wollte das alles.

Was Lexi anbetraf, wollte er einfach alles.

Es war dieser erschreckende Gedanke, der ihn veranlasste, sich selbst stärker in sie hineinzupressen. Weil sie nur diesen einen Moment hatten. Es gab keine Zukunft für sie. Was bedeutete, dass Eric aus diesem Moment alles bekommen musste, was er brauchte. Und er musste ihr alles geben, was sie brauchte. Er schmiegte sein Gesicht in ihre Halsbeuge und atmete ihren Duft ein. So rein. So einfach. Er machte ihn wild. Er stieß und stieß in sie hinein, und Lexi klammerte sich eng an ihn, rieb ihre Hüften mahlend an ihn, und von ihren Lippen entschlüpften Stöhnlaute vor Lust und Vergnügen.

„Komm auf meinem Schwanz!", brummte er ihr zu, während er dorthin schaute, wo sie verbunden waren. „Zeig es mir!"

Lexi folgte den Anweisungen sofort und stieß ihre Hüften nach oben. „Oh Gott!", stöhnte sie halb, halb schrie sie es, während ihre Augen glasig wurden. Sie presste sich immer stärker an ihn und fickte ihn von unten. Er wusste nicht, wie viel mehr er noch aushalten konnte. Er vergrub sein Gesicht wieder in ihrer Halsbeuge und ritt sie, hart. Jeder Stoß trieb ihn weiter und immer weiter ins Unbekannte.

Plötzlich kam sie erneut, verkrampfte sich um ihn herum und schrie seinen Namen. In diesem Moment hatte er das Gefühl, als könnten sie sich spiralförmig in das Nichts hinaufschrauben und davonfliegen, deshalb öffnete er seinen Mund und fiel rigoros über sie her. Mit einer Hand, die um ihren Rücken reichte, ergriff er ihre gegenüberliegende Schulter. Mit der anderen Hand tat er das Gleiche mit ihren Hüften. Er klammerte sie in jeder nur erdenklichen Weise an sich, als er kam.

Und kam. Und kam.

MIT DEM BOSS IM BETT

* * *

„Heilige Scheiße", keuchte Lexi und strich sich das schweißnasse Haar aus der Stirn. Sie hatte seinen Rücken so fest umklammert, dass ihre Finger steif waren.

„Ich werde mich bewegen", keuchte Eric. „Gib mir nur eine—"

„Heilige Scheiße", sagte Lexi wieder.

Sie konnten sich das in ihnen aufsteigende Lachen nicht verkneifen, das hochkam, sie erschütterte und daran erinnerte, dass Eric sich noch herausziehen musste.

„Okay, okay", murmelte Eric an ihrem Hals und langte nach unten, um sich um das Kondom zu kümmern. Er glitt von ihr herunter, warf das Kondom in den Abfall und zog seine Hose an. Kurzzeitig suchte er am Boden nach ihrer Hose, gab es auf und gesellte sich wieder zu ihr auf den Tisch. Er brach wieder zusammen, aber diesmal landete nur sein Kopf auf ihrer Brust und nicht sein ganzes Gewicht.

Diese Handlung freute und erschreckte sie gleichermaßen. Sie hatte nicht gewollt, dass er einfach aufstand, sich anzog und hinausging. Aber diese süße Ausgabe von ihm, wie er durch ihr Shirt ihre Brüste liebkoste und zufrieden summte, als sich ihre Beine miteinander verschlangen, also das war einfach absolut gefährlich. Lexi spürte, wie der Boden unter ihr nachgab. Er veränderte die Bedingungen.

Treibsand!

Panik stieg in ihrer Kehle auf, erfüllte ihren

129

Brustkorb, und sie kämpfte schwer dagegen an. Das war jetzt nicht der richtige Zeitpunkt, um auszuflippen. Sie hatten also noch einmal Sex gehabt. Nur weil es der leidenschaftlichste und lohnendste Sex auf der richtigen beiderseitigen Wellenlänge gewesen war, den sie je in ihrem Leben gehabt hatte, musste das nichts bedeuten.

Naja, natürlich bedeutete es etwas. Es musste nur nicht *alles* bedeuten.

Sie und Eric waren eben kompatibel. Das war alles. Sie waren zwei Menschen, die sich gut ergänzten, die sich ein wenig besser kennengelernt hatten und denen es gefiel, was sie da erfahren hatten.

„Flippst du jetzt gerade darüber aus?", fragte Eric, der den Kopf hob, lächelte und besser aussah als es jedem erlaubt sein sollte. Gott! Er machte es ihr aber auch überhaupt nicht einfach.

„Nein", antwortete sie zu schnell. „Warum sollte ich?"

Er schmunzelte, als würde er ganz genau wissen, dass sie log. „Treibsand."

Sie beäugte ihn argwöhnisch. „Versuchst du, mich in den Treibsand zu ziehen?"

„Nein", antwortete er leichthin und stützte sich auf einer Hand auf. „Ich habe mir nur vorgestellt, wie du das, was wir gerade getan haben, in die Treibsand-Kategorie einordnest."

Sie konnte entweder ausflippen und das Ganze in ein großes klebriges Durcheinander verwandeln. Oder sie konnte es mit Fassung tragen, wie ein großes Mädchen, und damit zurechtkommen. „Entschuldige, aber das war kein Treibsand-Sex." Lügnerin!

Verwundert zog er die Augenbrauen hoch und blickte leicht empört drein. Sie lachte und korrigierte sich. „Glaub mir, das war heißer Sex. Absolut heißer Sex. Also eigentlich der absolut allerbeste Sex, jemals." Jetzt bekam sein Gesicht einen viel weniger beleidigten Ausdruck. „Aber das war kein Treibsand-Sex."

Er wollte gerade etwas mehr sagen, aber dann zuckte er die Achseln, stand auf und streckte die Hand nach ihr aus. „Was auch immer du sagst, Boss."

Lexi lächelte angespannt, als sie sich aufsetzte, das Gewicht ihrer Lügen machte sich stumm über sie lustig. „Du bist der Boss, nicht ich", brachte sie mühsam heraus.

Er bückte sich nach ihrer Hose und half ihr beim Anziehen, ein Bein nach dem anderen. Dann half er ihr auch beim Anziehen ihrer Socken und Schuhe. Hartnäckig ignorierte Lexi das flatternde Gefühl in ihrem Magen, da diese Handlung so freundlich war. Heißer Sex, rief sie sich ins Gedächtnis. Sogar leidenschaftlich. Aber es war nicht Liebe.

Liebe war sofortiger Treibsand.

Während er noch vor ihr kniete, bohrten sich Erics Augen in ihre. „Lexi, wenn es darum geht, bist du der Boss."

„Wenn es um das Beschließen der Regeln geht, die mit Sexhaben zu tun haben?", fragte sie leise, denn sie musste verstehen, was er meinte.

„Ja", erwiderte er, während er aufstand und ihr eine

Hand entgegenstreckte. „Du hast Bedürfnisse und legst die Regeln fest, was wir tun und nicht tun können, ehe du abfährst. Und das verstehe ich auch vollkommen. Du willst eine klare Trennung im August. Du verdienst eine klare Trennung im August. Aber wenn es nach mir ginge, hätte ich dich jede Nacht in meinem Bett bis zum Ende des Sommers."

Lexi atmete langsam ein und wieder aus. „Ähm…"

„Das sage ich nicht, um dich unter Druck zu setzen. Überhaupt nicht. Wirklich nicht. Ich will nur, dass du weißt, wo ich stehe. Mit dir werde ich alles nehmen, was ich kriegen kann, okay?"

Sie nickte. „Na gut."

Sie war erleichtert, dass ihre Beine sie trugen und ihre Atmung wieder normal war. Aber in ihrem Verstand raste es nur so.

Erics Handy klingelte, und er las die Nachricht. „Willst du mitkommen, um mit mir und den anderen der Gruppe eine Filmnacht im alten Autokino zu erleben?"

Tu es nicht, dachte sie. Verbring nicht noch mehr Zeit mit ihm, nicht jetzt! Nicht nach dem, was jetzt gerade passiert war. Das, was ihr Kopf ihr sagte, war klug. Aber wie es so oft der Fall war, wenn Eric in der Nähe war, tat Lexi nicht das, wovon sie wusste, dass es klug war. Sie tat das, was ihr im Blut lag.

Eric und Filme waren zwei ihrer absoluten Lieblingsbeschäftigungen. Sie konnte sich die Gelegenheit nicht entgehen lassen, die beiden in einer besonderen Nacht zu verbinden. Der August stand vor der Tür, und das bedeutete, dass das Ende ihrer gemeinsamen Zeit in Sicht war. Und vielleicht…

Naja, Lexi würde sich das, was Eric gesagt hatte, dass er sie für den Sommer in seinem Bett haben wollte, bestimmt durch den Kopf gehen lassen und darüber nachdenken, auch mit dem Wissen, dass sie bald nach L.A. gehen würde.

Lexi langte in ihre Tasche und holte ihr Handy heraus. „Lass mich Marina eine Nachricht schreiben, es ist ihr freier Abend. Vielleicht können wir alle gehen. Um wie viel Uhr sollen wir dich dort treffen?"

„Kann ich dich in etwa einer Stunde bei Marina abholen?"

„Großartig!" Sie drehte sich auf dem Absatz um und marschierte aus dem Hinterzimmer, bevor sie nochmals kurz anhielt und sich zu ihm umwandte. Sie deutete auf den Tisch, wo er sie bis in den Wahnsinn gefickt hatte. „Ich hoffe, du wirst das als Beweis verwenden, dass du all das bist, was ich gesagt habe, Eric. Freundlich. Loyal. Und leidenschaftlich. Ganz eindeutig leidenschaftlich."

Er grinste, ging zu ihr, zog sie in seine Arme und küsste sie intensiv. Lexi merkte, wie sie ganz leicht von der Erde abhob.

Schließlich zog er sich zurück, küsste sie auf die Nase und tätschelte ihren Hintern. „Bis in einer Stunde, Lex!"

KAPITEL ACHT

„Bist du sicher, dass ich deine Verabredung nicht ruinieren werde?", fragte Marina wohl zum achtzigmillionsten Mal, während sie sorgenvoll vor ihrem Kleiderschrank stand und nach etwas suchte, das sie anziehen könnte.

Lexi lag auf dem Boden von Marinas Schlafzimmer, tätschelte Tulpe am Rücken und kraulte ihn unten am Hals. „Erstens bist du extra eingeladen worden. Zweitens wird Jake auch da sein, deshalb wirst du nicht das fünfte Rad am Wagen sein. Und drittens treffen Eric und ich keine Verabredungen. Von daher ist es unmöglich, dass du ein Date zwischen uns ruinierst."

Marina wandte sich mit einem beigen Sweatshirt in der einen Hand und einem grauen in der anderen Lexi zu. „Keine Verabredungen?", fragte sie mit verschlagener Miene. „Woher kommt dann dieser Knutschfleck auf deiner Schulter und dein sexzerzaustes Haar?"

Lexi blieb der Mund offen stehen. „Wovon sprichst du?" Sie rappelte sich auf und beäugte sich in Marinas Schlafzimmerspiegel. Dabei zog sie den Halsausschnitt ihres Shirts ein wenig zur Seite. „Ach je, verdammt nochmal!"

Hier, direkt über ihrem Schlüsselbein, sah man einen deutlichen, fliederfarbenen Zahnabdruck. Lexi betastete die Stelle mit ihren Fingern und konnte sich dabei eines köstlichen Schauders nicht erwehren.

„Nur fürs Protokoll: Dies ist kein Beweis dafür, dass wir Verabredungen treffen oder zusammen sind." Lexi ging zu Marina hinüber, nahm ihr die beiden gleichermaßen langweiligen Sweatshirts aus den Händen und warf sie in den Wäschekorb. Dann durchwühlte sie den Schrank auf der Suche nach einem halbwegs interessant aussehenden Kleidungsstück für ihre Freundin.

„Du alberst also nur so mit ihm herum?"

Lexi schnaubte. „Naja, wir haben ein paar Mal herumgealbert, wenn du es so nennen willst. Und wir sind Freunde. Das ist alles."

„Wirst du es wieder tun?", fragte Marina.

Lexi legte normalerweise eigentlich keinen Wert darauf, solche Informationen anderen Menschen mitzuteilen. Aber irgendetwas an der Art, wie Marina fragte, veranlasste sie, es doch zu tun. Marina fragte nicht nach intimen Einzelheiten. Sie fragte, weil sie es nicht verstand. Weil sie wirklich wissen wollte, wie die Sache funktionierte.

„Ich möchte es", gab Lexi zu. „Aber gleichzeitig weiß ich auch, dass es keine großartige Idee ist."

„Warum nicht?", fragte Marina. Sie lehnte am Türrahmen des Kleiderschranks und sah zu, wie Lexi fast jedes ihrer Kleidungsstücke aussortierte. „Eric ist so ein toller Typ und guter Kerl."

„Genau deswegen", stimmte Lexi ihr zu. „Er ist so gut, dass ich womöglich nicht imstande sein werde, wieder aus der Sache mit ihm herauszukommen, wenn ich mich erst einmal mit ihm eingelassen habe."

„Du befürchtest, dass du dann im August nicht abreisen willst", vermutete Marina und traf damit den Nagel auf den Kopf. „Ist es möglich, dass du das, was du mit ihm tust, weiterhin tun kannst, ohne dich zu sehr auf ihn einzulassen?"

Lexi drehte sich fasziniert zu Marina um. Irgendetwas sagte ihr, dass Marina diese Frage stellte, um ähnliche Antworten für sich selbst herauszufinden. War sie etwa dabei, ihre Entscheidung nochmals zu überdenken, trotz ihres Entschlusses, alles, was sich zwischen ihr und Dylan abspielte, für beendet zu erklären? „Du meinst, ob es möglich ist, Sex zu haben, ohne sich zu verlieben oder von diesem Menschen mehr zu wollen?"

Mit aufgerissenen Augen und leicht verlegen nickte Marina.

Lexi zuckte die Achseln und wandte sich wieder der Kleidersuche zu. „Klar. Das habe ich fast während meines gesamten Sexlebens so gehandhabt."

„Warum kannst du es dann nicht auch mit Eric so halten? Sex haben und dich doch gleichzeitig selbst etwas abschotten?"

Lexi überlegte. „Ich glaube, das wird immer schwerer, wenn der Sex wirklich gut ist, verstehst du? Und der Sex mit Eric ist wirklich, wirklich gut." Das war die

Untertreibung des Jahres. „Genau genommen ist er so gut…" Lexi zögerte und beschloss dann, ehrlich zu sein, auch wenn sie immer noch mit der Kleiderinspektion für Marina weitermachte. „Du hast ein Argument, Mari. Und, ehrlich gesagt, habe ich mich das selbst auch gefragt. Dass ich vielleicht den Sommer über weiterhin mit Eric schlafen könnte, solange es, ich weiß nicht, mit welchem Wort ich es beschreiben soll, …nicht zu sanft wird?"

Lexi drehte sich mit einem Stapel Klamotten zu Marina um.

„Ähm. Vielleicht?", sagte Marina. „Glaubst du, dass das möglich ist?"

„Ja", sagte Lexi nach einiger Überlegung und drückte Marina ein enges purpurfarbenes T-Shirt in die Hand zusammen mit einer abgeschnittenen Jeans, die sie in einer Schublade gefunden hatte. „Er kennt meinen Standpunkt. Und wir haben bereits einige Grundregeln aufgestellt. Vielleicht müssen wir nur noch einige weitere aufstellen."

„Was für Grundregeln?", fragte Marina und blickte dann auf die Kleidung, die Lexi für sie ausgewählt hatte. „Das kann ich nicht anziehen. Dieses Shirt ist zu klein, das kann ich nur anziehen, wenn ich die Wohnung putze, und diese extrem knappen Hotpants waren einmal für eine Verkleidung zu Halloween."

Lexi beachtete die Proteste ihrer Freundin nicht weiter. „Das weiß ich auch noch nicht so genau. Wir werden sie erst noch miteinander finden müssen." Etwas Schwarzes, Seidenes fiel ihr ins Auge. „Marina, warum hast du so ein traumhaftes Abendkleid?"

Es war wunderschön, maßgeschneidert und verdammt verführerisch. Es musste ein Vermögen gekostet haben.

Marina lief puterrot an. „Das habe ich für einen…besonderen Anlass gekauft. Aber im letzten Moment habe ich einen Rückzieher gemacht und bin nicht hingegangen."

Irgendetwas in Marinas Gesichtsausdruck verriet Lexi, dass dies nicht der richtige Zeitpunkt war, um mehr aus ihr herauszubekommen. Darum tätschelte sie Tulpe auf den Kopf und ging, um sich selbst umzuziehen. „Die Jungs werden in zwanzig Minuten da sein."

KAPITEL NEUN

Eric versuchte, die in sich aufsteigenden Gefühle, nicht zu beachten, als er neben Jake in dessen Pickup saß. Dylan saß auf dem Rücksitz. Erics Körper fühlte sich von dem unglaublichen Sex vorher mit Lexi tief befriedigt, doch sein Herz schlug wie verrückt. Und das nur, weil er Lexi in zehn Minuten wiedersehen würde.

Er musste sich unbedingt besser zusammenreißen.

Lexi hatte es bei zahlreichen Gelegenheiten klargemacht, dass sie kein Paar waren. Sie waren nichts weiter als Freunde. Und nur weil sie zweimal Sex miteinander gehabt hatten, bedeutete das nicht—

Erics Handy vibrierte in seiner Hosentasche, und sein Herz machte einen Satz, als er sah, dass es eine Nachricht von Lexi war.

-Ich ziehe es in Betracht, es wieder zu tun.

-Was?

-Zuzulassen, dass du mich dermaßen in den Wahnsinn fickst.

Eric ließ langsam den Atem entweichen.

-Tatsächlich? Großartig, eine wirklich kluge Antwort. Jetzt würde sie sicher sofort in seine Arme sinken. Er fand sich selbst doof.

-Tatsächlich. Aber nur mit ein paar festen Grundregeln.

-Als Schutz vor Treibsand?

-Genau!

-Also gut. Was für Regeln schlägst du vor?

-Kein Bett, um Sex zu haben oder miteinander zu schlafen. Keine verträumten Blicke. Sich nicht wie ein Paar verhalten.

Ihre Regeln erregten und verärgerten ihn gleichermaßen. Aber einem geschenkten Gaul schaut man ja bekanntermaßen nicht ins Maul.

-Geht klar.

Mittlerweile waren sie bei Marinas Wohnung angekommen, und Lexi und Marina warteten bereits vor dem Eingang. Er sah, wie Lexi seine letzte Nachricht las. Sie blickte auf und traf seinen Blick. Sie nickte einmal. Und Eric merkte, dass sein Schicksal besiegelt war.

Die Mädchen setzten sich auf den Rücksitz, Marina war zwischen Lexi und Dylan eingequetscht.

„Du siehst hübsch aus", sagte Dylan mit leiser Stimme zu Marina.

Marina lief rot an. „Lexi überredete mich, das anzuziehen."

„Irgendwann in den nächsten drei bis fünf Geschäftstagen kannst du eine Danksagungskarte erwarten, Lexi."

Lexi fing Erics Blick im Rückspiegel auf, und sie grinsten beide.

Ein paar Minuten später fuhren sie in die Einfahrt zum Autokino, und Eric konnte Lexis Aufregung durch das halbe Auto hindurch spüren.

„Ahh!", rief sie in der Sekunde aus, als sie sah, was auf der Anzeigetafel stand, welcher Film gezeigt wurde. „Silverado? Das ist einer meiner absoluten Lieblingswestern!"

Mit stolzgeschwellter Brust spürte Eric eine unheimliche Freude, obwohl die ganze Sache ja eigentlich Jakes Idee gewesen war. Dennoch. Er war einfach froh, dass er ein Teil von Lexis Freude sein konnte.

Jake parkte den Wagen rückwärts in einer Lücke ein. „Es gibt Kissen und so weiter hinten im Wagen. Obwohl ich ja nicht mit so vielen Leuten gerechnet habe. Wir werden es uns alle recht schön gemütlich machen!"

Sein Grinsen war ansteckend. Sie lächelten sich alle einander zu, als sie nach hinten auf die Ladefläche kletterten, so dass sie die Leinwand vor sich sahen. Die Männer gingen los, um Erfrischungen zu besorgen, und die Frauen blieben zurück, um die Kissen und Decken gut zu arrangieren.

Zwei Schritte vom Truck entfernt ging eine Rothaarige vorbei, und schon war Jake in der Menge verschwunden, um mit diesem Mädchen nett zu plaudern. Eric konnte nicht anders, als mit den Augen zu rollen und zu lächeln, während sie weiter in Richtung Getränkeausgabe gingen.

Dylan stopfte seine Hände in die Hosentaschen und marschierte neben Eric her. „Du hast sie wohl ganz schön ins Herz geschlossen, wie?"

Eric strich sich mit einer Hand durchs Haar und bahnte sich weiter seinen Weg durch die Menge. Er zog eine Lüge in Erwägung. Aber wozu? Klar, er wünschte sich, dass Lexi etwas mehr Gefallen an der Idee finden könnte, sich mit ihm zusammenzutun. Nach seiner Geschichte mit Brianne war er überrascht, dass er dieses Gefühl hatte. Er war sich sicher, dass er nicht zögern würde, sich auf Lexi einzulassen, sobald er grünes Licht bekäme. Auch nach allem, was mit Gabe und Brianne geschehen war. Doch das war ja jetzt ein Jahr her. Und Erics Wunden waren ausreichend verheilt, dass er eine tolle Frau erkannte, wenn er eine sah. Es war nichts, weswegen man sich schämen brauchte.

Er seufzte. „Klar scheint das so. Sie ist ziemlich großartig."

„Seid ihr zusammen?", fragte Dylan.

Eric zuckte die Achseln. „Zumindest im Moment. Doch sie reist im August ab, und sie hat den Zeitpunkt, an dem alles endet, sehr deutlich gemacht."

Dylan furchte die Stirn. „Wie soll das funktionieren?"

Eric wusste nicht, ob sein Freund absichtlich so begriffsstutzig war oder ob die Situation tatsächlich so verwirrend war. „Wir sind einfach für den Sommer über zusammen, so funktioniert es."

„Na gut." Kapitulierend hob Dylan die Hände, denn er war definitiv nicht auf einen Streit aus.

Eric ging ein paar Schritte weiter und konnte sich nicht verkneifen, zu fragen: „Warum hört es sich bei dir so skeptisch an? Die ganze Zeit tun sich Menschen für gewisse Zeiten zusammen."

„Klar, Eric." Dylan massierte sein Kinn, während sie sich an der Getränkeausgabe in die Schlange stellten. „Aber dann schauen sie sich einander nicht so an, wie ihr es tut. Und ich kenne dich. Du bist ein Typ für einen One-Night-Stand oder für eine feste Beziehung. Ich habe nie gesehen, dass du irgendetwas dazwischen wolltest."

Augenblicklich flaute Erics Verärgerung über seinen Freund ab. Dylan kannte ihn wirklich gut und meinte es gut mit ihm. Er war in bester Absicht skeptisch.

„Du hast ja Recht, D. Aber sie reist im August nach L.A. ab. Das ist ihr Traum. Diesen Traum will sie sich erfüllen, sonst verliert sie einen Teil ihres Selbst. Glaubst du, da will ich mich ihr in den Weg stellen?"

Dylan durchforschte Erics Augen mit seinem Blick. „Träume können sich ändern. Schau dir deine an, Eric!"

Eric lachte halbherzig. „Dylan, für jemanden, der um den letzten Penny kämpfen muss, bist du wirklich sehr nett zu dem kleinen reichen Jungen."

Dylan schaute Eric verwundert an. „Willst du damit sagen, dass sich deine Träume geändert haben, weil du den Luxus hast, reich zu sein?"

Eric zuckte die Achseln. „Natürlich. Ich hatte ein ganzes Leben, das ich einfach hinter mir gelassen habe. Ich hatte ein Jahr frei und will nun Farmer werden. Wenn das nicht klappt, werde ich am Boden zerstört, frustriert und entmutigt sein. Aber nicht mittellos. Lexi dagegen…tja, wenn es für sie in L.A. nicht klappt, hat sie absolut nichts mehr übrig. Sie setzt ihre komplette Existenz aufs Spiel. Wie soll ich es wagen, mich ihr in den Weg zu stellen, nur weil ich sie zufällig wirklich sehr gerne mag? Nur weil es mich krank macht, mir vorzustellen, dass sie im August abreist? Das könnte ich ihr niemals antun. Das wäre mehr als selbstsüchtig. Unverzeihlich!"

Dylans Blick flackerte über Erics Schulter, wo er etwas sah, und beinahe unmerklich schüttelte er den Kopf, nur einmal. Eric schaute sich um, sah aber nichts, nur das Getümmel der Menschenmenge hinter sich.

„Hast du je gedacht, dass du es dir schwerer machst als es sein muss?", fragte Dylan leise.

„Willst du damit sagen, dass wir uns die Sache mit den Mädchen, mit denen wir zusammen sein wollen, unnötigerweise schwer machen?", fragte Eric herausfordernd. „Denn ich bin ziemlich sicher, dass du über dieses eine schon ein ganzes Buch geschrieben hast."

Kurzzeitig loderten Dylans Augen auf, zunächst vor Wut, dann vor Belustigung. Mutlos zog er die Schultern hoch und ließ sie wieder sinken. „Dagegen ist nichts einzuwenden."

„Sieh mal!", sagte Eric mit solch resigniertem Blick, dass sein Freund verwirrt die Stirn in Falten legte. „Das ist nicht meine erste Wahl. Aber es ist die einzige Chance, die mir gegeben wird. Ergreife sie oder lass es bleiben, sagt sie zu mir. Was also soll ich tun? Überhaupt nicht mit ihr zusammen sein? Nein! Da muss ich passen."

„Das verstehe ich, Bruder." Dylan bedeckte mit einer

Hand seine Augen. „Oh Gott, wie gut ich das verstehen kann."

Eric betrachtete Dylan genauer, als sie vorne an der Getränkeausgabe ankamen. „Fünf Bier, fünf Hotdogs mit allem, fünf Brezen, fünfmal Wasser und drei große Portionen Popcorn." Er wandte sich Dylan zu. „Wirst du mir jemals erzählen, was zum Teufel da zwischen dir und Marina abläuft?"

Dylan machte den Mund auf. Und schloss ihn wieder.

„Es könnte hilfreich sein, Kumpel", sagte Eric, schob Geld über die Theke und nahm das Bargeld von Dylan entgegen, das der ihm in die Hand drückte. Nur weil Eric Milliardär war, bedeutete das nicht, dass seine Freunde es mochten, wenn er für alles bezahlte. „Im Ernst. Wenn man darüber spricht, wird es manchmal weniger verwirrend."

Eric nahm das Wechselgeld entgegen, und Dylan lud ein Tablett mit allem voll, was Eric bestellt hatte. „Ich weiß es nicht, Mann." Er überblickte die Menschenmenge, als würde er versuchen, sich zu vergewissern, dass sie alleine waren. „Manchmal ist sie wie ein kleines Kätzchen, das sich verirrt hat. Und manchmal ist sie wie ein Tiger. Ich weiß nie, woran ich mit ihr bin."

Eric nahm das zweite Tablett, und sie gingen durch die Menge zurück. „Sie hat eine Menge durchgemacht. Ich stelle mir vor, dass sie ein paar verschiedene Strategien entwickeln musste, um wieder zu sich selbst zu finden."

„Klar", meinte Dylan nickend. „Und ich nehme es ihr nicht übel, wenn sie kompliziert ist. Kein bisschen. Eigentlich ist das auch ein Teil des Grundes, warum ich sie liebe."

Eric spitzte die Ohren. Er hatte immer gewusst, dass Dylan eine Schwäche für Marina hatte. Schon als sie Kinder waren. Aber jetzt verwendete er das ‚L'-Wort!

„Ich wünschte mir nur, sie würde mich teilhaben lassen", fuhr Dylan fort. „Ihre Stimmungen schwanken. Ihre Genesung schwankt. Ihr Leben. Aber sie ist überzeugt, dass sie zu großen Schaden davongetragen hat, als dass irgendjemand noch in ihrer Nähe sein will. Sie denkt, dass sie eine Last sei oder so einen Mist. Darum stecke ich hier fest. Mit euch Idioten. In dieser verdammten Kumpelzone."

Eric betrachtete Dylans elegantes Hemd und dessen dunkles Haar, das weit nach hinten gekämmt war. „Das ist eine grauenhafte Menge Haargel für die Kumpelzone, Bruder."

Dylan verbiss sich ein Lächeln und stieß Eric mit dem Ellbogen in die Rippen. „Halt die Klappe! Ich weiß, dass das nicht mein normales Aussehen ist. Und vielleicht befinde ich mich ja nicht *vollkommen* in der Kumpelzone.Hin und wieder holt sie mich ja doch heraus aus dem Bullenpferch."

„Ach ja. Anzügliche Nachrichten, nicht wahr…" Eric nahm ein Bier vom Tablett und wartete, bis Dylan das Gleiche getan hatte.

„Auf das, was wir von den Frauen bekommen können, die es uns wert sind!"

Dylans Augen loderten nochmals auf. Halb belustigt, halb resigniert.

MIT DEM BOSS IM BETT

„Auf dein Wohl!"

* * *

Kurz vor Tagesanbruch lag Lexi wach in ihrem Bett. Sie hatte nicht gut geschlafen. Vielleicht lag es an dem vielen Fastfood im Autokino. Vielleicht lag es auch an der Aufregung, einen ihrer Lieblingsfilme noch einmal zu sehen.

Sie stöhnte. Wem machte sie da etwas vor?

Es lag an der ganzen aufwühlenden Energie, weil sie den ganzen Abend lang mit Eric nebeneinander gesessen war. Sie hatten sich nur an den Schultern berührt. Auf eine Art und Weise, wie gute Bekannte zufällig aneinanderstießen. Aber sie hatte so viel mehr gewollt. Sie hatte sich kaum zurückhalten können, sich einfach mehr zu *nehmen*.

Lexi drückte ihr Gesicht ins Kissen und ächzte. Sie hatte seine Hand halten wollen, ihren Kopf an seine Schulter lehnen wollen, ihre Füße in seinen Schoß kuscheln wollen. Sie hatte all die Dinge tun wollen, die Paare tun.

Gott! Was soll das?

Kurzzeitig blendete sie zurück, als die Jungs zum Getränkeholen gegangen waren. Marina war gerade mit hellen und leicht leuchtenden Augen vom Waschraum zurückgekommen und wieder in den Truck zurückgeklettert.

„Also, Lexi", hatte sie gesagt, nachdem sie die Beine

übereinander geschlagen und sie direkt angeblickt hatte. „Was dieses ganze lockere Gelegenheitsabenteuer mit Eric anbelangt…"

Obwohl Lexi sich ziemlich sicher war, dass sie dieses Thema vor weniger als einer Stunde zu Hause erschöpfend erörtert hatten, war sie fasziniert gewesen. „Ja?"

„Würde dich nichts auf der Welt bewegen können, deine Meinung zu ändern?"

„Was meinst du?"

Marina hatte sich auf die Lippe gebissen, sodass ihre anfängliche Aufregung verloren ging und ihre nervöse Anspannung wieder zu Tage trat. „Selbst wenn du etwas anderes erfahren würdest? Vielleicht etwas darüber, was Eric will? Würde das deine Meinung ändern?"

Lexi hatte die Augen zusammengekniffen. „Was meinst du? Willst du mir sagen, dass du etwas weißt?"

Marina hatte tief Luft geholt. Es hatte den Anschein gehabt, als würde sie etwas abwägen. Ob sie etwas verraten sollte oder nicht. Sie wollte gerade etwas sagen, als Eric und Dylan mit haufenweise Fastfood und Bier von der Getränkeausgabe zurückgekommen waren. Lexi hatte Marina drängen wollen, mehr zu sagen, aber es waren zu viele Menschen da gewesen. Zu viele Ablenkungen.

Jake war auch zurückgekommen. Hatte sich ein Bier vom Tablett geschnappt und Eric auf die Wange geküsst. „Danke für Abendessen, Kumpel!", hatte Jake gesagt, und dann hatte das Gelächter, das in der Gruppe ausgebrochen war, ihr die Unterhaltung aus dem Sinn geschlagen.

Bis jetzt. Was hatte ihr Marina sagen wollen? Lexi

war sich ziemlich sicher, dass es für sie besser war, wenn sie es nicht wusste.

Weil es nötig war, dass Lexi sich ihre Ziele wieder einmal vergegenwärtigen musste, sprang sie aus dem Bett und ging zu dem kleinen Schreibtisch daneben. Sie klappte den Laptop auf und öffnete eine Datei. Das war ihr letztes Drehbuch. Das, worauf sie am stolzesten war. Sie suchte nach dem Zufallsprinzip eine Seite heraus und las ein paar Zeilen. Sofort konnte sie sich die Charaktere bildlich vorstellen. Sie brachten sie auf den Boden der Tatsachen zurück, erinnerten sie daran, wer sie war. Das war es! Dies war ihr Zuhause. Da sie als Kind nie länger als ein oder zwei Monate in derselben Stadt geblieben war, waren ihre Fantasie, ihre Ziele und ihre Fertigkeiten das einzige Zuhause gewesen, das sie je gekannt hatte. Dies und ihr Vater.

Der Himmel wurde an den äußeren Rändern bereits hell, und sie wusste, dass sie in einigen Stunden sowieso aufstehen und zur Arbeit musste. Eine Idee kam ihr in den Sinn. Sie beschloss, nicht zu genau darüber nachzudenken, und begab sich unter die Dusche. Sie trocknete sich schnell und ohne viel Federlesens ab, schleuderte das Handtuch zurück an den Haken und wischte die letzten Wassertropfen mit ihren Händen ab. Sie zog ihre Jeans und ihr Firmen-T-Shirt an, band ihr Haar zu einem Pferdeschwanz und fand, dass es gut gelungen war.

Sie tätschelte den schlafenden Hund Tulpe am Kopf und machte sich mit dem Laptop unter dem Arm auf den Weg.

Es war das Richtige, redete sich Lexi ein. Sie hatte Eric eine Menge von ihren Träumen und Zielen erzählt. Und jetzt musste sie ihm das zeigen. Sie wusste, dass sie sich selbst nicht völlig trauen konnte, sich nicht in ihn zu verlieben. Aber wenn sie ihm zeigte, woran sie arbeitete, dann würde er vielleicht seine Anstrengungen verdoppeln, sie im August von hier zu vertreiben. Sie brauchte diese Unterstützung.

Dennoch war sie wahnsinnig aufgeregt, als sie die gewundenen Bergstraßen hinauffuhr, um zu Erics Ranch zu gelangen. Seit jener ersten Nacht war sie nicht wieder hier gewesen.

Drei, zwei, eins und Bäng! Sie umrundete die besondere Kurve, die er ihr damals gezeigt hatte. Diejenige, nach der das gesamte Tal auf einen Schlag sichtbar wurde. Es war wirklich atemberaubend wundervoll. Schönheit von der Art, an die man sich nie einfach so gewöhnen konnte. Man wollte sie immer wieder und wieder sehen. Schönheit von einer Art, um die man sich ein Leben aufbauen konnte.

Um die sich jemand wie Eric ein Leben aufbauen konnte. Nicht sie.

Bis sie in seiner Einfahrt angehalten hatte, hatte der Himmel ein kokettes Pink angenommen, das an dem Rand, an dem die Sonne gerade aufwachte, allmählich zu brennen anfing. Und Eric saß auf der Verandaschaukel, hatte eine Tasse Kaffee in der Hand und betrachtete die Szenerie. Und grinste sie an, als sie aus dem Auto stieg.

„Sie ist weg!", rief sie ihm zu, während ihre Augen

auf die Stelle gerichtet waren, wo die heruntergekommene Scheune noch vor wenigen Wochen gestanden war.

„Ich bin ein fleißiger Mann, Lexi." Mit einem sehr stolzen und sehr selbstgefälligen Gesichtsausdruck nippte er an seinem Kaffee.

„Naja, nicht dass ich dazu beitragen möchte", meinte sie und gestikulierte in Richtung seiner absichtlich angeberischen Miene. „Aber, ja, Mensch, Eric! Du hast es tatsächlich getan. Es sieht so aus, als wäre sie nie da gestanden."

Er nickte. „Genau. Irgendwie auch schade. Aber der Architekt hat gerade die Genehmigung für die Pläne der neuen Scheune bekommen. Nächste Woche beginnt der Rohbau. Dann kommt als nächster Schritt die Koppel."

Lexi stand auf der untersten Stufe der Veranda und schaute ihn mit zusammengekniffenen Augen an. Sie war stolz auf ihn. Keine Frage. Mehr als harte Arbeit war nötig, um so ein Projekt in Gang zu setzen. Man brauchte eine Vision. Und Antrieb. Obwohl sie etwas in Sorge war, bei ihm steckenzubleiben, so war er doch auf gewisse Art der perfekte Mensch, den sie in diesem Sommer kennengelernt hatte. Er war der lebende Beweis, dass das Wissen, was man wollte, und harte Arbeit sich letztendlich auszahlen würden.

„Hast du noch mehr davon?", fragte sie und nickte in Richtung seiner Kaffeetasse.

„In der Küche."

Sie sprang die Stufen hoch und legte ihm den Laptop auf den Schoß. „Klapp ihn auf! Da ist etwas, was ich dir zeigen wollte."

Und dann verschwand sie im Haus, bevor sie ihm zusehen konnte, wie er ihr Manuskript entdeckte. Das Herz eines Mädchens kann nur eine gewisse Menge ertragen.

Lexi streifte durch sein Haus und war überrascht, dass sich viel verändert hatte. Im Ernst? Schlief denn dieser Mann überhaupt jemals? Jeden Tag war er einige Stunden im Baumarkt. Er hatte eine ganze Scheune mit eigenen Händen niedergerissen, und irgendwie hatte er es auch noch geschafft, das Wohn- und das Esszimmer zu streichen und dort Möbelstücke reinzustellen? Noch dazu hübsche Möbel. Solche von der Art, dass man sich einfach nur hineinfallen lassen und die Füße hochlegen wollte.

Lexi hieß all die Veränderungen gut, die er am Farmhaus vorgenommen hatte. Nicht zusammenpassende Kissen auf der Couch. Familienbilder an den Wänden. Schneidebretter. Äpfel in einer Schale. Es war ein gemütliches Haus geworden, und sie freute sich, dass er sich wirklich gut eingelebt hatte.

Selbst wenn es ihr auch einen gewissen Stich der Enttäuschung versetzte, zu sehen, wie gut Montana zu Eric passte. Und sie konnte auch ganz leicht sich selbst hier sehen, wie sie mit ihm lebte und bei ihm blieb.

Ach ja. Darum war sie ja auch nur den Sommer über hier.

Sie schenkte sich eine Tasse Kaffee ein, kam zur Veranda zurück und hörte in dem Moment Eric lachen.

„Was ist so lustig?"

Er hatte den aufgeklappten Laptop auf seinem Schoß. „Die zweite Szene. Das Streitgespräch, das Sid mit seiner Mutter führt."

Lexi errötete. Sie hatte hell auflachen müssen, als sie die Szene geschrieben hatte, aber sie hatte nicht gewusst, ob jemand anderer darüber lachen würde. Sie setzte sich neben ihn auf die Schaukel und klappte den Laptop zu. „Vielleicht kannst du den Rest später lesen."

„Klar", er nahm ihr die Kaffeetasse aus der Hand. „Vielleicht kannst du abhauen, damit ich den Rest jetzt lesen kann."

Sie lachte und schnappte sich wieder ihren Kaffee. Aber ihr fiel beim besten Willen nicht ein, was sie sagen sollte.

„Was ich bis jetzt gelesen habe, ist wirklich gut, Lexi. Danke, dass du es mir gezeigt hast."

Sie räusperte sich. „Naja, ich hätte es gerne gedruckt. Aber ich habe keinen Drucker. Und ich hätte es dir per E-Mail geschickt, aber ich habe deine E-Mail-Adresse nicht. Darum dachte ich, ich bringe einfach meinen Laptop vorbei." Sie plapperte dahin. Aber was sollte sie schon anderes tun, wenn sie diese lästigen Horden von Schmetterlingen im Bauch hatte.

„Sie lautet exdavenport@gmail."

„Wie?" E. Davenport. Eric Davenport. Irgendetwas an der Kombination des Vor- und Nachnamens blieb in Lexis Kopf stecken.

„Meine E-Mail-Adresse. E steht für Eric. X steht für meinen zweiten Vornamen. Dann kommt mein Nachname.

Davenport."

„Davenport", wiederholte sie mit einem leichten Zungenschnalzen. „Und X ist der Anfangsbuchstabe deines zweiten Vornamens. Bestimmt benannt nach deinem Vater."

Eric ließ seinen Blick zu ihrem gleiten. Nahm einen betont lässigen Schluck seines Kaffees. „Ja, tatsächlich. Xander. Den Namen habe ich immer gehasst. Ich fand immer, dass er sich anhört wie der Name eines Vampirs oder so etwas."

Lexi lachte nicht. Sie war zu sehr damit beschäftigt, sich darauf zu konzentrieren, die Fassung zu bewahren wegen der Wutgefühle, die durch sie hindurch tosten. „Eric Xander Davenport!"

Sie stand mit solchem Schwung von der Schaukel auf, dass Eric sie mit einem Fuß im Gleichgewicht halten musste. „Der verdammte Eric *Davenport?*"

Er zuckte bei ihrem Ton zusammen, behielt aber doch den Augenkontakt mit ihr bei. Er stellte seinen Kaffe beiseite und verschränkte gelassen seine Hände vor sich. Als wäre er bei einem Geschäftstermin. „Ich verstehe das so, dass du von meiner Familie gehört hast."

Schnaubend stieß sie den Atem aus. „Ja, Eric. Ich habe von Xander Davenport und Davenport Enterprises gehört. Ich habe von seinem Sohn Eric gehört. Das goldene Kind und Thronerbe. Es ist ja irgendwie schwer, von der amerikanischen Königsklasse nichts mitzubekommen, Eric. Jeden zweiten verdammten Tag ist eure Firma in den Nachrichten. Ihr seid ja nur

Milliardäre."

Dieses Mal zuckte er nicht zusammen. Seine Miene verhärtete sich. „Ich habe dich nicht angelogen, Lexi."

Nein, das hatte er nicht. Aber er war auch nicht ehrlich zu ihr gewesen, wer er eigentlich war. Sie stand auf und ging zu dem einen Ende der Veranda und wieder zurück. Jetzt ging die Sonne vollends auf und warf einen rubinroten Schein um sie. „Du hättest es mir trotzdem sagen sollen.

* * *

Als er die Wut, den Schmerz, und ja, auch die Verwirrung in Lexis Gesicht sah, ließ Erics Verteidigungsbereitschaft nach. Nicht weil er unbedingt glaubte, er hätte sein bestgehütetes Geheimnis einfach irgendeiner Frau verraten sollen, mit der er zweimal geschlafen hatte, mit der er arbeitete und flirtete. Sondern aus dem Grund, weil Lexi etwas Besonderes war. Und darum hätte er es ihr sagen sollen.

„Ich hänge meinen Reichtum nicht an die große Glocke, Lexi", versuchte er eine Erklärung. „Vor allem nicht, wenn Frauen mit im Spiel sind."

Sie verschränkte ihre Arme vor ihrer Brust und wirkte so, als würde sie mit ihm streiten wollen, dann lockerten sich ihre Schultern, und sie seufzte. „Du hast ja Recht. Ich kann mir nur vorstellen, was für Zeug die Leute zu dir sagen. ‚Herr Davenport, darf ich Ihnen einen Drink spendieren, ich würde mit Ihnen gerne über eine

Investitionsgelegenheit sprechen.' Oder ,Herr Davenport, Sie sehen heute Abend ja umwerfend gut aus. Darf ich mich Ihnen auf einem Silbertablett anbieten für den geringen, sehr geringen Preis, Ihre bezahlte Geliebte zu sein?'"

Eric lachte über ihren verächtlichen und eifersüchtigen Ausdruck, der in diesem Augenblick über ihr Gesicht flackerte. „Etwas in der Art. Aber hier ist es eher so wie ,Eric, brauchst du eine Mitfahrgelegenheit oder wollen wir uns dort treffen?', ,Eric, komm, spielen wir ne Runde Billard', ,Eric, brauchst du Hilfe bei dieser Holzlieferung?'" Er erhob sich und umfasste Lexis Kinn. „Und dann lerne ich diese wunderschöne Frau kennen. Knallhart und gleichzeitig auch nervös. Und sie kam mit mir nach Hause. Nur Gott weiß, warum. Und alles, was ich wollte, war, Zeit mit ihr zu verbringen. Und sie wartete nur darauf, dass der Teppich ausgerollt wurde. Keinerlei Ausflüchte, um von mir wegzukommen. Und dann behandelte sie mich auch noch so wie meine engsten Freunde. Wie all die Menschen, die nichts weiter von mir wollen als meine Gesellschaft. Und ich hatte nicht den Mumm, ihr den Rest zu erzählen."

Er machte einen Schritt zurück und landete wieder auf der Verandaschaukel. Er schnappte sich seine Kaffeetasse, trank einen großen Schluck und beäugte Lexi über den Rand hinweg. „Es tut mir leid, wenn ich dich getäuscht habe. Es fühlte sich nur so gut an, um meiner selbst willen gemocht zu werden, und nicht wegen des Geldes."

Lexi starrte ihn an, dann kam sie und setzte sich neben

ihn. „Naja, wenn du es mir *gesagt* hättest, dann hättest du entdeckt, dass ich dich trotz deines Geldes gemocht hätte. Nicht wegen des Geldes."

„Ändert das jetzt wirklich nichts an dem, wie du mich siehst?"

„Doch natürlich!" Sie nahm ihren Kaffee und trank einen Riesenschluck. „Du bist *Milliardär*! Das ist extrem ungewöhnlich, Eric. In einer schäbigen Bar in einem Kuhdorf per Zufall auf einen Milliardär zu stoßen ist ungefähr genauso, wie wenn man in einer Tierhandlung einen Zehn-Cent-Goldfisch kauft und herausfindet, dass er eine Meerjungfrau ist."

Eric warf den Kopf zurück und lachte. Lachte richtig herzhaft. „Wenn du die Filmgeschichte über uns schreibst, dann achte darauf, dass du diesen Vergleich mit reinbringst." Er streichelte mit einer Hand über ihr Haar. „Doch ich verstehe, was du meinst. Das ist nur eine ganze Menge neue Information auf einmal." Er wurde wieder sachlich. „Nur damit du es weißt, ich werfe nicht einfach nur so Geld zum Fenster raus mit dieser Ranch; sie bedeutet mir wirklich etwas. Es ist ein Traum von mir, den ich schon lange im Hinterkopf gehabt habe, seit der Zeit, als ich meine Großeltern jeden Sommer besucht habe. Ich wusste nur nicht, wie wichtig mir dieser Traum war, bis ich zurückkam."

Lexi nickte. „Ich verstehe das mit den Träumen. Ich bin so stolz, dass du deine verfolgst."

Er legte eine Hand auf ihre. „Und ich bin stolz, dass du deine verfolgst. Denn was ich bis jetzt gelesen habe, zeigt mir, dass du Talent hast. Echtes Talent, Lexi. Und wenn du mich den Rest lesen lassen willst und wenn der Rest genauso gut ist wie die ersten paar Seiten, dann würde ich das gern einigen Leuten zeigen, die ich kenne. Würdest du diese Art Hilfe annehmen?"

Sie blinzelte. „Weil du wirklich denkst, dass ich gut bin, und nicht, weil ich mit dir schlafe oder ich dir leid tue? Dann ja. Diese Hilfe kann ich annehmen."

„Gut." Er stellte den Kaffee beiseite und hakte einen Finger am Halsausschnitt ihres T-Shirts ein. Er zog daran und entblößte ihre schlanke, sonnengebräunte Schulter. Ein Stöhnen entfuhr ihm, als er seinen eigenen Zahnabdruck dort sah. „Also es ist mir einfach aufgefallen, dass diese Verandaschaukel in der Tat kein Bett ist."

Sie kicherte und schüttelte den Kopf. „Da haben wir ja einen Meister der klugen Beobachtung, Leute!"

„Was, und bitte korrigiere mich, falls ich mich irre, direkt zu diesen überaus strengen Regeln passt bezüglich wo du und ich das Sündhafte tun können."

Lexi schaute ihn mit einer hochgezogenen Augenbraue an, lächelte aber. Und sie lächelte weiterhin, als er sie über seinen Schoß zog.

KAPITEL ZEHN

„Iris Baumarkt", so meldete sich Lexi geistesabwesend am Telefon, da sie mit einem Auge die Inventurliste vor sich im Blick hatte und mit dem anderen Auge argwöhnisch ein Kind beobachtete, das am Zeitschriftenständer bei der Eingangstür herumlungerte. Das geschah nun immer häufiger, seit die Kardashians beinahe auf jedem Titelblatt erschienen. Hatte dieses Kind denn keinen Internetzugang? „Triff deine Wahl oder hau ab!", rief sie dem Jungen zu, während sie das Telefon von ihrer Stimme weg hielt. Vor Schreck sprang das Kind fast dreißig Zentimeter hoch, ehe es zur Tür hinaus sauste.

„Entschuldigen Sie bitte, womit kann ich helfen?", sprach sie nun höflich ins Telefon, während sie gleichzeitig einige Dinge auf ihrer Liste vor sich durchstrich.

„Ja, ich suche meinen Sohn", sagte eine kultivierte Stimme am anderen Ende der Leitung. „Eric Davenprot? Anscheinend geht er heute den ganzen Tag nicht an sein Handy."

Lexi erstarrte. Großartig, einfach großartig! Bei der ersten Interaktion mit Erics Mutter schreit sie gerade einen geilen Dreizehnjährigen an, damit der sich seinen Spaß draußen außerhalb des Ladens holte. Grandios! Genau die richtige Art und Weise, wie du der Milliardärs-Mutter deines Freundes vorgestellt werden willst.

Lexi zuckte gleich noch einmal zusammen. Gott! Wie oft würde ihr das noch passieren? Dass sie sich in ihrer Vorstellung auf Eric als ihren Freund bezog? Das waren sie so *überhaupt* nicht! Und das hatte sie in der Woche seit dem Autokino doppelt klar gemacht. Sie hatte ihre Gefühle so stark unter Verschluss gehalten, dass Eric beinahe aufgehört hatte, persönlich mit ihr zu flirten.

Nachrichten schreiben oder Handyanrufe durften allerdings weiterhin stattfinden.

Jeder, außer der übergenaueste Beobachter, würde glauben, dass sie nur Bekannte waren. Wenn überhaupt. Vielleicht auch nur Arbeitskollegen.

Doch so sehr sie es auch versuchte, es gelang ihr nicht, sich selbst davon zu überzeugen. Alle zwanzig Sekunden tauchte das Wort ‚fester Freund' in ihrem Kopf auf. Dummer, treuloser Verstand! Es ging ihr allmählich auf die Nerven.

„Hallo? Hallo? Ist da jemand?" Die Stimme drang wieder zu ihr durch, und Lexi erschrak etwas.

Perfekt! Einfach perfekt. Und jetzt war sie, während sie in der Leitung war, weggedriftet. Sie konnte sich nur vorstellen, was Erics Mutter jetzt von ihr dachte.

„Ach richtig. Hallo. Ja, tut mir leid. Ich bin dran. Sie suchen Eric?"

„Ja, meine Liebe."

„Er ist hinten beschäftigt mit einer Lieferung. Ich werde ihn schnell holen."

„Warte mal eine Sekunde! Bist du Lexi?"

Lexi räusperte sich. „Ja, Ma'am."

„Das ist ja wunderbar, dich am Telefon kennenzulernen. Ich habe schon so einiges über dich gehört."

Lexi hatte keine Ahnung, was sie sagen sollte. Sie hatte den irrsinnigen Drang, mit englischem Akzent zu sprechen. Stattdessen verfiel sie in die alte Gewohnheit und nahm die weiche gedehnte Aussprache der Südstaatler an. „Tatsächlich?"

„Ja, mein Sohn sagt, du seist eine äußerst talentierte Drehbuchautorin."

Ihr Magen schlug einen Salto. Hatte er das gesagt? Sie wusste, dass er von dem Manuskript, das sie ihm vor ein paar Wochen gezeigt hatte, beeindruckt gewesen war, aber sie hätte sich nicht ausgemalt, dass er mit seiner Mutter darüber reden würde. Mühsam suchte sie nach etwas Passendem, was sie sagen könnte.

„Ich versuche es."

„Nun, Schätzchen, ich frage mich, ob du mir bei einer gewissen Sache helfen könntest?"

„Ja, Ma'am."

„Mir scheint, mein Sohn ist ziemlich eingenommen von dir. Was wie Musik in meinen Ohren klingt, in Anbetracht dessen, wie schlimm dieses letzte Jahr für ihn gewesen ist."

Lexi verstärkte ihren Griff um den Telefonhörer und

gab einen Ton von sich, um zu signalisieren, dass sie immer noch zuhörte, aber das war auch schon ungefähr das Beste, was sie tun konnte.

„Es ist sehr wichtig, dass er es an diesem Wochenende zurück nach L.A. schafft für eine Spendengala, die wir besuchen. Eric jedoch will nicht dabei sein. Verständlich, angesichts dessen, dass Brianne auch da sein wird mit... Naja, Brianne ist eigentlich die Organisatorin der Veranstaltung. Aber der Mann, der die Party feiert, Gio Esposito, ist ein Kollege und Freund der Familie. Und während es keinen Mangel an Wohltätern in unserer Branche gibt, so gibt es doch viele Leute, die wissen, warum Eric L. A. verlassen hat, und ich denke, es wird höchste Zeit, dass er zeigt, dass er nicht mehr davonläuft. Das kann nur wahrhaft deutlich werden, wenn er nach L.A. zurückkehrt. Und welch bessere Möglichkeit könnte es da geben, als zu einer Party zurückzukehren, die Brianne und Gabe auch mit ihrer Anwesenheit beehren? Ich frage mich, ob du helfen kannst, Eric in die richtige Richtung zu schieben, indem du einverstanden bist, die Gala mit ihm zu besuchen. Was sagst du dazu?"

Lexi blinzelte. „Ich—" So weit kam Lexi gerade noch, ehe ihr Verstand einen kompletten Aussetzer hatte. „Ähm, ich glaube nicht—", fing sie an, aber das war auch schon alles, was sie sagen konnte, ehe Eric von hinten hereinkam. Er wischte sich die Stirn mit einem Taschentuch ab, das er in der rückwärtigen Hosentasche seiner Jeans aufbewahrte.

„Da draußen ist es verdammt heiß", sagte er, lüpfte

seine verschwitzte Baseballkappe und warf sie auf die Theke bei der Kasse. „Haben wir hier vielleicht etwas zu trinken?"

„Ach Frau Davenport, Eric ist gerade hereingekommen. Ich reiche Sie nun weiter." Ohne eine weitere Sekunde zu vergeuden, ließ Lexi das Telefon in Erics Hand fallen, als wäre es ein Stück heiße Kohle.

Eric riss vor Überraschung seine Augen auf und legte den Hörer ans Ohr. „Mam?"

Er hörte ein paar Sekunden zu, ehe sich seine Miene zu resignierter Verzweiflung wandelte. „Ja, Aha, aha." Er drehte sich um und schaute Lexi direkt ins Gesicht, und sie merkte, dass sie unerklärlicherweise errötete. „Naja, so würde ich sie nicht gerade beschreiben, aber ja, sie ist wirklich großartig. Eine von den Guten."

Lexi wandte sich von Erics Laserblick in seinen blauen Augen ab. Nie zuvor hatte sie erlebt, dass ein Mann direkt in ihrer Gegenwart über sie diskutierte. Vor allem, wenn diese Mutter sie gerade in das Leben des besagten Mannes auf eine Weise eingeladen hatte, die jegliche Regel, die Lexi für sie beide aufgestellt hatte, komplett über den Haufen warf.

„Naja, sie hat ihr eigenes Leben, darum weiß ich es nicht. Genau. Du hast es begriffen. Aha. Verdammte Scheiße, Mam! Erschlag mich doch damit, warum tust du das nicht?"

Lexi drehte sich total geschockt um. Mit weit offenem Mund starrte sie ihn von oben bis unten an. Hatte er tatsächlich solche Ausdrücke verwendet gegenüber seiner eigenen Mutter? Gegenüber der feinsinnigen, gebildeten Aristokratin, mit der Lexi gerade gesprochen hatte?

Aber Eric grinste voller Zuneigung in das Telefon. „Du gewinnst. Du gewinnst. Ja, Ma'am. In Ordnung. Ich liebe dich auch."

Eric legte auf, ließ seine Stirn in seine Hand sinken und rieb sich die Schläfen, ehe er sich seine Mütze wieder aufsetzte. Er kam auf die andere Seite der Theke, wo Lexi gerade Samentütchen auf einen Drehständer sortierte.

„Also…" Er lehnte sich rückwärts an die Theke, schlug einen Fußknöchel über den anderen, die Schirmmütze tief ins Gesicht gezogen. Sein T-Shirt war am Halsausschnitt verschwitzt. Er hatte nie weniger wie ein Milliardär ausgesehen, und nie mehr wie ein Cowboy. „Meine Mam sagt, du seist zuckersüß."

Lexi schnaubte und blickte verwundert drein. „War es das, als du deiner Mam geantwortet hast, so würdest du mich nicht beschreiben?"

Er grinste und nickte, ehe ein anderer Ausdruck auf sein Gesicht trat. Und den konnte sie absolut nicht deuten. „Willst du an diesem Wochenende nach L.A. fahren?"

„Wow!" Lexi sortierte weiterhin die Samenpäckchen. „Ich weiß nicht, was ich dazu sagen soll."

„Vielleicht sollten wir damit anfangen, was meine Mutter dir am Telefon gesagt hat, und ich werde die Lügengespinste korrigieren, während wir weitermachen."

„Lügengespinste?", fragte Lexi erstaunt.

„Meine Mutter ist bekannt dafür, dass sie die Wahrheit ein wenig so dehnt, dass sie ihrer eigenen

Realität dient."

Lexi lächelte angespannt. „Aha. Naja. Sie lud mich zu so einer Wohltätigkeitsgala an diesem Wochenende ein. Mit dir. Irgendsoein einflussreicher Geschäftsmann, eine große Nummer und Freund der Familie wird da sein. Namens Gio? Cooler Name."

„Cooler Name. Und Gio ist ein cooler Typ. Ich würde ihn tatsächlich gerne sehen. Ich würde mich ziemlich freuen, auch einige andere Leute zu sehen."

„Also will ein Teil von dir dorthin?"

Er zögerte und zuckte dann mit den Schultern. „Ja."

„Aber ein Teil von dir will nicht hin?"

Als er das Gesicht grüblerisch verzog, seufzte Lexi. „Deine Mam erwähnte, dass Brianne und Gabe da sein würden, als Paar nehme ich an…" Sie traf seine Augen mit ihrem Blick. „Das ist doch total verständlich, wenn du sie nicht sehen willst, Eric."

Eric ächzte, ließ den Kopf zurückfallen und schlug sich die Hände vor die Augen. „Verständlich, klar, aber völliger Schwachsinn."

„Was?"

„Mir ist es scheißegal, wenn ich die beiden zusammen sehe, Lexi."

„Machst du Witze?"

„Nein, ich mache keine Witze. Es kümmert mich wirklich nicht mehr. Klar fühlt es sich nicht *gut* an, darüber nachzudenken, wie viel Zeit wir, Brianne und ich, vergeudet haben. Oder über die Tatsache, dass ich mich mit Brianne verabredet habe, obwohl ich wusste, dass

Gabe für sie schwärmte, und ich das ignorierte. Ich hätte uns allen eine Menge Herzschmerz ersparen können, wenn ich beiden ein besserer Freund gewesen wäre. Aber jetzt sind sie zusammen. Und sie sind viel glücklicher als zu der Zeit, als ich noch zwischen ihnen gestanden bin. Und ich bin froh. Wirklich froh! Sogar mehr als das. Ich bin hier glücklich. Glücklicher als ich je war. So…"

Obwohl es im Widerspruch zu jeder ihrer selbstgesetzten Selbstschutz-Regeln stand, obwohl es am helllichten Tag, in der Öffentlichkeit und an ihrem Arbeitsplatz war, konnte Lexi nicht dagegen an: Sie streckte die Hände aus, packte ihn an seinem Shirtkragen und küsste ihn. Fest. Es war eher ein Brandzeichen als ein sinnlicher Moment. Und als sie ihn endlich losließ und mit dem Sortieren der Samenpäckchen weitermachte, konnte sie den Widerhall des Kusses noch auf ihren Lippen spüren.

„Wofür war das denn?" Er hatte eine Hand an seinem Mund, als würde er den gleichen Widerhall spüren.

Sie zuckte die Achseln. „Du bist ein guter Mann."

Er stieß lange und langsam die Luft aus. „Du willst also mit diesem guten Mann an diesem Wochenende nach L.A. fahren?"

Sie beantwortete ihm seine direkte Frage nicht, sondern drehte sich stattdessen zu ihm um und verschränkte die Arme vor ihrer Brust. „Wenn es nicht wegen Brianne und Gabe war, warum hast du dann überhaupt gezögert, dorthin zu fahren?"

Eric zögerte. „Ich bin mir nicht sicher, ob dir die

Antwort gefällt."

„Probier's aus!"

Er starrte ihr direkt in die Augen. „Der Sommer ist schon halbwegs rum. Ich wollte kein ganzes Wochenende vergeuden, an dem ich fort bin von dir."

Lexis Magen verkrampfte sich. Es war wie beim Seilziehen, als würde Nervosität und euphorisches Hochgefühl an je einem Ende des Ziehtaus in ihrem Inneren miteinander im Wettstreit liegen. „Ach."

Sein Blick raste über ihr Gesicht, dann meinte er achselzuckend: „Außerdem sagte ich dir, dass ich hier glücklich bin. Montana fühlt sich für mich viel mehr als Zuhause an als es L.A. jemals war. Wenn ich also ein Wochenende fern von meiner Ranch, meinen Freunden, fern von dir, verbringen würde, dann, naja... wäre L.A. nicht meine erste Wahl."

Mensch! Jetzt musste sie aber aufpassen.

Einerseits war es ja das paar-ähnlichste Verhalten, das es nur gab, wenn man miteinander reiste, um seine Familie und Freunde zu besuchen. Andererseits würde sie nach L.A. kommen, wo sie sowieso bald leben würde. Sie könnte eine unerwartete Vorschau auf ihr neues aufregendes Leben dort bekommen.

„Würden wir vielleicht auch Zeit haben, um ein paar Möglichkeiten auszuloten, wo ich im August dann wohnen könnte?"

„Natürlich. Die Gala dauert nur ein paar Stunden am Samstagabend. Wir könnten den Laden am Freitag eher schließen und am Sonntagabend spät zurückfliegen. Wir könnten das Wochenende nutzen, damit du die Stadt ein wenig kennenlernst."

Das klang gut! Eric kannte sich in L.A. aus. Es wäre wirklich schön, von jemandem, dem sie vertrauen konnte, die Stadt vorgestellt zu bekommen.

Sie biss sich auf die Lippe. „Die Leute würden annehmen, ich sei deine Freundin, nicht wahr?"

„Es ist unvermeidlich, dass manche Leute das annehmen würden. Aber wir können dich trotzdem so vorstellen, wie du es gerne hättest. Als meine Bekannte, Kollegin oder Wahnsinns-Drehbuchautorin, die ich einfach genial finde."

Lexi errötete und wandte sich schnell ab. Sie stellte ein paar Überschlagsrechnungen an. So wie der Trip ein unerwartetes Vergnügen wäre, so wäre er auch eine unerwartete Geldausgabe. Das Flugticket würde wahrscheinlich die Hälfte ihres Kontos verschlingen. Dazu käme die Ausgabe für das Hotel…

„Also das klingt schon cool. Und ich will dich auch nicht alleine gehen lassen. Aber ich sollte das Geld für meinen Umzug sparen."

Eric wollte etwas sagen, doch Lexi hob augenblicklich drohend ihren Finger.

Sie zog die Augen zu Schlitzen zusammen. „Wage ja nicht, mir anzubieten, mein Flugticket zu bezahlen!"

Als Zeichen der Kapitulation hob Eric die Hände hoch. „So etwas Entsetzliches würde ich nie tun!" Er räusperte sich. „Aber, ähm, da ich sowieso dort selbst hinunterfliege, hätte ich gedacht, dass es dir nichts ausmachen würde, mit mir in meinem Flugzeug mitzufliegen."

Lexi hatte einen Aussetzer. „*Dein* Flugzeug?"

„Ich habe einen Pilotenschein. Drüben am Flughafen von Bozeman steht mein Flugzeug."

„Du bist Pilot! Von einem eigenen Flugzeug?"

Verlegen massierte er sich den Nacken. „Das ist keine große Sache. Es wird dir gefallen, das schwöre ich. Es macht Spaß."

„Und wenn ich mitkäme, würde das keine Zusatzkosten verursachen? Mehr Treibstoff, weil es mehr Gewicht sein wird?"

„Ich versichere dir, wenn du mitkommst, würden meine Flugausgaben nicht steigen. Und ich würde mich über deine Gesellschaft wirklich sehr freuen, Lexi. Also, was sagst du?"

Was *konnte* sie da schon sagen? Sie wollte mit ihm fliegen. Darum holte sie tief Luft und wappnete sich für einen Sprung. „Also dann sollte ich mir jetzt lieber schleunigst ein passendes Kleid suchen, wie?"

* * *

Zwei Stunden später durfte sie früher gehen, damit sie sich für den Trip fertigmachen konnte. Sobald sie zur Tür hereinkam, kraulte sie kurz den schwanzwedelnden Hund Tulpe am Kinn und rief Marina. Als sie etwas in der Küche rumoren hörte, eilte sie dorthin.

„Marina! Darf ich einmal dieses schicke Kleid

anprobieren, das du in deinem Schrank hast, und vielleicht leihst du es mir für—"

Lexi hielt erschrocken inne. Marina war auf der Küchentheke, hinter ihr eine umgeschüttete Blumenvase, und sie hatte die Beine um Dylans Hüfte geschlungen. Seine Hand steckte in ihrer Bluse, und sein Mund klebte an ihrer Kehle.

Sobald er merkte, dass jemand hereingekommen war, strich Dylan Marinas Kleidung glatt und drehte sich schnell um, damit er Marina vor Lexis Blicken schützen und ihr Zeit geben konnte, sich zu fassen.

Lexi konnte sich nicht daran hindern, Dylan von oben bis unten zu mustern. Er war ein sehr attraktiver Mann, der im Moment eine enorme Wölbung in seiner Hose zur Schau trug. Mit ironischem Hintersinn fragte sie unschuldig: „Was macht ihr da?"

„Ach je", ächzte Marina, sprang von der Arbeitsfläche herunter und kam an Dylan vorbei. „Es tut mir leid, dass du das sehen musstest."

„Mir nicht." Lexi lehnte sich an den Türrahmen und tätschelte Tulpe, der an ihr vorbeiging. „Das war echt scharf!"

Marina lief hitzigrot an, und Dylan ließ ein leises Kichern vernehmen. „Ich wusste, dass ich dich mag."

Lexi grinste. „Entschuldigt, dass ich etwas unterbrochen habe, das für alle beteiligten Parteien äußerst segensreich aussah."

Marina schämte sich und band ihr Haar zu einem Pferdeschwanz zusammen. „Du, ähm, sagtest, du würdest gerne etwas von mir ausleihen?"

„Ja. Wenn es passt, und wenn es dir recht ist, würde ich gerne diese tolle Kleid von dir für dieses Wochenende ausleihen."

„Welches Kleid?"

„Du weißt schon, dieses schicke Schwarze, das du für die Kunstausstellung deines Bekannten gekauft hattest?"

Marinas Augen rasten Richtung Dylan und zurück zu Lexi. Sie wurde puterrot. „Ach ja, richtig."

Dylan runzelte die Stirn, dann verschränkte er die Arme vor der Brust.

„Kunstausstellung?", fragte er. „Welcher Bekannte hatte eine Kunstaustellung?"

„Ach, ähm, keiner. Es war nichts. Vielleicht könnten wir später darüber reden." Marina schaute ernstlich so aus, als würde sie vor Verlegenheit sogleich in Flammen aufgehen.

Sie schoss davon, und es hatte den Anschein, als wolle Dylan ihr nacheilen. Zu Lexis Überraschung schoss Tulpe um ihn herum, setzte sich auf die Hinterbeine und platzierte sich so zwischen Marina und Dylan und Lexi. Er blickte nicht unfreundlich drein, aber er sandte eindeutig eine Botschaft aus.

Dylan sah den Hund an und machte einen Schritt zurück. „Guter Junge", murmelte er.

Und falls Lexi noch irgendwelche Vorbehalte gehabt hätte, weil Dylan Marina nachstellte, so lösten sie sich spätestens in diesem Moment in Luft auf. Er lobte Tulpe dafür, weil er Marina beschützte, und in diesem Fall sogar vor sich selbst. Das war ein guter Mann. Das war ein wirklich guter Mann.

Kurz danach kam Marina mit dem schwarzen Seidenkleid zurück. Sie reichte es direkt an Lexi weiter, aber Dylan fing es ab, betastete die Seide zwischen den Fingern und hielt es hoch, um es besser betrachten zu können.

„Das ist wirklich ein schönes Kleid, Mari." Seine Augen bohrten sich in ihre. Wenn Lexi nicht ganz so neugierig gewesen wäre, was wohl als nächstes passieren würde, hätte sie ihnen vielleicht etwas mehr Privatsphäre gegönnt. „Du hast das für die Eröffnung meiner Möbelausstellung in Portland gekauft, nicht wahr?"

Von Eric wusste Lexi, dass Dylan Möbel designte und auch herstellte. Er hatte viele Gebrauchsmöbel für die Leute in der Gegend hergestellt. Aber er baute auch die wunderhübschesten Stücke, die sie je gesehen hatte, und die verschiffte er in die Galerien der größeren Städte, wo sie verkauft wurden.

Marina, die immer noch zu Boden blickte, nickte.

„Aber du bist nicht gekommen", sagte Dylan mit leiser und beharrlicher Stimme. „Ich habe an jenem Abend auf dich gewartet. Aber du bist nicht aufgetaucht."

Sanft zog Lexi das Kleid aus Dylans Hand und trat zurück. Sie sollte nicht unbedingt hier sein. Das war zu aufdringlich. Aber sie erstarrte, als sie sah, dass in Marinas Augen Tränen glitzerten. Sie konnte ihre Freundin doch nicht verlassen, wenn diese weinte.

„Ich war da, Dylan. Für eine Minute ging ich hinein,

aber ich versteckte mich. Ich versteckte mich hinter der großen Treppe in der Mitte des Raumes. Und dann bin ich gegangen."

„Warum bist du gegangen?"

Zentimeterweise begann Lexi wieder, sich zu entfernen, da sie den Bann zwischen den beiden nicht stören wollte, indem sie irgendwelche abrupten Bewegungen machte.

„Weil ich wusste, dass sich zwischen uns alles geändert hätte, wenn wir einander sehen würden, so herausgeputzt, inmitten dieses Ausstellungsraumes, mit Champagner und all dem Zeug und so weit weg von Zuhause."

Dylan trat näher an Marina heran und umschlang mit einer Hand ihren Nacken. „Du hattest Recht", grummelte er und küsste sie. Marina stieß einen kleinen Schrei aus, warf ihre Arme um Dylan und erwiderte den Kuss mit ganzem Herzen.

Schließlich verließ Lexi die Küche und begab sich in ihr Zimmer, wo sie einen tiefen Atemzug ausstieß.

Wow!

Würden sie jetzt zusammen kommen? Würden sie endlich imstande sein, sich nicht mehr selbst im Weg zu stehen, sondern sich einfach bemühen, dass es funktionierte? Irgendwie war sich Lexi nicht so ganz sicher. Sie kannte sich ziemlich gut damit aus, sich selbst im Weg zu stehen.

Sie legte das Kleid über ihr Bett. So schlicht und so wunderschön! Solch eine perfekte Illusion. Während sie es anschaute, wusste sie, dass sie sich wie eine andere Person fühlen würde, während sie es anhatte. Aber in der Minute, in der sie es ausziehen würde, wäre sie einfach nur wieder die alte Lexi Fischer. Pleite. Entschlossen. Knallhart. Einzelgängerin.

Sie setzte sich neben das Kleid auf das Bett und streichelte mit einer Hand darüber. Dieses letzte Wort wiederholte sie laut, nur für den Fall, dass sie dumm genug war, es im erstbesten Moment zu vergessen.

„Einzelgängerin."

KAPITEL ELF

Eric hätte nicht gedacht, dass ihn noch viel überraschen könnte. Er war fast in jedem Land der Welt gewesen, hatte tausenderlei sehr teures Essen probiert, hatte Poker an Tischen gespielt, wo die Einsätze im fünfstelligen Bereich lagen. Er hatte Berge erklommen, hatte Tauchgänge absolviert, war mit Fallschirmen aus Flugzeugen gesprungen und sogar mit Haien geschwommen.

Aber nichts, absolut nichts hatte ihn auf die Erfahrung vorbereitet, mit Lexi zu fliegen. Sie hatte ihm gesagt, dass sie nie zuvor geflogen sei, aber sie jetzt zu sehen, wie sie ihre Hände an die Brust gedrückt hielt, als würde sie beten, und wie sie aus dem Fenster starrte, als sie den äußeren Rand einer Kumuluswolke erreichten, da hatte sie Tränen in ihren wunderschönen dunklen Augen…

Er war nicht darauf vorbereitet, wie es sich anfühlen würde, ihr so eine Erfahrung zu schenken.

Er war nicht vorbereitet auf die Erkenntnis, die ihn genau in diesem Moment traf.

Er liebte sie.

Trotz der Tatsache, dass sie so unterschiedlich waren.

Trotz der Tatsache, dass sie sich erst seit ein paar Wochen kannten. Trotz der Tatsache, dass sie so fest entschlossen war, ihn im August zu verlassen, um ihre Träume in L.A. zu verwirklichen.

Er liebte sie.

Und er wollte, dass sie das erfuhr.

Ich liebe dich. Diese Worte drängten nach draußen, wie Pitbulls, die an ihren Leinen zerrten, um nach draußen zu kommen. Nie zuvor in seinem Leben hatte er es so unbedingt und dringend sagen wollen. Aber er wusste, was für Gefühle das in ihr auslösen würde. Er wusste, dass damit ihre Seifenblase zum Platzen gebracht werden würde. Und mehr als alles auf der Welt wollte er ihr im Moment nicht die Luft wegnehmen. Nicht, wenn sie ihn anschaute, als könne er ihr die Sterne vom Himmel holen.

Darum schluckte er diese Worte hinunter.

Lexi quietschte vor Freude, als die Sonne über einem Fluss in der Ferne im genau richtigen Winkel aufging und wie eine Schlange über dem Feuer aufleuchtete. Nur ihr Finger, der in diese Richtung wies, erklärte ihm, was sie sah.

„Lexi, Schätzchen, du musst schon etwas sagen", meinte er grinsend. „Ich weiß nicht, was du meinst, wenn du nichts sagst."

Sie holte tief Luft. „Es ist wie bei Aladdin."

Eric brach in Lachen aus. Von allen Möglichkeiten, die sie sagen hätte können, hätte er niemals vermutet, dass es dies sein könnte. „Ich kann dir die Welt zu Füßen legen...", sang er laut und so schief, dass Lexi sowohl lachen als auch eine Grimasse schneiden musste.

„Nur, dass in unserer Version du ein echter Prinz und ich der zerlumpte Bettler bin." Während sie das sagte, lächelte sie, aber Eric trafen ihre Worte ins Mark.

„Lexi, das glaubst du doch nicht wirklich?"

Sie blinzelte und schüttelte dann den Kopf. „Nein, nicht so, wie es sich anhörte", erwiderte sie. „Ich meinte einfach, dass dies der durchschlagende Beweis ist, wie unterschiedlich unser Leben ist, das ist alles." Sie deutete auf die Berge in der Ferne und die wie Eiskugeln wirkenden Quellwolken um sie herum.

„Schon, aber wir sind beide hier in diesem Flugzeug. Das ist momentan *unser* Leben."

Sobald er sah, dass Lexi ihn mit zusammengekniffenen Augen, beinahe argwöhnisch, anschaute, bedauerte er seine Worte. „Ich schätze", gab sie widerwillig zu, „zumindest für den Sommer stimmt das."

„Klar." Das Wort fühlte sich wie ein Felsbrocken an, aber er war derjenige, der es sich so schwer machte. Warum drängte er sie? Sie hatte die Regeln sehr klar gemacht. Er musste sie nur befolgen. Doch er war im Begriff, zu versuchen, die Dinge zu ändern. Das war gegenüber keinem von ihnen beiden fair.

Ein paar Stunden später landete Eric das Flugzeug auf dem Flughafen. Als er ihre Taschen von hinten holte, seufzte er tief, denn plötzlich bedauerte er es sehr, dies unternommen zu haben.

Er wollte Lexi die Welt zu Füßen legen, sie auf hundert Flüge mitnehmen, wenn dies bei ihr solch eine

Reaktion hervorrief wie gerade. Aber sie mussten einen Wagen mit Chauffeur besteigen, der sie zum edelsten Hotel der Stadt bringen würde. Auf dem Weg dorthin würden sie weiteren zahlreichen Hinweisen auf seinen Reichtum begegnen. Um diesem Leben zu entfliehen, war er nach Montana gezogen. Indem er ihr nun eine besonderer Vorstellung von L.A. geben wollte, würde er nur die Unterschiede zwischen ihnen besonders betonen. Warum verdammt nochmal hatte er bloß gedacht, dies wäre eine gute Idee?

Weil er nicht einmal ein Wochenende ohne sie verbringen wollte.

Lexi nahm ihm ihre Tasche ab und schwang sie sich über den Rücken. „Stimmt etwas nicht?"

„Nein", sagte er schnell. „Nein, ich habe nur Hunger."

„Ja, ich könnte auch ein Abendessen vertragen."

„Da weiß ich eine gute Adresse."

Er führte sie zu seinem Wagen, beschloss, alle Vorsicht und die Regeln über Bord zu werfen, und nahm ihre Hand.

Entweder war sie zu abgelenkt, um es zu bemerken, oder sie war dankbar für die Geborgenheit, die er ihr damit schenkte. Jedenfalls zog Lexi die Hand nicht zurück, obwohl er dies eigentlich halb erwartet hatte.

Als er jedoch die Tür eines eleganten schwarzen Rolls Royce öffnete, blieb sie wie angewurzelt neben ihm stehen.

„Meine verehrte Dame", sagte er und machte ihr gegenüber eine halbe Verbeugung.

Sie stieß ein überraschtes, verwirrtes Lachen aus und glitt auf den Rücksitz.

„Eric!"

Eric wandte sich um und wurde sogleich von George, seinem Fahrer, umarmt. Den hatte er seit Monaten nicht gesehen. „George!"

Die beiden Männer verharrten in ihrer Umarmung und strahlten einander an. Lexi kam wieder aus dem Auto heraus und stellte sich daneben.

„George, das ist Lexi. Meine gute Freundin und Begleiterin zu der Gala morgen Abend."

Lexi streckte George ihre Hand entgegen, ließ ihren Blick über ihn schweifen und nahm auch seine Uniform wahr.

„Schön, Sie kennenzulernen, hübsche Dame", sagte George, nahm ihre Hand und drückte einen formvollendeten Handkuss darauf. Lexi riss überrascht die Augen auf.

Eric tippte George auf die Schulter. „Wir müssen ins Beverly Wilshire."

„Ahh", meinte George. „Hübsche Bude."

„Für die Dame", erklärte Eric, bevor weder George noch Lexi auf falsche Gedanken kommen könnten. „Ich werde in meinem Haus wohnen."

Georges Augen umwölkten sich vor Verwirrung nur ein kleines Bisschen, aber er nickte und begab sich eilends zur Fahrerseite, da er sich erinnerte, dass Eric es vorzog, selbst die Autotür zu öffnen.

Eric und Lexi stiegen ein, und George fuhr langsam

los.

„Hast du ihn dazu gebracht, sich so anzuziehen?", fragte Lexi Eric im Flüsterton, und schon hallte Georges Gelächter durch das Auto.

Eric verbiss sich ein Lachen und drückte auf einen Knopf, um die Trennscheibe zwischen ihnen und George hochzufahren.

„Das ist eine standesgemäße Chauffeuruniform. Auch wenn George zugegebenermaßen ungewöhnlichere Mützen wählt als die meisten Fahrer."

„Aha", meinte Lexi, während sie aus dem Fenster schaute und auf ihren Fingernägeln kaute. Diesen nervösen Tick hatte Eric nie zuvor bei ihr beobachtet. Ohne zu genau darüber nachzudenken, nahm er einfach ihre Hand. Sie blickte auf ihre verschlungenen Hände und dann wieder aus dem Fenster. Die Palmen flogen vorbei.

„Ist das Beverly Wilshire nicht ein wirklich schickes Hotel?" Ihre Stimme war leise.

Eric wusste nicht genau, was er darauf antworten sollte, da er ziemlich sicher war, sie würde es als Almosen betrachten. „Du wirst dich dort sehr wohl fühlen."

Sie wandte sich ihm zu, mit einem gewissen skeptischen Ausdruck, der in ihren Augen funkelte. „Warum bleibe ich nicht einfach in deinem Haus? Ist das nicht groß genug?"

„Doch schon. Ich dachte nur, es wäre für dich angenehmer, wenn es nicht so wirkt, als würden wir miteinander nach Hause fahren."

„Ach ja. Richtig." Sie entwand ihm ihre Hand, und

kaute gleich wieder an ihrem Daumennagel.

Eric hätte eine idiotisch große Geldsumme bezahlt, um zu erfahren, was sie in diesem Moment dachte. Aber sie hielt ihr Gesicht abgewandt.

Sie brausten durch die Stadt bis nach Venice Beach, wo Eric an die Glasscheibe klopfte, um George aufmerksam zu machen. „Halte bitte kurz an!"

Eric sprang aus dem Wagen und zerrte Lexi mit sich.

Er grinste sie an, als sie ihn vor Verwirrung stirnrunzelnd anschaute.

Eric zog sie durch eine unauffällige Tür, die sich zwischen einem schäbigen Nagelstudio und einem kleinen Lebensmittelgeschäft befand. Sie betraten ein kleines Restaurant. Naja, eine Art Restaurant. Es war schmuddelig, hatte ein paar Tische mit Klappstühlen, wo Zeitungen herumlagen, die als behelfsmäßige Tischdecken dienten. In einer Ecke aßen ein paar Gäste etwas aus einer großen Schüssel, während sie Karten spielten. Sie blickten kaum auf, als Eric und Lexi hereinkamen.

Eric hielt nicht inne, sondern ging schnurstraks weiter durch eine andere Tür, die direkt in die Küche führte.

„Eric!" Ein großgewachsener Mann kam hinter einem riesigen Ofen hervor. Dort köchelte etwas, das sündhaft köstlich roch.

„Rico!" Eric ließ zu, dass er von seinem alten Freund umarmt und auf die Wange geküsst wurde.

„Und wer ist diese Hübsche da?", fragte Rico, während er Lexi mit hochgezogenen Brauen musterte.

Sie konnte nicht verhindern, dass sie auch von Rico

umarmt wurde. „Ich bin Lexi. Erics… Freundin.“

Rico zog die Brauen noch weiter hoch. „Nein, Schätzchen. Eric ist dein Freund. Nicht anders herum. Vergiss das nicht!“

Lexi lachte wieder. Dieses Mal noch mehr, und Eric hätte Rico küssen können, weil er ihre Anspannung gelöst hatte. Aber sein Magen knurrte und erinnerte ihn daran, warum sie eigentlich hier waren.

„Was gibt es denn Gutes heute Abend?“, fragte er und hielt die Nase schnuppernd in die Luft. Er wandte sich Lexi zu. „Rico bereitet nur ein Gericht pro Tag zu, und das ist auch das einzige, das es dann gibt. Was besonders fangfrisch ist.“

„Heute gibt es Shrimps-Jambalaya mit Reis.“

Lexi schaute erstaunt drein. „Jambalaya?“, fragte sie überrascht.

„Ja, Schätzchen“, entgegnete Rico. „Ich bin in Louisiana geboren und aufgewachsen. Keiner kann das so gut zubereiten wie ich.“

„Da hat er Recht“, versicherte ihr Eric.

„Riecht ja nicht schlecht“, meinte Lexi achselzuckend.

Rico lachte, während er ihnen ihre Portionen auftischte. „Ich mag sie. Sie schwärmt nicht gleich los über alles, weil sie versucht, dich zu beeindrucken, mein Sohn.“

Eric verbiss sich ein Lachen. „Ich glaube, es geht buchstäblich nicht mit ihrer DNA zusammen, mich beeindrucken zu wollen.“

Lexi schaute ihn überrascht an.

„Ja", fuhr Eric fort. „Ich war derjenige, der seit dem ersten Tag versucht hat, dich zu beeindrucken."

„Naja, das ist der natürliche Lauf der Welt", meinte Rico und reichte ihnen ihr Essen in Plastikschachteln.

„Wir brauchen noch eine Portion für George." Eric blickte sich um und deutete in Richtung Kühltheke. „Und schreib noch drei Kola auf die Rechnung!"

„Was für eine Rechnung?", fragte Rico, der Eric stirnrunzelnd ansah, während er Lexi das Essen reichte. „Du weißt, dass dein Geld hier nicht gern gesehen wird, Sohn."

„Sie wissen, dass er Milliardär ist, nicht wahr?", fragte Lexi, die so unbeeindruckt klang, wie sie es auch tatsächlich war, wie Eric wusste. „Er kann es sich leisten."

Rico lachte wieder. „Klar, aber ein Milliardär mit Herz. Er weiß, was er getan hat. So, jetzt macht mal zwei dieser Colas für die Nichtfahrer auf, und ich werde euch einen Spritzer von etwas beifügen, das eure Nacht dann außergewöhnlich macht."

Lexi tat das Gewünschte und grinste dann, als er aus seiner Tasche ein Fläschchen holte und etwas davon in die zwei Colas gab.

Dann scheuchte er sie aus der Küche. Zum Abschied umarmte er Eric und küsste Lexi auf die Wange.

„Erzähl ihr, was du für mich getan hast, Sohn!", rief Rico Eric nach, als dieser mit Lexi das Restaurant verließ. Eric winkte nur und schüttelte den Kopf.

Sie stiegen wieder ins Auto, und Eric reichte das Essen für George nach vorn. „Los, lass uns einen schönen

Platz mit einer Aussicht finden, damit wir das Abendessen genießen können, George!"

Eine halbe Stunde später saßen die drei an der Strandpromenade, aßen ihr Essen aus den Plastikschachteln, und die Leute sahen ihnen interessiert zu.

„Also, was hast du für Rico getan?", fragte Lexi mit vollem Mund.

„Ach, darüber müssen wir jetzt nicht reden", sagte Eric und rutschte ungemütlich herum.

„Er hat für Rico einen Haufen Schulden abbezahlt, die dieser zurückzuzahlen hatte, als er ein großes Restaurant auf der anderen Seite von L.A. besaß."

Eric starrte George an, der ihm aber keinerlei Aufmerksamkeit zollte.

„Er hatte sich mit den falschen Leuten angelegt. Eric konnte ihn unversehrt aus den Schwierigkeiten heraushauen. Und Rico baute sich hier etwas Neues auf. Wo wir gerade waren. Ein viel kleineres Unternehmen."

„Hmm", summte Lexi ihr Essen lobend, gleichzeitig betrachtete sie das Leben in Venice Beach. Viele Menschen schlenderten vorbei. Rollschuhfahrer. Hunde in Körbchen. Jongleure. Auch wenn es schon spät am Abend war, war noch mächtig was los.

Wieder hätte Eric gerne ein Vermögen für Lexis Gedanken ausgegeben. Und wieder gab sie nichts von ihren Geheimnissen preis.

Sie tranken ihre Cola mit Schuss, aßen ihr Essen und fuhren dann weiter. Lexi lehnte ihren Kopf an der

Kopfstütze an und schloss kurzzeitig die Augen. Als sie beim Wilshire ankamen, war sie noch stiller als zuvor.

Sie stiegen aus. George versprach, dass er Lexi morgen abholen würde, um sie zu der Gala zu fahren. Eric bat ihn, noch ein wenig zu warten, damit er Lexi zu ihrem Zimmer bringen könnte.

Sie war still, während sie durch die grandiose Eingangshalle gingen. Still, als er für sie eincheckte. Still, auch im Aufzug, wo Eric dem Hotelpagen ein Trinkgeld gab. Still, als er mit ihr den eleganten, edlen Gang hinunterging.

Innerlich stöhnte er auf. Warum hatte er nicht daran gedacht, sie in einer etwas… einfacheren Unterkunft unterzubringen? Wenn sie schon durch den Gang verunsichert war, wie sollte sie dann auf ihr Zimmer vorbereitet sein?

Er musste mit den Zähnen knirschen, als er die Tür aufmachte, und Lexi in die überdimensionale Suite trat. Größer als Marinas ganze Wohnung.

Er stellte ihre Tasche auf die Chaiselongue vor den bodentiefen Fenstern. Mit einem Seufzen wappnete er sich für das, was er nun wohl zu hören bekommen würde.

Sie stand da, mit einer Hand über dem Mund und einem Blick, als hätte er sie geradewegs in einen Slum gezerrt. Er sah Ehrfurcht. Und überraschenderweise auch Angst.

„Ich kann hier nicht alleine bleiben", sprudelte sie schließlich hervor.

„Warum nicht?"

„Ich werde irgendetwas kaputtmachen. Oder durcheinander bringen. Oder man wird nicht glauben, dass ich ein Gast bin, und man wird mich hinauswerfen."

„Das wird gewiss nicht passieren." Er machte einen Schritt auf sie zu, aber sie wich zurück wie ein wildes Tier. „Lexi, keines dieser Dinge wird passieren."

„Wirst du hierbleiben?", fragte sie mit großen runden Augen wie denen eines Kindes.

Wenn er sich nicht schon vorher in sie verliebt hätte, wäre es nun endgültig in diesem Moment um ihn geschehen. Keine Chance, dass er dieser Frau irgendetwas abschlagen könnte. Niemals!

„Das würde ich liebend gern. Ich war mir nur nicht sicher, dass du das wollen würdest."

Sie wandte sich ihm zu und verschränkte die Arme vor sich. „Ich will es."

„Dann auf jeden Fall. Ich laufe nur schnell runter zu George und hole meine Tasche. Hier!" Er schob sie zu einem niedrigen Frühstückstisch hinüber, auf dem ein Blumenarrangement stand, und begab sich zur Minibar. Er holte eine kleine Whiskyflasche, ein Glas und ein paar Eiswürfel heraus. „Trink das! Das wird die Anspannung nehmen. Das verspreche ich."

Sie schaute ihn an und nickte. Er konnte es nicht ertragen. Er kniete sich vor sie hin und schob ihr Haar über die Schulter zurück. „Ich werde gleich zurück sein."

Als er zurückkam, saß sie genauso da, wie er sie verlassen hatte, nur das Whiskyglas war leer. Er warf seine Tasche hin, strich sich mit einer Hand durchs Haar, nahm sich selbst einen Whisky und setzte sich neben sie an den Beistelltisch.

„Okay", sagte er und starrte ihr direkt in die Augen. „Ich hätte ja nicht erwartet, dass du auf dem Bett auf und ab hüpfst oder Champagnerkorken knallen lässt, aber du verhältst dich, als hätte ich dich zum Tatort eines Mordes gebracht. Das ist doch bloß ein Hotelzimmer, um Gottes willen!"

Lexi nahm ihm das Whiskyglas aus der Hand, trank ein Schlückchen und holte tief Luft. „Ich weiß, ich weiß. Und ich bin undankbar."

„Lex, Schatz, das bist du nicht. Ich will nur wissen, ob es dir hier drin gut geht. Blinzle, wenn du mich hören kannst!"

Lexi lächelte leicht und streifte den leichten Mantel ab, den sie im Flugzeug getragen hatte. Er konnte sehen, dass ihr T-Shirt am Halsausschnitt etwas verschwitzt war, und Eric wunderte sich, warum sie den Mantel anbehalten hatte, wenn ihr zu warm gewesen war.

„Es ist nur so…ich war noch nie in einem Flugzeug, wurde noch nie von einem Chauffeur gefahren, habe noch nie Jambalaya gegessen." Sie senkte den Blick. „Und ich habe noch nie das Meer gesehen."

Er bemühte sich sehr, sich seine Verwunderung nicht anmerken zu lassen. „Du bist noch nie am Strand gewesen, und ich bringe dich zu der verdammten Strandpromenade von Venice? Ich sollte erschossen werden!"

Sie beachtete ihn nicht. „Ich war nie zuvor in einem Hotel. In Motels, ja. In einem Hotel? Niemals. Und sicher nicht in einem, das sich für den Präsidenten der Vereinigten Staaten eignet."

Eric blickte sich um und zuckte zusammen. „Es ist ein bisschen viel, schätze ich."

„Es ist wunderschön. Ich bin einfach überwältigt. Und es fühlt sich auch unheimlich an, zu wissen, dass ich im August hierher zurückkommen und nie wieder so Zeug sehen werde. Ich will einfach alles einsaugen, verstehst du? Aber mehr als das…" Sie holte tief Luft. „Ich will das alles *mit dir* einsaugen."

Eric durchzuckte es, und er erkannte, dass dies der entscheidende Moment war. Dies war der Moment, von dem es kein Zurück mehr gab. Er würde hier mit ihr eine Grenze überschreiten. Er hoffte nur, dass dies nicht der Umstand war, der zum sofortigen Abbruch ihrer Beziehungen führen würde.

„Lex, du weißt, dass ich dich im August nicht wirklich verlassen werde, richtig?"

Sie setzte sich aufrecht hin, und ihr verschwommener, überwältigter Blick wurde auf einmal glasklar. „Was?"

„Ich will sagen, werde ich dir Freiraum geben? Auf jeden Fall. Werden wir zusammen sein? Klingt eher nach einem Nein. Aber werde ich einfach verschwinden und deine Nummer verlieren? Verdammt nochmal, nein! Lex, ich bin hier. In deinem Leben. Und ich werde dich sicher nicht zurück nach Montana schleifen, wo du offensichtlich nicht sein willst. Aber ich werde dich auf keinen Fall im Stich lassen. Und wenn ich nach L.A. zurückkomme, um meine Eltern zu besuchen oder sonstwas, weißt du, wen ich dann anrufen werde? Dich. Jedes Mal. Wenn du versuchst, es vollkommen selbstständig zu etwas zu bringen, dann ja, es wird eine Weile dauern, bis du zur Spitze gehörst. Wenn es das ist, was du willst. Aber jedes Mal, wenn du ein schickes Abendessen, Champagner, einen Abend in der Stadt oder eine Nacht in einem Hotel wie diesem willst, dann ruf mich an, Lex! Und dann wirst du es bekommen. Das verspreche ich dir."

Sie klappte den Mund auf, um etwas zu sagen, und schloss ihn wieder. Ihr Blick war glasklar, zu fokussiert. Sie erhob sich und setzte sich wieder hin. Und erhob sich wieder. Er wartete, dass sie etwas sagte. Irgendetwas. Aber als nichts kam, streckte er die Hand nach ihr aus. Aber sie machte einen Schritt zurück.

„Ich brauche eine Sekunde."

Sie trat noch einen Schritt zurück. Und noch einen. Und dann war sie im Badezimmer. Nur wenige Sekunden später hörte Eric das Wasser der Dusche.

Toll! Der war gut, Davenport. Ihm waren die Risiken bewusst gewesen, als er so mit ihr gesprochen hatte. Und jetzt hatte er sie vertrieben. Er hoffte nur, dass er sie nicht gänzlich vertrieben hatte.

KAPITEL ZWÖLF

Als Lexi an all die Filme dachte, die in Los Angeles spielten, die sie gesehen hatte, stöhnte sie mehr und mehr auf.

Beverly Hills Cop, Pretty Woman, Warum eigentlich…bringen wir den Chef nicht um?, Terminator, Zwei hinreißend verdorbene Schurken, Boulevard der Dämmerung, Singing in the Rain.

All diese Filme hätten sie auf die Stadt vorbereiten sollen, aber jetzt, da sie die Stadt gesehen hatte, war sie voller Angst. Alles erinnerte sie daran, dass sie klein und unbedeutend war, und auf einmal war Lexi vollkommen überzeugt, dass sie, wenn sie nach L.A. zöge, scheitern würde.

Mit ihrem Traum scheitern würde.

Mit ihrem Leben scheitern würde.

Was sollte sie tun?

Hektisch zog sie sich aus und trat unter die Dusche, in der Hoffnung, dass das Wasser ihr helfen würde, ihre Fassung wiederzugewinnen. Und wirklich, als sie das Shampoo in ihr Haar einmassierte und ihren Körper einseifte, fing ihr Verstand wieder an, die Kontrolle zu übernehmen.

Das war normal, sagte sie sich. Es war normal, Angst zu haben, wenn man sich etwas so Großem wie L.A. gegenübersah. Es war besonders schwer, angesichts dessen, dass sie mit Eric zusammen war und erfuhr, wie unterschiedlich sie waren. Dabei akzeptierte sie, dass sie, wenn sie auf sich allein gestellt war, sich nicht auf ihn verlassen könnte.

Aber war das überhaupt wahr?

Mit einem tiefen Seufzer drehte Lexi das Wasser ab und trocknete sich ab. Dann wischte sie den Wasserdampf vom Badspiegel und starrte ihr Spiegelbild an.

Sie war dieselbe alte Lexi. In diesem Leben hatte sie ihren Vater und sich selbst. Zwei Menschen, auf die sie immer zählen konnte.

Und Eric, rief ihr eine hartnäckige Stimme in ihrem Kopf ins Gedächtnis. Vergiss nicht, dass du Eric hast!

Das hatte er zu ihr gesagt. Dass er immer für sie da sein würde, egal, was im August geschehen würde.

Eric, der draußen vor dieser Tür saß. Eric, der jede Grenze, die sie gesetzt hatte, respektiert hatte. Eric, der sie hierher gebracht hatte, um ihr den ersten Schritt zu zeigen, damit sie ihren Traum wahr werden lassen konnte. Eric, der ihr versprochen hatte, sie nicht in Montana festhalten zu wollen. Eric, der sie im August nicht im Stich lassen wollte.

Eric, der ihr Sicherheit gab. Und der ihr das Gefühl gab, mächtig zu sein. Und der mehr als sie selbst an die Macht ihrer Träume glaubte.

Bevor sie wusste, was sie tat, machte Lexi schwungvoll die Badezimmertür auf, und der Wasserdampf breitete sich wabernd um sie herum aus.

Eric, der immer noch am Frühstückstisch saß, blickte sofort auf. Einige Knöpfe seines Hemdes waren aufgeknöpft, seine Schuhe lagen auf dem Fußboden herum. Das schwache Raumlicht ließ die Konturen seines perfekten Gesichts deutlich erkennen. Das Gesicht eines Filmstars. Gott! Sie war unrettbar verloren, ein hoffnungsloser Fall.

Lexi schob diesen Gedanken beiseite und ging auf ihn zu. Magnetisch angezogen. Wie Metall, das von einem Magneten angezogen wurde, zog er sie an. In dieser überwältigenden Stadt war er ihr sicherer Hafen. Ein Leuchtturm der Ruhe in all dem Getriebe.

Erics Blick wanderte von ihren Fußspitzen immer weiter nach oben, während er sie musterte. Nackt wie die Sünde, golden, pinkfarben und taufrisch von der Dusche. Er hätte dort sitzenbleiben können, warten können, bis sie den ganzen Weg bis zu ihm gekommen wäre. Aber das tat er nicht. Er kam ihr entgegen, denn er wusste genau, wofür sie zu ihm kam.

Miteinander taumelten sie auf das große Anbausofa, das das Schlafzimmer der Suite vom Wohnzimmer abtrennte. Lexi schnappte nach Luft, als sie den plüschweichen Stoff an ihrem Rücken spürte.

Eric war über ihr, umgab sie, war überall.

Wie ein Besessener riss er sich von ihr los und seine Kleidung vom Leib. Er brauchte sie genauso dringend wie sie ihn. In seinem Blick stand ein Brennen; sie hatte keine Ahnung, ob es das gleiche Gefühl war, das sie auch empfand, aber dadurch wurde das Feuer in ihnen beiden entfacht.

Jetzt war auch er nackt, und er packte sie, als hätte er Angst, dass sie verschwinden würde, wenn er sie losließe.

Lexi, die die gleiche Angst befallen hatte, schlug ihre Zähne in seine Schulter, so wie er es oft getan hatte. Eric stöhnte in ihre Haut, als sie ihn auf jede erdenkliche Weise festhielt.

Er riss sich von ihr los und spreizte ihre Beine weit. Er blickte auf sie herab, als wäre sie ein festliches Mahl und er ein Mann kurz vor dem Verhungern. Lexi brauchte ihn, ihr Körper brannte für ihn. Aber sie konnte entweder daliegen und verschlungen werden oder sie könnte selbst auch ein wenig verschlingen. Bevor er sich auf sie stürzen konnte, rutschte Lexi auf dem Sofa weiter herunter, sodass er nun rittlings auf ihren Schultern saß.

Erics Augen flammten hell und lodernd auf. „Lex", brummte er warnend.

Aber es war eine Warnung, der sie keine Beachtung zollte. Indem sie sich aufrichtete, umschloss sie seinen Schwanz mit ihrer Faust und streifte mit ihrer Zunge nur einmal um seine Eichel in einem festen perfekten Kreis.

Sein gesamter Körper wurde bretthart, und Lexi sah mit gespannter Erregung, dass er sich mit seiner Hand so fest an der Couch festklammerte, dass seine Fingerknöchel weiß wurden. Also machte sie es noch einmal.

Dieses Mal schnappte er nach Luft, als hätte er

körperliche Schmerzen.

Sie blickte zu ihm auf, hielt ständig Augenkontakt mit ihm und befeuchtete ihre Handfläche mit der Zunge, damit sie leichter an ihm auf und ab reiben konnte. Dann nahm sie ihn vollständig in ihren Mund, so weit sie nur konnte, und folgte mit ihrer Hand jeder Bewegung ihres Mundes, sodass er unter einem ständigen Ansturm von Gefühlen stand. Er war groß, so groß, dass sie ihn natürlich nicht vollständig aufnehmen konnte. Aber sie gab ihr Bestes, ließ ihre Zunge wirbeln und besorgte es ihm echt gut.

„Mensch, Lex! Ich werde— verdammt, Mädchen, ich werde gleich—"

Und sie wollte ihn auch. Sie wollte ihn komplett und ganz verschlingen. Ihn auf diese urtümliche Art schmecken. Aber dann war seine Hand in ihrem Haar, zerzauste es und zog sie von sich weg.

„Ich will es. Ich will es", keuchte sie und starrte ihn dabei an.

„Du wirst es bekommen", versprach er, während er sich herumdrehte, sodass er immer noch rittlings auf ihren Schultern saß, aber nun von ihr weg schaute.

Er legte eine seiner großen Handflächen auf je einen ihrer Oberschenkel und spreizte sie. Es gab keine Höflichkeiten. Er beugte sich einfach herunter und verschlang sie vollkommen.

Lexi hatte sich nie erregter gefühlt, geiler oder näher dran an ihrem Höhepunkt. Sie wusste nicht, ob sie imstande sein würde, es noch viel länger auszuhalten. Sobald sie die ersten Wellen ihres Orgasmus spürte, bäumte sie sich auf, packte Eric an den Hüften und führte seinen Schwanz wieder in ihren Mund.

Vielleicht lag es an der Tatsache, dass sie knapp davor war, zu kommen, vielleicht lag es auch an der veränderten Stellung. Aber diesmal konnte Lexi ihn fast komplett verschlingen. Er stieß in ihre Kehle, und sie schluckte und schluckte ihn, während sie durch die Nase atmete.

Eric wurde noch wilder, und Lexis Hüften spannten sich an, hoben sich vom Sofa und in Richtung seines Gesichts. Ihr Orgasmus elektrisierte sie, peitschte so wild durch sie hindurch, dass sie ihn überall spüren konnte. Bis in jedes Molekül ihrer Seele.

Und dann hatte auch Eric seinen Höhepunkt. Er pumpte in ihren Mund und spritzte in ihre Kehle. Sie genoss es und kostete alles, was er ihr geben konnte, aus, bis er sich auf die Seite rollte. Ihre beiden Körper zitterten noch durch die Nachbeben.

„Heilige Scheiße", murmelte er, ehe er sich umdrehte und sie an sich zog. „Ich glaube, das haben wir beide wirklich gebraucht."

Lexi konnte nicht anders, als zu lächeln, als er sich in ihr feuchtes Haar kuschelte und mit einer Hand über ihren Bauch streichelte. Dann packte er ihre Hüften und zog sie so an sich, dass er sie in Löffelposition umfing.

Niemals in all ihrer gemeinsamen Zeit hatten sie sich so aneinandergelegt und geschmust. Lexi hatte geglaubt, dass sie das nie tun würden.

Aber mit dem rasenden Gewimmel der Stadt unter ihnen und der rasenden Zukunft ihres Lebens vor ihnen fühlte es sich überhaupt nicht falsch an, so mit ihm dazuliegen. Seinen starken, gleichmäßigen Herzschlag an ihrem Rücken zu spüren und seinen Arm, der um ihren Körper geschlungen war. Es fühlte sich nicht falsch an, auch als er von der Rückenlehne des Sofas eine Decke nahm und über sie beide breitete.

„Und übrigens, das zählt nicht", murmelte er ihr ins Haar, kurz bevor sie beide vom Schlaf übermannt wurden.

„Was?", fragte sie mit trüben Augen.

„Das zählt nicht als Regelverstoß." Mit schläfriger Hand strich er ihr übers Haar und zog sie ein ganz kleines bisschen näher. Sie genoss die Hitze, die von seiner Haut ausging. „Technisch gesehen, haben wir es nicht bis ins Bett geschafft."

Ob sie es morgen früh zugeben würde oder nicht, das wusste Lexi nicht. Aber in dieser Nacht schlief sie mit einem Lächeln auf den Lippen ein.

* * *

Am nächsten Tag waren Eric und Lexi zur Mittagszeit beim dritten Ort von Lexis Wohnmöglichkeiten angelangt, wenn sie nach L.A. ziehen würde. Wie die beiden anderen Wohnungen zuvor war auch diese eine heruntergekommene Absteige, und als Lexi Eric um die Ecke des kleinen Hauses zog, war er sich sicher, dass sie vor Panik gleich in Tränen ausbrechen würde. Er war bereit, sie zu trösten, ihr zu sagen, dass sie zusammen noch eine Räumlichkeit finden würden, die für sie geeignet war, und dass das, ja, verdammt nochmal, bedeuten würde, dass sie seine Hilfe akzeptieren sollte. Zu seiner Überraschung warf sich Lexi jedoch in seine Arme, während sie gleichzeitig vor Aufregung auf und ab hüpfte.

„Hier hätte ich mein eigenes Bad!" Sie wand sich aus seinen Armen und starrte ihm tief in die Augen, nur für den Fall, dass er nicht erkennen könnte, was für eine tolle, unglaublich tolle Sache das war. „MEIN. EIGENES. BAD. In der gesamten Zeitgeschichte hat es das noch nie für mich gegeben."

Eric schluckte schwer. Er war drauf und dran, sie darauf hinzuweisen, dass diese Räumlichkeit heruntergekommen war. Stattdessen platzte er mit dem größten Argument heraus, das gegen diese Wohnung sprach. „Aber dein Mitbewohner wäre...ein Kerl!"

„Sogar bei Marina mussten wir uns das Bad teilen. Uhrzeiten fürs Duschen festlegen und all sowas. Und auch wenn es nur ein kleines Bad und die Dusche ein wenig schäbig ist, WEM MACHT DAS ETWAS AUS? Weil... Warte mal, was?"

Als er ihren verwirrten Gesichtsausdruck sah, fühlte sich Eric wie ein Idiot, strich sich durchs Haar, wollte eigentlich überhaupt nichts dazu äußern, seufzte aber dann: „Es ist nur so: Als du sagtest, dein Mitbewohner wäre jemand namens Aubrey, nahm ich an, es wäre eine Frau."

Lexi furchte die Stirn. „Aubrey kann für beiderlei Geschlecht als Name verwendet werden."

„Klar. Richtig. Es ist nur so... ich bin ziemlich sicher,

dass er auch hetero ist."

„Und das ist dein Argument?"

Er seufzte wieder. Sagte sich, dass er ein Idiot sei, wenn er auf diesen jugendlichen, muskulösen Aubrey eifersüchtig sei — darum ging es ihm und Lexi ja überhaupt nicht, rief er sich ins Gedächtnis — dann schüttelte er den Kopf. Treibsand. Halte sie nicht fest wie Treibsand! „Nichts", sagte er. „Kein Argument. Wenn dir die Räumlichkeit gefällt und dir Aubrey gefällt, dann freut es mich für dich."

Lexi legte den Kopf schräg. Starrte ihn an. Und als sich ihre Augen weiteten, konnte er erkennen, dass sie gemerkt hatte, was er fühlte. Er wartete darauf, dass sie ihn auf sanfte Art tadelte. Stattdessen glitt sie mit ihren Händen an seinem Brustkorb hinauf und legte ihm die Arme um den Hals.

„Ich habe nicht bemerkt, ob Aubrey ein heterosexueller Mann oder ein weiblicher Löwe ist. Ich bin nur komplett durchgedreht wegen der Aussicht, mein eigenes Bad zu haben." Und damit platzierte sie ihren freudig grinsenden Mund auf seinen.

* * *

Zum Teufel mit all diesen Regeln, dachte Lexi bei sich, als sie Eric küsste. Er hatte so verdammt süß ausgesehen, sein Haar zerzaust, weil er so darin herumgefuhrwerkt hatte, seine Miene missmutig, verstimmt. Nein, nicht verstimmt — eifersüchtig, hatte sie schließlich erkannt. Eifersüchtig auf einen Fremden namens Aubrey. Als könnte irgendein Mann Eric das Wasser reichen und welche Gefühle er bei ihr auslöste.

Dennoch schmeichelte ihr seine Eifersucht. Dadurch fühlte sie sich wertgeschätzt. Und zum ersten Mal dachte sie nicht an Treibsand oder ob sie und Eric das Richtige taten, wenn sie Zeit miteinander verbrachten. Stattdessen tat sie einfach das, was sie wollte, und das war, ihn zu berühren. Zu küssen.

Sie küssten sich immer noch an einer Straßenecke, als eine Gruppe Jugendlicher auf Fahrrädern johlend und kreischend vorbeifuhren. Auch dann hielt Eric sie eng umschlungen, und erst nach über dreißig Sekunden ließ er sie los und zog sich zurück; seine Augen waren umwölkt und seine Hände lagen stark und sicher auf ihrem Rücken.

Mit einer Hand streichelte ihr Rückgrat entlang hoch und dann wieder hinunter. „Küssen in der Öffentlichkeit, wie?", fragte er.

„Und Händchen halten", sagte sie, verschränkte ihre Finger mit seinen und schlenderte so die Straße hinunter.

„Du widersprichst all diesen Regeln wirklich absolut, weißt du."

Lexi schlenderte mit ihm Hand in Hand weiter, zu glücklich, zu aufgeregt, um über ihre Worte lange nachzudenken. „Ach, ist doch egal. Die Regeln gelten nicht in L.A."

Eric blieb stehen und zog sie wieder zu sich heran. „Ist das so?"

Seine Worte und sein Tonfall waren locker, aber so

wie er sie an sich zog, so wie sich seine Augen in ihre bohrten, daran merkte Lexi, dass ihre Worte ihn emotional getroffen hatten.

Sie zuckte die Achseln und machte den Mund auf, nicht sicher, was sie sagen sollte. Nicht sicher, was sie sagen *konnte*, um all das zu erklären, was sie für ihn empfand.

* * *

Sobald sie wieder im Auto waren, klinkte sich Eric aus der Unterhaltung von Lexi und George über die verschiedenen Teile von L.A. aus. Er starrte aus dem Fenster und sah alles vorbeirauschen. *Die Regeln gelten nicht in L.A.* Wieder und immer wieder hallten ihre Worte durch seinen Kopf. Was meinte sie damit? Meinte sie damit, dass sie nicht an diesem Wochenende galten? Oder wollte sie ihm damit sagen, dass sie, wenn sie in L.A. leben würden, dann zusammen sein könnten?

Rückblickend durchforschte er all ihre Gespräche. Nichts von dem, was sie je gesagt hatte, ließ es wahrscheinlich erscheinen, als hätte sie von Haus aus etwas gegen Beziehungen. Sie hatte nur etwas gegen eine Beziehung, die sie von ihren Träumen in L.A. abhalten würde.

Er dachte an ihren Kuss an der Straßenecke. An ihr Händchenhalten.

Er sah die Gegend um Echo Park vorbeirollen. Diese Gegend hatte ihm immer gefallen.

Könnte er hier leben?

Vielleicht. Aber dann blitzten Bilder seiner Ranch in seinem Kopf auf, und er konnte ein Aufstöhnen kaum unterdrücken. Ja, er könnte hier mit Lexi leben, versuchen, neues Terrain in L.A. zu erobern. Aber nein, er könnte seine halb begonnene Ranch nicht unvollendet zurücklassen. Seine *Träume* nicht unvollendet lassen.

Er schaute zu Lexi, die sich an die Trennwand lehnte und sich lebhaft mit George unterhielt.

Treibsand.

Zum ersten Mal seit er sie getroffen hatte, verstand Eric wahrhaftig ihre Befürchtungen.

Sie könnte ihn auf so einfache Weise zurück nach L.A. locken. Und wenn sie das täte, egal, wie glücklich er auch gehen würde, es würde dennoch bedeuten, dass er einen Teil seiner Selbst verlieren würde, einen Teil, den er vielleicht nie mehr wieder zurückbekommen würde.

Die Regeln gelten nicht in L.A.

Naja, an diesem Wochenende würde er sich an diesen Gedanken klammern. An diesem Wochenende würde er sicherstellen, dass sie von den Regeln nicht zurückgehalten werden würden. Sie würden ein Wochenende haben, das in die Geschichtsbücher eingehen würde. Eines, an das sie sich gerne zurückerinnern würden, wenn sie ihr getrenntes Leben in getrennten Teilen des Landes leben würden.

Sein Handy vibrierte in seiner Tasche und riss ihn aus seiner depressiven Träumerei. „Hallo, Mam."

Er hörte kurz zu und reichte es dann augenblicklich an

Lexi weiter. „Es ist für dich."

Stirnrunzelnd schaute sie das Handy an, als wäre es eine Handgranate. Aber sie nahm es und hielt es sich ans Ohr. „Hallo, Frau Davenp—"

Eric grinste, als er zuhörte, wie seine Mutter eine ellenlange Rede über irgendetwas abließ. Lexi hatte kaum Gelegenheit, ein paar Töne der Zustimmung zu machen, ehe sie das Handy an George weiterreichte. „Sie will jetzt mit George sprechen."

„Jo, Frau D."

Sein Fahrer und seine Mutter plauderten eine Zeitlang, während Eric fragend seine Augenbrauen Richtung Lexi hob.

Diese legte die Stirn in Falten und kaute wieder an ihrem Daumennagel. „Offenbar habe ich in zwanzig Minuten eine Massage, eine Maniküre und eine Pediküre. Dann will deine Mutter, dass mein Haar frisiert wird und wir einkaufen gehen."

Eric runzelte die Stirn, war drauf und dran, ihr zu sagen, dass sie nichts davon tun musste, wenn sie das nicht wollte, aber dann sah er ihre vor Aufregung leuchtenden Augen. Wie letzte Nacht kämpften in ihr widerstreitende Gefühle. „Ist das etwas, was du willst, Lexi?"

Sie zuckte die Achseln. „Es wird zu teuer sein. Deine Mam sagte, dass sie mich dazu einladen will, und ich will sie auch nicht verletzen, indem ich ablehne, aber—"

„Mach dir darüber bitte keine Sorgen! Meine Mutter tut nichts, was sie nicht will, und ich weiß, dass sie sehr gerne mehr Zeit mit dir verbringen will. Aber du hast meine Frage nicht beantwortet. Willst *du* das alles? Weil, wenn du das nicht…"

Sie starrte ihn an, ehe sie sprach. „Ich denke schon. Ich meine…Du weißt, ich—ich bin bei meinem Vater aufgewachsen…"

Ja, er verstand es. Während ihrer Zeit im Baumarkt hatten sie sich viel über Lexis Kindheit unterhalten, einschließlich wie ihre Mutter gestorben war, als sie noch ein Baby war und wie ihr Vater sie großgezogen hatte. Er wusste, dass Lexi ihren Vater bewunderte und sich schuldig fühlte, weil er seine Träume, Schauspieler zu sein, aufgegeben hatte, um ihr das zu geben, was sie brauchte. Sie fühlte sich immer noch schuldig, angesichts der Tatsache, dass er älter wurde, und sie wünschte sich, sie hätte das Geld, um seinen Ruhestand mitzufinanzieren, damit er ein einfacheres und leichteres Leben führen könnte. Das war auch ein großer Teil dessen, was sie motivierte, in L.A. groß rauskommen zu wollen, das und die Tatsache, dass sie Filme liebte und zu schreiben.

„Dann geh doch, Lex", ermunterte er sie, als sie in Schweigen verfiel.

„Ich hatte seit ewiger Zeit keinen Mutter/Tochter-Tag. Und die Tatsache, dass deine Mam das alles für mich tun will? Ist doch…nett." Ihre Lippe bebte, und Eric konnte nicht anders, als sich zu ihr zu beugen und sie zärtlich zu küssen.

Mit seinem Daumen streifte er über ihre Wange. „Dann wünsche ich dir eine wunderbare Zeit, Lex. Du verdienst es."

Sie ließen sie beim Schönheitssalon aussteigen, aber nicht bevor Lexi sich über den Sitz gebeugt hatte und ihn nochmals atemlos, beinahe verzweifelt, küsste. Sobald sie außer Hörweite war, stieß George einen langen anerkennenden Pfiff aus.

„Da hast du dir ja ein ziemlich tolles Mädchen geangelt, Eric."

Er brachte es kaum über sich, zu antworten. Bis sich sein Herzschlag wieder normalisiert hatte, war es nicht sicher, zu sprechen. „Ich weiß. Ich möchte heute Nachmittag etwas für sie erledigen. Willst du fahren oder willst du mich zu meinem Wagen bringen?"

„Eine Erledigung für dieses Mädchen? Da fahre ich!"

KAPITEL DREIZEHN

Lexi betrachtete sich in dem bodenlangen Spiegel im Badezimmer. Sie war heute poliert, gewachst, gefeilt, gezupft, geschliffen, geschminkt und schön gemacht worden wie noch nie zuvor in ihrem Leben. Ach, und dazu waren ihre Füße in regelrechte Folterwerkzeuge gezwängt worden, die Frau Davenport beharrlich als Schuhe bezeichnet hatte.

Frau Davenport. Allein der Gedanke an sie zauberte ein Lächeln auf Lexis Lippen, auch wenn Lexi gleichzeitig von Wellen eines posttraumatischen Syndroms durchströmt wurde. Sie setzte sich kurzzeitig auf den Rand der Badewanne, um sich zu sammeln. Sie würde hundert Dollar wetten, dass diese Frau im Stehen schlief, so voller Aktivität und Energie steckte sie.

Lexis erster Eindruck von ihr am Telefon war, dass sie kultiviert und vornehm war. Und das war sie auch auf vielerlei Weise. Ihre Kleidung, ihr Haar, ihr Schmuck. Wirklich wunderschön! Hellbraunes Haar wie Eric, stellenweise mit Silber durchzogen. In der Realität war sie überraschenderweise zugänglich und bodenständig, auch wenn sie eine strenge Aufseherin war, wenn es ums

Schönmachen und Einkaufen ging.

„Willst du wissen, was das Geheimnis ist, auf hohen Absätzen zu gehen?", hatte Frau Davenport gefragt.

Lexi hatte genickt, obwohl sie nicht wirklich sicher war, dass sie irgendetwas in der Art wissen wollte.

„Du darfst deine Knie niemals abbiegen. Gerade aufrecht von der Hüfte an." Sie hatte ihr gezeigt, was sie meinte, und Lexi war von dem elegant schwingenden Gang dieser Frau sehr beeindruckt gewesen.

Nun, wieder zurück in ihrem Hotelzimmer, erhob sich Lexi vom Badewannenrand und betrachtete sich erneut im Spiegel. Sie war nicht gerade eine Laufstegschönheit, aber auch verdammt weit von der alten Lexi Fischer entfernt, Rodeo-Reiterin, pleite und wie ein Blatt im Wind getrieben, auf der Suche.

Lackierte Nägel und superlange Bein in Stöckelschuhen. Goldglänzendes, langes Haar.

„Wunderbar", hatte die Haarstylistin gesagt. „Ich möchte überhaupt nichts verändern. Außer vielleicht einen Zentimeter kürzen. Und warum nicht etwas Glanz hinzufügen."

Sie hatte nicht gewusst, was verdammt nochmal ‚Glanz' war. Aber Lexi musste nun zugeben, dass ihr Haar fantastisch aussah. Es passte ausgezeichnet zu Marinas Kleid. An Lexi saß es wahrscheinlich etwas enger, körperbetonender, als an Marina, da durch Lexis Brüste gefällige Rundungen im straffen Oberteil entstanden. Ja, die Rundungen waren augenfällig. Der BH, den Frau Davenport mit ausgesucht hatte, war ein Meisterwerk. Von den hauchdünnen Trägern des Kleides fiel der Stoff hinab zu ihren Beinen, was eigentlich konservativ ausgesehen hätte, wenn nicht ein hüfthoher Schlitz einen verführerischen Blickfang geboten hätte.

Lexi musste zugeben, dass die hohen schwarzen Pumps mit der roten Sohle eine ideale Ergänzung waren. Ihr war es überhaupt nicht recht gewesen, dass Frau Davenport darauf bestanden hatte, diese Schuhe zu bezahlen, aber man konnte bei dieser Frau kein Nein durchsetzen.

Lexi holte tief Luft und bereitete sich vor, rauszugehen und Eric gegenüberzutreten, als ihr Handy auf der Badablage summte.

Über die Nachricht von Frau Davenport musste Lexi einfach lachen.

-Denk dran, meine Liebe, nur einen Hauch von Wimperntusche! Und verwende diesen Lippenstift, den ich für dich besorgt habe. Nur ein klitzekleines Etwas, um diesen Schmollmund hervorzuheben.

Pflichtgemäß befolgte Lexi die Anweisungen, und die Illusion war perfekt. Jetzt war sie absolut geeignet, Eric Davenports Begleiterin zu einer Gala zu sein.

Wer hätte das gedacht?

Mit einem tiefen Atemzug öffnete sie die Badezimmertür. Sie betrat den Wohnbereich der Hotelsuite und vernahm sogleich ein krachendes Geräusch.

Auf der anderen Seite des Zimmers stand Eric in einem eleganten schwarzen Smoking da, seine Krawatte war noch nicht gebunden und lag in zwei Streifen über seinem Brustkorb. Sein Haar war perfekt getrimmt, und sein Mund war offen stehengeblieben, während er sie von Kopf bis Fuß musterte. Einmal, zweimal schüttelte er den Kopf, und Lexi hatte genug Zeit, sich umzusehen und festzustellen, dass er im ersten Moment, als er sie gesehen hatte, die Obstschale vom Tisch gestoßen haben musste.

Das trug viel dazu bei, ihr Selbstvertrauen zu stärken.

„Du liebe Zeit, Lex!" Er eilte quer durch den Raum auf sie zu. „Du siehst…Du siehst… Mensch, was soll ich sagen? Du siehst wie eine Göttin aus!"

Sie errötete. „Danke. Und *du* siehst aus wie James Bond."

Eric grinste und schob seine Hände in die Hosentaschen, als er in ihre Reichweite kam. Ihr wäre es lieber gewesen, er hätte sie gepackt und geküsst. Er machte sie vollends nervös.

„Also, da wir uns jetzt ausreichend viel gegenseitig angehimmelt haben", sagte sie, „bist du bereit für diese Sache?" Sie bog einen Ellbogen seitlich ab, damit er ihn nehmen könnte, aber er schüttelte den Kopf.

„Noch nicht. Ich habe dich noch nicht ausreichend angehimmelt." Eric holte aus seiner Tasche eine lange, schmale Schachtel hervor.

Lexi bekam eine trockene Kehle, und Panik stieg in ihr auf. Genauso wie gestern Abend, als sie diese Monstrosität von Hotelzimmer gesehen hatte. Echte Angst. Reichtum löste bei ihr so etwas aus. Sie fühlte sich damit einfach nicht wohl.

Dann machte sie einen Schritt von ihm weg.

„Entspann dich, Lex", sagte er mit einem Lächeln. „Ich würde mich hüten, dir irgendein teures Schmuckstück zu schenken. Vertrau mir, es ist eine Lappalie. Wirklich. Du hättest es dir selbst kaufen können. Ich habe es gesehen und sofort an dich gedacht."

Nun mehr fasziniert als erschrocken, streckte Lexi ihre Hand nach der Schachtel aus und sog erfreut den Atem ein, als sie sie aufmachte. Darin lag ein schlichtes Silberkettchen mit zwei kleinen Anhängern daran. Ein kleines schwarzes glänzendes Pferd und der anmutige silberne Umriss von Montana. So klein, dass man es kaum erkennen konnte, wenn man nicht speziell nach der Bedeutung Ausschau hielt.

Lexi strahlte Eric an, während sie das Kettchen aus der Schachtel nahm. „Ich liebe es."

„Das dachte ich mir."

* * *

Lexi war zu sehr damit beschäftigt, die Kette umzulegen und im Spiegel zu begutachten, als dass sie das traurige Lächeln in seinem Gesicht bemerkte.

Eric sah zu, wie sich der silberne Anhänger an ihr Schlüsselbein anschmiegte. Oberhalb ihres Herzens, aber ziemlich nah. Er hoffte, sie würde ihn tragen und dabei an ihn denken. Er hoffte auch, dass sie nie herausfinden würde, dass der schwarze Stein eigentlich ein schwarzer Diamant war und mehr kostete als ihr gesamter Lohn für den Sommer. Sonst würde sie ihm bei lebendigem Leib die

Haut abziehen.

Aber er hatte gewollt, dass sie ihn bekam. Und er sah an ihr so fantastisch aus, so richtig, wie er davon überzeugt gewesen war.

„Okay", sagte er und bog seinen Ellbogen seitlich ab, in der Art und Weise, wie sie es vor wenigen Augenblicken getan hatte. „Nun sind wir fertig. Jetzt aber los und weg von hier, bevor wir zu spät kommen, und meine Mutter uns zu Schaschlik macht!"

* * *

„Eric", sagte Lexi, während sie mit dem Aufzug zur Gala hinauffuhren. Er hatte ihr erzählt, dass sie auf dem obersten Stockwerk eines schicken Gebäudes stattfinden würde, mit einer herrlichen Aussicht. Mit jedem Stockwerk, an dem sie vorüberkamen, steigerten sich Lexis Angstgefühle. Eric war ihre Rettungsleine. Er war so stark und freundlich, real und attraktiv, direkt an ihrer Seite. Sie wusste, dass es womöglich nicht fair von ihr war, aber sie musste sich unbedingt an ihn anlehnen.

„Hmm?", fragte er und streifte ihr Haar von ihrer Schulter.

„Vielleicht nur heute Abend. Könntest du mich nur für heute Abend als deine feste Freundin vorstellen?"

Seine Augen waren so dunkel, wie sie sie nie zuvor gesehen hatte. Fast mitternachtsblau. Einen Moment lang fragte sich Lexi, ob sie einen Fehler gemacht hatte, ihn darum zu bitten. Dann lächelte er sanft. „Natürlich, Lexi.

Wenn du es so willst."

Cool! Dann war es vielleicht doch nicht so eine große Sache. Und für sie war es ein Stück zusätzliche Rüstung, mit der sie sich wappnete, um in diesen riesigen Saal einzutreten, der sich vor ihnen öffnete, als die Aufzugtüren zur Seite glitten.

„Ach du liebe Zeit", murmelte sie bei sich. „Alle sind ja so…glitzernd."

Eric schmunzelte. „Das scheint zumindest hier das Ziel zu sein."

Und das war das Letzte, was er zu ihr sagte, bevor er von der Menge verschluckt wurde.

„Eric, wir haben dich so lange nicht gesehen!"

„Davenport, du Hund! Wo hast du diese wunderschöne junge Frau versteckt?"

„Eric, ich frage mich, ob du einen Moment Zeit für mich hättest?"

„Eric, hast du den Wein schon probiert, den ich dir vom Weingut meines Schwagers gab? Wenn er dir zusagt, könntest du dann nicht vielleicht diese hübsche Frau auf einen Ausflug mitnehmen, um es dir einmal anzusehen? Vielleicht wäre es eine Investitionsgelegenheit?"

„Davenport, ich habe mich schon gefragt, wann du wieder auftauchen würdest. Reicht dir dein Versteckspiel inmitten des Nirgendwo?"

Zwanzig Minuten später, als die Menge sich etwas aufgelöst hatte, zog Lexi Eric in einen Seitengang, der ziemlich sicher für das Personal reserviert war. Egal.

„Diese Leute sind ja schrecklich!", zischte sie ihn an,

gleichzeitig zog sie unwillkürlich seine Krawatte gerade und strich mit ihren Händen an den Ärmeln seines Jacketts entlang. „Wie kannst du das nur ertragen?"

Eric räusperte sich und spielte mit dem Anhänger an ihrem Hals. „Ich muss sagen, dass es mir mit dir an meiner Seite viel leichter fällt. Aber sie sind nicht alle schrecklich, Lexi. Es sind auch gute Freunde da. Menschen, die—"

„Eric?"

Falls Lexi nicht erraten hätte können, wer diese wundervolle Frau war, die seinen Namen rief, dann wäre die Art und Weise, wie er sich in ihren Armen versteifte und sein Blick argwöhnisch wurde, ein Fingerzeig gewesen.

Er wandte sich der brünetten Schönheit zu, die ihr Haar in einer klassischen Hollywood-Hochsteckfrisur trug. Ihr kurviger Körper wurde durch ihr lavendelfarbenes Kleid in Perfektion hervorgehoben. „Brianne."

Einen Sekundenbruchteil zögerte Eric, ehe er sie umarmte. Lexi beobachtete ihn genau, aber sie sah keinerlei Sehnsucht oder Gewissensbisse in seiner Miene. Vielmehr wirkte das Lächeln, das er Brianne schenkte, echt, wie auch das Lächeln, mit dem Brianne ihn bedachte. Gleichzeitig sah Lexi aber auch so etwas wie Erleichterung in dem Gesichtsausdruck dieser Frau.

Brianne schaute in ihre Richtung. „Hallo", sagte sie zu Lexi. „Ich bin Brianne."

„Hallo."

„Brianne, das ist Lexi. Meine Freundin."

Brianne bekam für einen Moment große Augen. Aber

das war nichts im Vergleich zu der Art und Weise, wie sich Lexis Herz in ihrer Brust weitete. Sie hatte diesen Titel gefordert. Das wusste sie natürlich. Aber sie hatte nicht erwartet, was sie dabei empfinden würde, wenn Eric es tatsächlich so sagen würde. Wenn er mit seiner tiefen, wunderbaren Stimme dieses Wort sagen und dabei von ihr sprechen würde.

„Es ist so schön, dich kennenzulernen." Brianne machte einen Schritt vorwärts, und zu Lexis Überraschung umfing sie sie in einer schnellen, aber festen Umarmung. Gerade als Brianne zurückwich, kam ein großer, dunkelhaariger Mann hinter ihr heran und legte eine Hand auf ihre Schulter. „Eric", sagte er leise.

Das musste Gabe sein. Logisch, dass auch er gut aussehen musste. Mit gespitzten Lippen begutachtete Lexi ihn von oben bis unten. Eric hatte beharrlich betont, dass er keinen Groll gegen seinen besten Freund hegte, dass dieser ihm seine Verlobte gestohlen hatte. Aber dennoch, nur so zur Sicherheit, wollte sie, dass diese zwei Fremden wussten, auf wessen Seite sie stand.

„Gabe", sagte Eric. Und dann bewegte er sich vorwärts und umarmte seinen Freund, so wie Brianne Lexi umarmt hatte. „Es tut gut, dich zu sehen."

Gabe schlug Eric auf den Rücken, und in seiner Miene stand wie auch bei Brianne kein geringes Maß an Erleichterung. Sie liebten einander. Aber sie liebten auch Eric, erkannte Lexi. Sie schätzten seine Freundschaft. Und das trug viel dazu bei, dass sie nicht so stark das Gefühl hatte, sich verteidigen zu müssen.

Aber trotzdem. Sie konnte nicht anders, als es den

beiden doch ein wenig schwer zu machen.

Als Gabe sich ihr zuwandte, sagte sie. „Ich bin Erics Freundin. Aber woher kennt ihr beide eigentlich Eric?"

Gabe und Brianne schauten überrascht drein. Sogar entsetzt.

Dann brachen Eric und Lexi in Gelächter aus.

„Tut mir leid", kicherte Lexi. „Aber ich musste das einfach tun."

Langsam breitete sich auf Briannes und Gabes Gesicht ein Lächeln aus, als sie merkten, dass sie es ihnen nur hatte schwer machen wollen. Und als sie feststellten, dass sich Eric über sie beide totlachte.

„Also", sagte Brianne, und das Rot verschwand wieder von ihren Wangen, „habt ihr beide euch tatsächlich in die Höhle des Löwen gewagt. Warum kommt ihr nicht auf die Terrasse? Dort sind die freundlicheren Leute. Jamie und Lucy. Und zwei berühmte Zauberer aus Las Vegas."

Eric hielt an. „Machst du Witze? Meinst du Max und Rhys?"

Brianne nickte, und die Freude stand ihr ins Gesicht geschrieben. „Und Grace und Melina natürlich!"

Bevor sie nach draußen traten, nahm sich Eric ein Glas Champagner von einem Tablett und reichte es Lexi. „Das sind die netten Leute, von denen ich dir erzählt habe. Ich kann es nicht erwarten, dass du sie kennenlernst."

„Eric!"

„Davenport!"

Mit tiefer echter Zuneigung wurde sein Name gerufen. Dann wurde er in der Gruppe von einem zum anderen weitergereicht. Umarmungen und Händeschütteln von den Männern, und Küsse von den Frauen.

„Das ist meine Freundin Lexi", stellte er sie der Gruppe vor. Sie zeigte ein schwaches Lächeln und eine winkende Handbewegung. „Das sind Jamie und Lucy." Er deutete auf einen umwerfenden dunkelhaarigen Mann und eine erstaunenswerte Rothaarige in einem kurzen smaragdgrünen Kleid und hohen purpurfarbenen Schuhen. Dann wies er auf zwei Paare hin, identische Zwillinge, einer mit einer hübschen dunkelhaarigen Frau, der andere mit einer schönen Blondine. „Das sind Rhys und Melina, und Max und Grace."

„Ach!", rief Lexi mit großen Augen aus. „Ich habe eure Vorstellung in Las Vegas gesehen."

Rhys und Max waren berühmte Zauberkünstler, und ihr war es gelungen, vor einigen Jahren eine ihrer Shows in Vegas zu besuchen.

Beide lächelten. „Wohnst du in Vegas?", fragte Max.

„Nein", erwiderte sie kopfschüttelnd. „Ich bin Rodeos geritten, und unsere Tour führte uns einmal in den Westen von Vegas. Dann sind ein paar von uns an einem Abend für die Vorführung dort hingefahren."

„Das ist ja toll. Du warst also auf der Tour mit den Rodeo-Reitern? Erzähle uns mehr davon!"

* * *

Eric sah auf der Terrasse zu, wie Lexi mit seinen Freunden lachte, und fand, dass sie sich unglaublich gut einfügte.

„Sie ist ganz reizend", flüsterte eine vertraute Stimme

ihm zu.

Eric wandte sich um und erkannte Dante Callaghan, einen früheren Geschäftspartner. Eric grinste und schüttelte dem Mann die Hand. „Großartig, dich zu sehen, Dante. Machst du immer noch Geschäfte mit Gio?"

„Ziemlich regelmäßig, ja."

„Ich habe ihn nicht gesehen."

„Halte nach einer hübschen Rothaarigen Ausschau, und deine Chancen werden dramatisch steigen."

Eric zog erstaunt eine Augenbraue hoch. „Ist das so? Jemand Besonderes?"

„Scheint so."

„Ich hätte nie gedacht, dass einmal der Tag kommen wird, an dem eine Frau Gio zähmen kann. Sie muss wirklich etwas Besonderes sein."

Dantes Blick schweifte zu Lexi, und was er meinte, war klar. Eric starrte Lexi einen Augenblick an und nahm all das auf, was sie verkörperte, ehe er nickte. „Sie ist definitiv jemand ganz Besonderes", bekräftigte er.

„Und dennoch spüre ich, dass dich irgendetwas belastet."

Eric zuckte die Achseln. „Sie kommt im August hierher zurück, um hier zu leben. Und ich nicht." Da sein Mund plötzlich trocken war, trank er einen großen Schluck Champagner. „Dies hier...wir beide hier zusammen...das ist nur zeitlich begrenzt. Für sie bin ich Treibsand."

„Und für dich?"

„Für mich ist sie..." Alles. Für mich ist sie alles, wollte er sagen. Stattdessen sagte er einfach: „Für mich ist sie all das, was sie mir in der Zeit, die wir zusammen haben, geben will."

„Na gut. Dann hoffe ich, dass es sich für dich gut fügt. Ich weiß, dass du jetzt in Montana bist, aber falls du—"

Was auch immer Dante als nächstes hatte sagen wollen, wurde unterbrochen, weil der sich versteifte und einen hypnotisierten Blick bekam. Als sich Eric umdrehte und dessen Blickrichtung folgte, sah er eine wunderschöne Frau im Saal. Es war Aurora LeMonde, Gio Espositos Chefassistentin. Sie trug ein figurumschmeichelndes, rotes Kleid, das ihre Rundungen perfekt ins rechte Licht rückte, und obwohl sie lächelte und alle grüßte, die an ihr vorübergingen, war klar, dass ihre Aufmerksamkeit einem Paar galt, das sich auf der anderen Seite des Saales aufhielt: Gio Esposito und eine hübsche Rothaarige.

Scheiße, sie war in Gio verliebt und sah unglücklich aus, dachte Eric, aber er fragte sich, ob das nur an seinen eigenen widerstreitenden Gefühlen für Lexi lag, dass er das erkennen konnte.

„Dante—", fing Eric an, aber als er ihn anschaute, klappte er seinen Mund schnell hörbar zu. Vielleicht war das kein gebrochenes Herz, sondern Sehnsucht in Dantes Gesicht, was er da sah. Sehnsucht nach Aurora LeMonde.

Scheiße, dieser Raum war wohl überfüllt von dem Schmerz unerwiderter Liebe, oder etwa nicht?

Erics Blick war wieder bei Lexi gelandet, als Dante ihm leicht auf die Schulter schlug. „Es tat gut, mit dir zu sprechen, Eric, aber ich sehe jemanden, mit dem ich reden muss. Ich hoffe, die Sache regelt sich für dich und Lexi", sagte er noch, und dann war er weg.

Eric sah zu, wie Dante sich Aurora näherte. In Gedanken wünschte er dem Mann genauso viel Glück, wie derjenige gerade ihm selbst gewünscht hatte, aber dann entdeckte er ein anderes vertrautes Gesicht in der Menge im Saal.

Schnell begab sich Eric zu Lexi, verabschiedete sich eilig von den anderen und zog sie nach drinnen.

„Hey, ich habe mich gerade mit Grace unterhalten!", protestierte Lexi. Aber Eric schnappte sich noch ein Glas Champagner, drückte es ihr in die Hand und konfrontierte sie mit einem grauhaarigen Mann, den er ausgemacht hatte.

„Lexi, ich würde dir gerne Porter Ford vorstellen."

Schnell schüttelte er dem mit einem Oscar ausgezeichneten Drehbuchautor die Hand, auch wenn sie sich gerade erst an jenem Nachmittag gesehen hatten.

Lexis Augen wurden so groß wie Untertassen, und offenbar funktionierte auch ihr Mund nicht mehr. Vielleicht hätte er sie vorwarnen sollen, bevor er ihr diese Vorstellung zugemutet hätte. Aber er hatte nicht gewollt, dass sie nervös werden würde.

Eric schmiegte sich an ihre Seite.

„Ich…wow…Gott!" Lexi streckte ihre Hand aus.

„Normalerweise gefällt es mir, wenn eine hübsche Frau mich als ihren Gott bezeichnet. Aber wie wär's, wenn wir es einfach bei Porter belassen?" Porter zwinkerte ihr zu und nahm ihre Hand in seine.

Eric wäre es lieber gewesen, wenn es mit ein wenig

weniger Flirten abgelaufen wäre, aber egal, wenn er es damit schaffte, dass sie einen Fuß in die Tür bekam. Naja, ganz gewiss nicht *egal, womit.*

„Den ganzen Tag freue ich mich darauf, Sie zu sehen", sagte Porter und ließ endlich ihre Hand los.

Lexi kniff vor lauter Verwirrung die Augen zusammen. „Tatsächlich?"

„Ja, seitdem Davenport heute Nachmittag Ihr Manuskript vorbeigebracht hat."

Lexis Augen trafen Erics. „Hat er das?"

„Ich wollte dir nicht zu viele Hoffnungen machen. Oder dich zum Ausflippen bringen", meinte Eric achselzuckend. „Aber Porter schrieb mir vor einer Stunde, dass er es gelesen habe und wirklich beeindruckt sei."

Lexi schaute nun wieder den anderen Mann an. „Waren Sie das?"

„Das stimmt. Wenn Sie interessiert sind, würde ich Sie gerne als Mentor begleiten, wenn Sie nach L.A. umziehen."

Lexi waren offenbar die Worte ausgegangen.

„Sie zeigen wahres Talent. Es gibt einige Kurse, die ich Ihnen vorschlagen würde. Und wenn Sie bereit sind, könnte ich mir auch vorstellen, dass Sie eine großartige Ergänzung für meine Gruppe von Schreibern wären. Was sagen Sie?"

Als sie immer noch da stand wie ein Fisch auf dem Trockenen, beugte sich Eric nah an ihr Ohr. „Sag ja, Lex!"

„Ja", wiederholte sie undeutlich. „Ja, absolut. Das wäre wunderbar."

„Großartig." Porter lächelte jemandem über Erics Schulter hinweg zu. „Wir werden über Davenport in Verbindung bleiben. Und viel Glück bei Ihrem Umzug!"

Porter entfernte sich, und das war die ganze Vorwarnung, die Eric bekam, bevor er von Lexis Kuss überfallen wurde.

KAPITEL VIERZEHN

Auf ihrem Weg zurück in ihr Hotelzimmer im Aufzug hing Lexi schlaff an Erics Schulter. Das war vielleicht ein toller Abend gewesen! Getränke, Abendessen und Tanz. Eric war nicht überrascht gewesen, dass Lexi gut tanzen konnte. Ungeschult vielleicht. Aber von Natur aus gut.

So wie es bei ihr mit allem war. Sie war ein wahres Naturtalent.

Er hatte seine Augen nicht von ihr losreißen können.

Gott, er steckte echt in Schwierigkeiten!

Morgen würden sie nach Montana zurückfliegen und zu welchem Status zurückkehren? Freunde mit gewissen Vorzügen? Wenn er Glück hatte. Noch ein weiterer Monat, dann hieß es Abschied nehmen. Tschüss, Vögelchen!

Dieser Gedanke verursachte ihm Bauchschmerzen.

Während Eric die Tür aufsperrte, hielt er Lexi umschlungen. Im Zimmer schleuderte sie sofort die Schuhe weg, er lockerte seine Krawatte und legte sein Jackett über einen Stuhl.

„Das hat wirklich Spaß gemacht", murmelte sie.

Sie war so erschöpft, dass Eric davon ausging, dass Sex für diese Nacht vom Tisch war. In gewisser Weise war er beinahe erleichtert. Mit seinem dummen, hoffnungsvollen Herzen könnte er es momentan wahrscheinlich nicht ertragen. Er würde auf der Couch schlafen. Die Sache zwischen ihnen ein wenig einfacher machen. Er zog sein Hemd aus der Hose und fing an, es aufzuknöpfen.

„Die Gala war in Ordnung. Aber alles andere war wirklich schön."

„Alles andere?", fragte sie hinter ihm. Er konnte hören, wie sie sich raschelnd auszog.

„Ja", meinte er und entschloss sich, ehrlich zu bleiben. „Für diesen Abend vorzugeben, du seist meine feste Freundin. Das war wirklich schön." Er zog sein Hemd aus und wollte schon mit seiner Hose weitermachen, überlegte es sich aber anders.

„Eric", sagte sie hinter ihm. Und als er sich umdrehte, um sie anzuschauen, setzte sein Herz buchstäblich aus. Das Seidenkleid lag zu ihren Füßen, und sie stand in schwarzer Spitze da und machte ihn sprachlos. Sie zog die Decke von dem riesigen King-Size-Bett zurück und schaute ihn über die Schulter zurück an. „Die Nacht ist noch nicht vorbei."

In Sekundenschnelle war er neben ihr. In weniger als einer Sekunde. Doch er schwor sich, dass dies das einzige Mal war, dass er in dieser Nacht so schnell machen würde. Heute Nacht würde er sie sich auf der Zunge zergehen lassen. Bis zum letzten Tropfen. Sie war der edelste

Whisky, die dunkelste Schokolade, die reifeste Frucht. Kein einziges Geschmackserlebnis würde er ungenutzt lassen.

Eric schlang ihr Haar weg von ihrem Hals und vergrub seine Nase an ihrer Haut. Er konnte nicht genug bekommen von ihrem natürlichen Duft.

„Du warst die einzige Frau in diesem ganzen Saal, die nicht in Parfum gebadet war", murmelte er mit seinen Lippen über ihre Haut streifend. „Und du hast besser geduftet als alle anderen."

Ihr stockte der Atem, als er mit seiner Hand an ihrem Oberschenkel hinaufwanderte und sich mit seinen Fingern in ihrem Slip verfing.

Die Regeln gelten nicht in L.A.

Eric verwarf den Plan, sich von ihr fernzuhalten, sofort und zog ihr die schwarze Spitze aus, die der Schönheit ihrer nackten Haut, verführerisch wie die Sünde, natürlich in keinster Weise das Wasser reichen konnte. *Das kann ich mir einfach nicht verwehren,* dachte er.

Vielleicht würde ihm das Ganze morgen Qualen bereiten, wenn sie sich voneinander losreißen müssten. Aber er konnte nicht widerstehen. Er konnte nicht widerstehen, ihnen beiden zu zeigen, wie es mit ihnen beiden sein könnte.

* * *

Erics Hände waren groß und stark und bewegten sich so vorsichtig und ehrfürchtig über Lexis Körper, als wäre sie ein wertvolles Kunstwerk. Während er sie sanft massierte, knetete und jeden Quadratzentimeter erforschte, kribbelte ihr Körper überall, bis sich Eric schließlich auf ihr eigentliches Zentrum konzentrierte und eine Schockwelle nach der anderen auslöste, indem er ihr so viel Lust und Vergnügen bereitete, dass sie heiser aufstöhnte.

Voller Sehnsucht, ihn zu berühren, streckte sie die Hand nach seiner Hose aus, denn sie wollte unbedingt seine steinharten Bauchmuskeln sehen, seinen unglaublich knackigen Hintern packen und seinen langen, steifen Schwanz in ihren Händen spüren. Zu ihrer Überraschung und enormen Enttäuschung stoppte er ihr Vorgehen. „Noch nicht, Lexi. Du wirst schon noch drankommen. Jetzt muss ich dich erst noch einmal kosten", sagte er, schob ihre Oberschenkel auseinander und senkte sein Gesicht zwischen ihre Beine. Die Wärme seines Atems an ihrer intimen Öffnung traf sie unvermittelt, doch es war seine Zungenspitze, mit der er ihre Klitoris umkreiste, die sie wahrlich verrückt machte. Sie schnappte nach Luft, stöhnte auf und vergrub ihre Finger in seinem Haar, während Eric Wunder wirkte, langsam und gleichmäßig, als hätten sie alle Zeit der Welt, um ihre Körper gegenseitig zu erforschen. Sie wölbte ihren Rücken vom Bett hoch, als er seine Zunge in ihr vergrub, und sie stöhnte so laut auf, dass es von den Wänden des Schlafzimmers widerhallte.

Sie packte seinen Kopf und mahlte ihre Muschi an seinen warmen, feuchten Mund. Er saugte, leckte und fickte sie mit seiner Zunge, und brachte sie so ganz nah an den Rand eines Höhepunktes, ehe er die Geschwindigkeit wieder drosselte und sie wieder etwas zur Ruhe brachte.

Vor Enttäuschung jammerte sie, was ihm ein kleines, verschlagenes Lächeln entlockte, als er sie anschaute; ihre Säfte glitzerten auf seinem Gesicht. Dieser Anblick sandte Schauer durch ihren Körper und fachte das Feuer in ihrem Inneren nur noch weiter an.

„Fick mich! Fick mich, bitte!", flehte sie, nachdem er sie ein drittes Mal, und dann ein viertes Mal hautnah an den Rand der Ekstase gebracht hatte, nur um sich im letzten Moment zurückzuziehen.

Bei ihrem heiseren Flehen stand Eric auf und zog sein Hemd aus. Dann seine Hose. Als er nackt war, lächelte sie. „Jetzt bin ich dran."

Sie beugte sich vor und küsste seine Brust, während sie seinen Schwanz in die Hand nahm. Er beobachtete sie, und ein Ausdruck purer Lust stand leuchtend in seinen Augen, als sie ihr Gesicht senkte und schließlich die Spitze seines Schwanzes zwischen ihre Lippen nahm. Mehrere Minuten spielte sie so mit ihm, bevor sie mehr von ihm nahm. Ja! Er füllte ihren Mund so voll und ganz und vollkommen aus, dass sie vor angespannter Vorerwartung erschauerte und mit dem Wissen, wie es sich anfühlen würde, wenn er ihre anderen Körperteile so ausfüllte.

Eric verschlang seine Finger in ihrem Haar, und sie saugte und leckte fester an ihm, schneller, und im gleichen Rhythmus wie mit ihrem Mund bearbeitete sie ihn auch mit ihrer Hand. Er stöhnte auf atmete immer keuchender und hektischer. Es war deutlich, dass er ihren Mund auf seinem Schwanz in höchstem Maße genoss, aber sie wollte nicht, dass es so zu Ende ging. Nein, sie wollte ihn bumsen, wollte ihn in ihrer Muschi spüren.

„Bitte, Eric… Bitte…"

Auf einmal riss er sie auf ihre Füße neben dem Bett und küsste sie lang und leidenschaftlich. Er nahm eine ihrer Brüste in die Hand, saugte zärtlich an der Brustwarze, sodass Lexi sich krümmte und laut aufschrie. Der Druck dieser harten Erektion in ihr Fleisch trieb sie fast in den Wahnsinn. Sie wollte ihn so unbedingt in sich spüren, wollte spüren, wie er sie immer weiter ausdehnte, öffnete. Der lange harte Penis, der ihre Tiefen auslotete. Doch er fuhr fort, sie zu necken, ihre Beine zu spreizen und mit seiner Eichel an ihrer Klitoris zu streicheln, womit er elektrische Stöße durch ihren ganzen Körper sandte. Sie schloss die Augen und stieß einen Jammerton aus. Sie fühlte sich wie ein Mensch kurz vor dem Verdursten, der auf dem Boden lag, und ein Glas lebenspendendes Wasser stand knapp außerhalb seiner Reichweite.

„Bitte, bitte—"

Seine Eichel drückte sich an ihre Öffnung und teilte ganz sanft ihre Schamlippen, während Eric ihr tief in die Augen schaute. Seine blauen Augen waren Ozeane voller Lust, und sie merkte, wie sie in ihnen ertrank. Gott, er war so verdammt sexy, und er war so hautnah dran, ihr das zu geben, was sie wollte. Was sie brauchte. Er war so gottverdammt nah dran, sie zu ficken, und sie schrie ihn sehnsüchtig an, er solle mit seinem Schwanz in sie kommen.

Sie wölbte ihren Rücken, in der Hoffnung, damit die Sache zu besiegeln und ihre beiden Körper zu verschmelzen. Aber plötzlich zog er sich mit einem Fluch auf den Lippen zurück. „Verhütung", sagte er, fand schnell ein Kondom und streifte es über. Als er wieder zurück war, das lebenspendende Wasser außer Reichweite, jammerte sie. „Ich habe dich erwischt." Er lächelte, presste sich wieder an sie und ließ diesmal zu, dass nur die Spitze seines fantastischen Schwanzes sie ausfüllte.

„Kein Grund zur Eile. Ich will dies alles auskosten, Lexi. Ich will dich voll und ganz auskosten", sagte er leise und küsste sie. „Denn weiß Gott, sobald ich einmal in dir bin, werde ich die Kontrolle womöglich nicht mehr behalten können."

„Dann verlier die Kontrolle, Eric!", sagte sie leise und streichelte seine Wange. „Bitte, verlier die Kontrolle! Ich will, dass du das tust."

Er schaute sie lange an, und der sehnsuchtsvolle Schmerz in ihrem Körper wurde mit jeder verstreichenden Sekunde stärker. Sie dachte, dass er ihr Leiden noch länger ausdehnen würde, indem er sie warten lassen würde, aber er überraschte sie völlig, als er tief in sie vorstieß. Sie grub ihre Fingernägel in seine Schultern, als ginge es um ihr Leben, während er sie auffüllte und tiefer ging, als sie es je für möglich gehalten hätte. Ihre Augen weiteten sich, und ein ersticktes Keuchen entschlüpfte ihren Lippen, als er sie weit weit dehnte.

Als ihre Körper zusammenkamen, stießen sie beide ein Stöhnen vor Lust aus, und sie spürte, wie sie seinen

Schwanz umklammerte.

Er bewegte sich zuerst langsam, schaukelte vor und zurück, glitt mit seinem Schwanz hinein und wieder heraus, ohne Gespür für die Verzweiflung, die sie verspürte. Er war zufrieden, ihr tief in die Augen zu schauen, während er sie langsam fickte. Jeder Stoß fühlte sich fantastisch an. Ihr Körper prickelte, als würde sie von einem Stromstoß getroffen werden, und sie wusste, es könnte für sie beide nicht mehr allzu lange andauern.

Erics Körper fing zu zittern an, und er trieb seinen Schwanz schneller und fester in sie hinein. Er wurde immer verzweifelter und kam dem Höhepunkt immer näher. So wie sie auch. Sie spürte, wie sich ihr Höhepunkt in ihr aufbaute – wie eine Welle draußen auf dem Ozean, die an Geschwindigkeit und Stärke zunahm, während sie auf die Küste zu rollte. Sie hatte das Gefühl, dass, wenn die Welle schließlich brach, sie bis in ihr Innerstes erschüttert werden würde.

Die Erschütterungen fingen tief in ihrer Muschi an und führten dazu, dass sie seinen Schwanz mit ihren Muskeln immer fester umkrampfte. Eric schloss seine Augen fester und stieß ein tiefes Ächzen aus.

„Ach, verdammt", murmelte er leise vor sich hin, als er in ihr erschauerte, während sie ihn noch fester umklammerte.

Sie schlang ihre Arme um seinen Körper, hielt ihn nah an sich gedrückt und bog sich ihm entgegen, um seinen Stößen entgegenzukommen. Und dann – ja, dann verlor sie die Kontrolle. Die Welle auf dem Ozean näherte sich und brach sich berstend an der Küste, zwang sie, ihre gesamte Kontrolle über ihren Körper – und ihren Verstand auch noch, wirklich – aufzugeben, sodass sie einen Schrei ausstieß, seinen Namen rief, während sie von einem Wonneschauer nach dem anderen überrollt wurde.

Da sie sich wie ein wildes Tier unter ihm gebärdete, hatte er Mühe, den Rhythmus zu halten, aber irgendwie war er imstande, es zu schaffen. Zumindest schaffte er es, den Rhythmus so lange aufrechtzuhalten, bis der letzte Wonneschauer über sie hereingebrochen war, und das war anscheinend alles, was er brauchte.

„Lexi… Oh Gott…" Ein allerletztes Mal stieß er in sie, tief genug, um ihren Muttermund zu treffen, wobei er ein tiefes Brummen ausstieß.

Sie schrie auf, als sein Schwanz sie ein letztes Mal pulsierend traf. Er presste die Augen zu und explodierte. Augenblicklich überfiel sie auch der Orgasmus – sodass sie beide erschauerten, ihre Körper verschmolzen und ineinander verflochten waren, als sie miteinander durch das höchste Glücksgefühl flogen.

* * *

Am nächsten Morgen wachte Lexi auf wie ein Patient, der aus einem Koma erwachte. Sie hatte überhaupt kein Gefühl mehr für Raum und Zeit. Das Einzige, was sie spürte, war ein Gefühl von Wärme. Und von Sicherheit. Und noch etwas anderes. Irgendetwas Heißes, Leichtes, das in ihr brannte.

Was war das für ein Gefühl? Das hatte sie noch nie zuvor empfunden. Auf halber Strecke zwischen Wahnsinn und Gelassenheit. Panik und Freude.

Ohne die Augen aufzumachen, bewegte Lexi ihre Hand zu ihrem Herzen. Fand aber heraus, dass die Hand von jemand anderem bereits dort lag.

Schlagartig riss sie die Augen auf.

Eric!

In Löffelposition lag er an sie gekuschelt da und hielt mit einer Hand den Anhänger umklammert, den er ihr am vorherigen Abend geschenkt hatte. Der Rest des Abends ging ihr noch einmal durch den Kopf. Das Kleid. Die Freunde. Brianne und Gabe, und Porter, und Eric. Oh Gott, Eric! Wie er tanzte. Und lachte.

Und Liebe machte.

So, wie sie es noch nie in ihrem Leben erlebt hatte. Eric hatte sie wie ein Weihnachtsgeschenk geöffnet. Hatte sie von innen heraus entfacht.

Jeder Kuss, jedes Stöhnen, jeder köstliche, genießerische Stoß von ihm war in ihr Gehirn eingebrannt.

Sie hatten sich auf dem Bett geliebt. Immer und immer wieder. Stundenlang konnte er die Flamme am Lodern halten. Sie waren ein verworrenes Bündel begehrender Gliedmaßen gewesen, die versuchten, sich ineinander zu verwickeln.

Sie erkannte nun, mit einer Art fasziniertem Entsetzen, dass sie versucht hatten, sich aneinander zu binden.

Ach du liebe Güte! Das war kein Sex gewesen. Das

war Liebe gewesen.

Und dieses Gefühl, das an ihrem Herzen in ihrer Brust zerrte? Das war Liebe.

Lexi legte ihre Hand auf ihren vor Entsetzen offenstehenden Mund. Was verdammt nochmal hatte sie getan? Hatte sie sich verliebt?

Irgendwo zwischen Baumarkt und pompöser Spendengala hatte sie sich selbst reingelegt und hatte ihr Ziel aus den Augen verloren. Das war Neuland für sie. Ungewohntes Terrain, für das sie absolut kein Interesse hatte, um da durchzuwaten.

Sie steckte in echten Schwierigkeiten. Rundum in Schwierigkeiten. Denn was wäre das Extremszenario im besten Fall? Eric empfand die ganze Sache nicht genauso wie sie. Er würde unheimlich süß darüber sprechen. Sie auf nette Art enttäuschen, abweisen. Mit Klasse und Freundlichkeit. Dieser Gedanke verursachte in ihr heftige Bauchschmerzen.

Und das Katastrophenszenario? Der Worstcase? Er hatte die gleichen Gefühle wie sie. Sofort wurde Lexi von Bildern bombardiert, wie sie auf der Verandaschaukel auf Erics Ranch saß, Kinder im Garten herumtobten und Pferde auf der Koppel galoppierten.

Das war ein schönes Bild. Ein schönes Bild. Und das wollte sie. Auf verzweifelte Art und Weise.

Aber sie konnte es nicht haben. Nicht, ohne ihren Traum aufzugeben. Nicht, ohne sich selbst aufzugeben, so wie ihr Vater sich selbst aufgegeben hatte, um für Lexi und ihre Mutter da zu sein.

Das konnte sie nicht tun. Egal, wie sehr sie sich auch nach Eric sehnte und verzehrte, sie konnte nicht zulassen, dass sie im Treibsand versank.

Lexi glitt unter Erics Arm heraus. Sie verfluchte sich selbst für das, was sie getan hatte. Was sie zugelassen hatte, dass es geschah.

Über sich selbst den Kopf schüttelnd, wühlte sie in ihrer Tasche nach normalen Klamotten. Nein. Es hatte keinen Sinn, sich selbst damit zu quälen! Irgendwann einmal hatte es passieren müssen, egal, was sie tat. Tatsache war, dass sie bereits verloren war, als sich Eric neben sie an die Bar gesetzt hatte. Gegen sein Lächeln hätte sie nie eine Chance gehabt! Seine Augen! Seine angenehme tiefe Stimme.

Nein! Konzentriere dich! Schnell zog sie sich an und packte so leise wie möglich ihre Sachen zusammen.

Sie gestattete sich nur noch einen weiteren Blick auf Eric. Dann trat sie auf den Balkon und machte den ersten Anruf.

„Jake? Hallo. Hier ist Lexi."

* * *

Als Eric an diesem Morgen aufwachte, hatte er das Gefühl, als könnte er einen Marathon laufen. Nein! Besser noch: Als könnte er momentan einen Marathon gewinnen. Seine Muskeln waren warm und entspannt. Sein Körper erholt und ausgeruht. Und seine Haut kribbelte noch von den stundenlangen Sexeskapaden, die er mit Lexi erlebt hatte.

Solch einen Sex hatte er noch nie gehabt. Wenn die Hitze ihrer Körper ihnen das Gefühl gab, als würden sie miteinander verschmelzen. Er hatte ihren Atem getrunken. Jedes Stöhnen und jedes Keuchen. Er hatte sie wild gefickt. Und sanft. Und alles dazwischen. Hatte alles so lange in die Länge gezogen, dass sich die letzten zwanzig Minuten wie ein langer Orgasmus angefühlt hatten.

Im Ernst. Von so einer Erfahrung konnte man sich nie wieder erholen. Wenn man erst einmal die Erfahrung gemacht hatte, dass es Sex in dieser Art gab, dann konnte man nicht mehr zu einfachem Kennenlern-Sex zurückkehren.

Er reckte sich und streckte die Hand nach ihr aus. Er war nur zum Teil überrascht, als er merkte, dass sie nicht im Bett war. Er war bereit für jegliches Ausflippen, das sie heute Morgen gegen ihn losschicken würde. So eine Reaktion von ihr war zu erwarten, immer dann, wenn sie sich näher kamen. Damit konnte er leben, wirklich. Sie würde noch ein paar zusätzliche Regeln aufstellen. Er würde sie akzeptieren, und dann würden sie nach Montana zurückfliegen. Und versuchen, die Sache eine Zeitlang auf die leichte Schulter zu nehmen.

Damit konnte er leben. Vor allem jetzt, da er wusste, dass sie solchen Sex haben konnten. Sex, bei dem er ihr alles, was er fühlte, sagen konnte, ohne überhaupt ein Wort sagen zu müssen. Er malte sich aus, dass sie nicht imstande sein würde, ihn allzu lange auf Abstand zu halten, wenn sie jede Nacht so vögelten.

Darum trug er es mit Fassung, als er sie nicht im

Zimmer sah. Sie brauchte etwas Freiraum. Das war in Ordnung. Aber seine Stirn legte sich in Falten, als er sah, dass sie auch nicht im Badezimmer war.

Er putzte sich gerade die Zähne, als sie vom Balkon hereinkam und ihr Handy in die Hosentasche ihrer Jeans steckte. Sie war bereits für den Tag angezogen? Leicht enttäuscht spülte er seine Zahnbürste aus. Er hätte gerne noch ein oder zwei Stunden mit ihr faul im Bett zugebracht, bevor sie sich auf den Weg machten, noch mehr von L.A. zu sehen.

„Morgen", sagte er und versuchte, sich nicht verletzt zu fühlen, als sie seinen Blick mied. „Mit wem hast du da draußen gesprochen?"

Sie holte tief Luft, setzte sich an den Frühstückstisch und wandte ihm das Gesicht zu. „Mit ein paar Leuten."

Er setzte sich neben sie, nahm sich eine Orange und fing an, sie abzuschälen. „Aha, und mit wem?"

„Mit Jake, Aubrey und Marina."

Eric bekam ein flaues Gefühl im Magen. „In dieser Reihenfolge?"

„Ja."

Eric warf die Orange beiseite. „Was soll das bedeuten, Lex?"

Sie holte noch einmal tief Luft. „Ich bleibe hier."

Eric starrte sie direkt an, während ihm die Bedeutung ihrer Worte langsam klar wurde, eins nach dem anderen. „Du meinst—"

„Ich komme nicht mit zurück nach Montana."

Er lehnte sich auf seinem Stuhl zurück und hatte

plötzlich das Gefühl, als wäre er derjenige, der Abstand brauchte.

„Zuerst sprach ich mit Jake", redete sie geschäftig weiter. „Denn ich wollte sicherstellen, dass er dir im nächsten Monat für ein paar Stunden im Baumarkt hilft. Ich wollte dich nicht im Stich lassen."

„Jake hat keine Zeit, um—"

„Doch hat er, sagte er. Weil ich ihn dafür brauche."

Damit war sein Protest verstummt.

„Und dann sprach ich mit Aubrey. Fragte, ob ich bereits heute einziehen könne. Er sagte ja. Er war sogar regelrecht begeistert. Und dann sprach ich mit Marina. Ich werde ihr die Miete für den nächsten Monat überweisen, weil ich weiß, dass sie darauf angewiesen ist. Sie wird das Zeug, das ich in Montana gelassen habe, nachschicken. Obwohl, ehrlich gesagt, nicht viel übrig ist. Außer mein Auto. Und das würde sie versuchen, für mich zu verkaufen."

Eric spürte, dass sich in ihm ein gewaltiges Loch auftat, gähnend und auch den letzten Zentimeter seines Herzens verschluckend. „Das muss ein schweres Gespräch gewesen sein. Ich weiß, dass ihr Freundinnen geworden seid." Auch für seine eigenen Ohren klang seine Stimme schal.

„Das war es. Aber sie hat es verstanden."

Plötzlich war Eric aufgestanden und tigerte nervös von ihr weg. „Was genau hat sie verstanden?"

Lexi erhob sich auch. Ihr Blick war standhaft, nicht aber ihre Stimme. „Dass ich, wenn ich mit dir zurückgehe,

Eric, dann nie wieder gehen kann."

„Lexi—"

„Nein! Hör mir zu!" Sie stürzte auf ihn zu und nahm seine Hand. Es brach ihm das Herz, als sie die Hand an ihre eigene Wange legte. „Eric, du bist zu gut. Du bist es wert. Du bist es wert, dass ich für dich in Montana bliebe. Aber mich würde es am Boden zerstören, wenn ich es täte. Und das kann ich mir selbst nicht antun. Das würde ich mir nie verzeihen, wenn ich diese Wahl träfe. Niemals!"

„Eine Fernbeziehung?", versuchte er.

„Ohne Ende in Sicht? Willst du das wirklich?"

„Nein." Doch? Verdammt, er wusste nicht mehr, was er eigentlich wollte. Er wusste nur, dass sich das alles entsetzlich anfühlte. Als würde es ihn in zwei Hälften zerreißen.

„Also warum sollen wir es in die Länge ziehen? Warum sollen wir noch einen weiteren Monat Nähe draufsetzen, wenn wir uns danach wieder trennen müssen? Keine Chance! Das ist schon schwer genug. Und ich habe dich nur so um die zehn Stunden geliebt. Ich kann mir nicht vorstellen, wie es dann am Ende des Sommers wäre."

Seine Augen verknüpften sich mit ihren. Seine Hände waren auf ihren Schultern. „Du liebst mich?"

Sie traf seinen Blick, aber darin stand Trauer und Resignation. „Spielt das eine Rolle? Würde das wirklich irgendetwas ändern?"

Er wollte sie schütteln. Wollte sich selbst schütteln. Sich eine reinhauen. Damit er ein anderer Mann werden würde, der sich nicht hassen würde, wenn er mit eingezogenem Schwanz nach L.A. zurückkehren würde.

„Würde das irgendetwas ändern, wenn ich dich auch liebe?", fragte er und wollte die eine Antwort hören, von der er wusste, dass er sie nie bekommen würde.

„Nicht", flüsterte sie mit zitterndem Kinn. „Das ist schon schwer genug, ohne dass wir beide uns gegenseitig die verdammte Wahrheit sagen müssen."

„Du weißt es also?" Er musste es wissen. „Du wusstest, was ich fühle?"

Abwehrend warf sie die Hände hoch und machte einen Schritt weg von ihm. Und dann noch einen. „Es steht uns ins Gesicht geschrieben, Eric."

Er sah ihr zu, wie sie einen weiteren Schritt und noch einen machte. Dann nahm sie ihren ordentlich gepackten Rucksack.

„Falls du jemals in L.A. bist…" fing sie an.

„Sag das nicht!"

Und darum sagte sie es nicht. Sie warf ihm einen letzten Blick zu, irgendwo zwischen knallhart und todunglücklich. Und dann fiel die Tür des Hotelzimmers hinter ihr ins Schloss.

KAPITEL FÜNFZEHN

Naja, das Gute daran, verdammt unglücklich zu sein, war, dass er sich um Schlaf jetzt nicht mehr kümmern brauchte. Und das Ergebnis war, dass er schon bald Dreiviertel einer voll funktionstüchtigen Pferdefarm auf den Weg gebracht hatte.

Vor einem Monat hatte er Lexi in L.A. zurückgelassen. Vor einem Monat hatten sie das letzte Mal miteinander gesprochen, und auf gewisse Weise tröstete es ihn, dass es der erste August gewesen war. Das würde für immer als das Datum eingraviert bleiben, an dem er sie verloren hatte. Egal, wie es auch gelaufen wäre, am ersten August wäre er auf jeden Fall mit gebrochenem Herzen aufgewacht. Die Unausweichlichkeit dieser Tatsache war beinahe ein Segen. Es gab nichts, was er tun konnte. Nichts, was er tun hätte können. Er hätte keine weitere Karte mehr aus dem Ärmel ziehen können. Sie war einfach weg wie sie es immer gewesen war.

Die Frau, die ihn von Beginn an in ihren Bann gezogen hatte. Knallhart und nervös. Süß und empfindlich. Kindlich und lebensmüde. Verloren, wie sie für ihn für immer verloren war. Sogar als er sie gehabt hatte.

Eric trank einen großen Schluck Bier, auch wenn es erst kurz vor elf am Vormittag war, und blickte über sein Land. Zwei Pferde waren auf der Koppel. Eines schnupperte am Heu, und das andere erfreute sich am Schatten im Inneren der Scheune.

Er riss den Blick von dem neuen Gebäude los. Er mochte sich nicht an das Geräusch erinnern, wenn mit einem Schlegel die Wand eingeschlagen wurde. Das Geräusch, mit dem Lexi sich ihren Weg durch welche Widerstände auch immer bahnen musste, um sich zu erlauben, ihn in jener Nacht zu berühren.

„Eric."

Beim Klang von Jakes Stimme zuckte Eric zusammen. Er hatte kein Auto herfahren hören.

Jake sprang die Stufen zur Veranda herauf. „Findest du nicht, dass es ein bisschen früh ist, um zu trinken?"

„Ich habe dich nicht herfahren hören."

„Du warst in Gedanken versunken, schien zumindest so."

„Ist im Geschäft alles in Ordnung?" Eric war es peinlich, aber er hatte sich von dem Geschäft seiner Großeltern vollkommen abgekoppelt. Schon fast in dem Moment, als er zurückgekommen war, hatten Jake und Dylan diese Aufgabe für ihn übernommen. Es hatte sich total mies angefühlt, wieder dorthin zurückzugehen. Er hatte die Ablenkung durch seine Ranch gebraucht.

„Klar! Man hört, deine Großeltern würden in einer Woche zurück sein. Ehrlich gesagt, vermisse ich den Laden schon jetzt. Sarah Burn kauft dort so gerne und häufig ein."

„Hat sie noch eine Lampe, die repariert werden muss?", fragte Eric mit dem Anflug eines Lächelns.

„Unter anderem." Jake zuckte vielsagend mit den Augenbrauen, was Eric zum ersten Mal seit einem Monat zum Lachen brachte. Jake schnappte sich das Bier aus Erics Händen und nahm einen langen herzhaften Schluck. „Du hast es also geschafft, Mann. Du hast jetzt deine Ranch."

Eric inspizierte alles genau. Es gab noch viel zu tun. Vieles war noch nicht ganz fertig. Aber ja, doch, im Großen und Ganzen hatte er es geschafft. „Nehme an, du hast Recht."

„Wann haust du dann wieder nach L.A. ab?", fragte Jake.

Eric zuckte zusammen und starrte seinen Freund an. „Was meinst du?"

„Ich meine, du wolltest eine Ranch in Gang setzen. Das hast du getan. Jetzt hast du einen anderen Traum zu verfolgen."

Eric schüttelte den Kopf. „Ich wollte eine Ranch führen, Jake. Nicht nur in Gang setzen. Ich kann sie nicht leiten, wenn ich in L.A. bin."

„Ach! Du hast doch Freunde, oder nicht?"

„Freunde, die das ganze verdammte Projekt am Laufen halten, während ich weg bin und ein separates Leben führe? Das denke ich nicht, Jake. Der Baumarkt ist eine Sache. Aber das hier? Das ist etwas anderes."

„Naja", fing Jake an und verwendete denselben

widerborstigen Tonfall wie zuvor. „Was hat es denn Gutes für sich, Milliardär zu sein, wenn man von der ganzen Knete nichts ausgibt? Kannst du nicht irgendjemanden einstellen, der diese Ranch für dich leitet?"

Eric verbiss sich seine Verärgerung. „Der Punkt ist, dass ich sie selbst leiten will. Ich habe es satt, immer nur mein Geld arbeiten zu lassen. Ich will die Arbeit selbst machen." Er klopfte sich auf die Brust, um seinen Standpunkt zu unterstreichen.

Jake packte das Geländer der Veranda und lehnte sich rückwärts daran an. „Du hast doch die verdammte Arbeit getan, oder nicht? Du hast in weniger als drei Monaten eine Pferdefarm hochgezogen, nicht wahr? Den Großteil der Arbeit in den letzten dreißig Tagen. Mit nichts anderem als Blut, Schweiß und, wie ich annehme, mit sehr sehr vielen Tränen eines Mannes mit einem gebrochenen Herzen."

Eric seufzte, sagte aber nichts.

Jake fuhr fort. „Wenn du so sehr darunter leidest, solltest du dich lieber fragen, was du beweisen willst und wem, verdammt nochmal, du das beweisen willst."

„Glaubst du nicht, dass ich mich das alles selbst frage, seit dem Tag, an dem sie ging?"

„Und was ist die Antwort?" Jake war außer sich.

„Ich muss es mir selbst beweisen, Jake. In L.A. gewichtet mich jeder nach meinem Bankkonto. Aber Geld hat keinen Wert für dein Herz. Und nicht für deinen Geist. Nachdem Brianne und ich uns getrennt hatten, wachte ich auf und wusste einfach nicht mehr, wie ich mich selbst einschätzen sollte. Meinen eigenen Wert. Ich wusste nur, dass ich ein einfacheres Leben führen wollte. Angefüllt mit harter Arbeit und kleinen verlässlichen Belohnungen. Ansonsten hätte ich mich selbst verloren."

„Du liebe Güte", Jake ließ seinen Kopf in seine Hände sinken. „Ich mag dich wirklich sehr gern, Eric. Aber das sind Luxusprobleme." Abwehrend hob er die Hände hoch, um sich selbst zu verteidigen. „Nichtsdestotrotz Probleme. Natürlich. Man kann Schmerz nicht vergleichen, bla bla bla. Aber von meinem Blickwinkel aus stehst du da mit einem riesigen Stempel in einer Hand. Und weißt du, was auf diesem Stempel steht? Da steht ‚Erfolg'. Und alles, was du tun musst, ist dies." Jake nahm Erics Hand und drückte sie ihm auf die Stirn. „Hör auf, dich selbst zu quälen und gib dir jetzt schon den Stempel! Du hast es geschafft. Erledigt. Erfolg!" Er ließ Erics Hand los.

„So einfach, wie?"

„Verdammt nochmal nein! Das ist wirklich verdammt hart. Glaub mir! Aber weißt du, was einfacher sein sollte, als ohne sie zu leben?"

„Was denn?"

„Steh dir nicht länger selbst im Weg, damit du herausfinden kannst, wie du *mit* ihr leben kannst!"

* * *

Lexi sprang die Stufen der Volkshochschule herab, wo sie einige Allgemeinbildungskurse nahm, um sich den Übergang zurück in die Schule leichter zu machen. Gott sei Dank lief es so gut, dass sie nicht nur locker mitkam, sondern bis jetzt sogar alle übertraf. Da sie durch die Arbeit in einem Coffee Shop um die Ecke bei ihrer Wohnung nur geringen Lohn verdiente, hatte sie sich um ein Stipendium beworben und es auch bekommen. Dadurch konnte sie nicht nur ihre Rechnungen bezahlen, sie konnte auch Geld für ein Auto zur Seite legen.

Darüber hinaus traf sie sich zweimal in der Woche mit einer Gruppe von Autoren. Nach nur einem Monat hatte sie schon die Hälfte ihres zweiten Manuskripts fertig. Das war sogar noch besser als das erste, und sie hatte bereits Ideen für weitere Drehbücher.

Ja, in der Tat, sie hatte die richtige Entscheidung getroffen, nach L.A. zu gehen. Das war das Beste, was sie für sich hatte tun können.

Und die Tatsache, dass sie sich das alle paar Stunden immer wieder einreden musste, hatte nichts zu bedeuten.

Zwanzig Minuten später sperrte sie ihre Wohnungstür auf, rief Aubrey, der gerade den Abwasch in ihrer Küche machte, kurz Hallo zu und sperrte sich dann in ihr Zimmer ein.

Sie seufzte tief und ließ sich dann mit zerknirschtem Gesicht aufs Bett fallen.

Das lief jeden Tag gleich ab, wie ein Uhrwerk.

Während sie beschäftigt und draußen in der Welt ständig in Bewegung war, ging es ihr gut. Sehr gut sogar. Einfach auch durch die Tatsache bedingt, dass sie ihre Träume verwirklichte.

Aber sobald sie allein war, bröckelte die Fassade. Sie

hatte solche Sehnsucht nach Eric, dass sie kaum atmen konnte.

Sie hatte auch Sehnsucht nach Montana und nach den Freunden, die sie dort gefunden hatte.

So allmählich hätte der Schmerz mittlerweile nachlassen sollen, dem war aber nicht so. Eigentlich wurde er sogar schlimmer. Sie vermisste Eric mehr als sie es für möglich gehalten hätte. Bis ins Mark.

Nachdem Lexi sich gute zwanzig Minuten gestattet hatte, in Erinnerungen zu schwelgen, setzte sie sich auf, wischte sich mit der Hand über das Gesicht und holte ihr Handy heraus. Ihr ging es immer gleich besser, nachdem sie mit Marina geredet hatte.

Sie hatte gerade gewählt, als jemand an der Tür klopfte.

„Lexi?", rief Aubrey. „Hier ist ein außergewöhnlich gut aussehender Mann, der dich sprechen möchte."

Wie von der Tarantel gestochen schoss Lexi vom Bett hoch. Eric. Er musste es sein. Ein Besuch? Konnte sie damit umgehen? Konnte sie es über sich bringen, ihn abzuweisen? Nein, verdammt nochmal. Sie wusste bereits, dass sie nehmen würde, was sie kriegen konnte. Nach einem Monat Nachweinen war sie bereit, sich selbst mit so viel von ihm zu quälen, wie er bereit war, zu geben.

Aber als sie die Tür ihres Schlafzimmers aufriss und ins Wohnzimmer stürmte, wartete dort nicht Eric.

„Papa!", kreischte sie und lag in dessen Armen, ehe sie klar denken konnte.

„Hallo, mein Mädchen!" Er grinste über beide Ohren.

Zwanzig Minuten später schlenderten sie zusammen durch Chinatown.

„Dein Haar ist etwas grauer geworden, Papa", neckte sie ihn. Ihr Blick fiel auf das Bein, das er bevorzugt belastete. „Und sehe ich da ein kleines Problemchen in deinem Gang?"

„Ja. Der Arzt sagt, ich bräuchte eine neue Hüfte."

Lexi blieb mittendrin stehen und erntete einen bissigen Blick von einer Geschäftsfrau hinter ihr, die es eilig hatte. „Hast du einen Bandscheibenvorfall?"

„Nein. Nur die ganz normale Abnutzung. Rodeo ist ein hartes Leben. Das weißt du ja, mein Mädchen."

„Klar." Schon überschlug sie ihre Einnahmen noch einmal, um eine Möglichkeit zu finden, wie sie die Kosten für eine solche Operation übernehmen könnte. Kam nichts dabei raus. Ihr Auto würde warten müssen. Sie würde sich eine billigere Wohnung suchen müssen. Naja, das waren eben die Stolpersteine.

„Jetzt hör aber auf!", tadelte sie ihr Vater. „Du siehst aus wie deine Mutter, wenn du solche Geldberechnungen in deinem Kopf anstellst. Bricht mir irgendwie das Herz."

Lexi lachte überrascht auf. „Was meinst du?"

„Sie machte sich immer solche Sorgen ums Geld. Sie würde sich im Grab umdrehen, wenn sie wüsste, dass ich uns nach ihrem Tod mit Rodeo durchgebracht habe. Brachte nicht gerade viel ein."

„Ich habe mich nie darüber beklagt", meinte Lexi achselzuckend. „Es taugt jedenfalls als guter Gesprächsstoff auf Partys", erklärte sie lächelnd. „Diese reichen L.A.-Typen können nie genug Geschichten aus der Pferdewelt hören."

Er warf den Kopf zurück und lachte. „Ist das wahr?"

„Ja, wirklich."

„Naja, für uns war die Sache kein Spiel, nicht wahr?"

„Nein. Das war das echte Leben."

„Echter als echt", stimmte er zu. Dann holte er tief Luft. „Darum war es auch so schwer, dieses Leben hinter mir zu lassen."

„Was? Papa? Bist du im Ruhestand? Hast du deshalb Zeit, mich besuchen zu kommen?"

„Nein. Ich hatte Zeit für einen Besuch, weil du mein Mädchen bist, das ihre beste Lebenszeit nun hier in Los Angeles verbringt. Und ich bin stolz. Darum kam ich dich besuchen." Er strich mit einer Hand über seine Bartstoppeln und schaute sie aus dem Augenwinkel an. „Ich habe keine Ersparnisse, um in den Ruhestand zu treten. Aber ich habe einen anderen Job."

„Tatsächlich? Was für einen?" Lexi suchte ein paar Münzen heraus für zwei Waffeln geschabtes Eis mit Sirup und reichte eine davon ihrem Vater. Er schmunzelte über die knallblaue Farbe, biss aber herzhaft ab.

Er gab ihr keine Antwort auf die Frage nach dem Job, bedachte sie nur mit einem langen glasklaren Blick. „Du weißt doch, dass du mein allergrößter Traum warst, nicht wahr, mein Mädchen?"

„Was meinst du, Papa?"

Er kratzte sich am Kinn. „Ich meine, dass du es dir immer in den Kopf gesetzt hattest, dass ich George

Clooney sein könnte, wenn du nicht auf die Welt gekommen wärst."

„Attraktiv genug bist du."

„Naja." Er war verlegen. „Also. Ich will nur sagen, dass du immer deine Träume mit meinen verwechselt hast. Du dachtest, ich hätte auf meine Träume verzichtet, damit ich dein Papa sein konnte. Aber es ist genau andersherum. Das Leben, das ich lebte? Das war das beste Leben für mich. Das, was ich immer wollte. Klar, ich war neugierig auf Hollywood. Wahrscheinlich hätte ich nichts dagegen gehabt, in ein oder zwei Filmen mitzuspielen. Aber hätte ich das ganze Restliche gewollt? Die Hektik? Die Partys? Die Zeit ohne dich? Auf keinen Fall!"

Lexi warf ihre Waffel in den Abfall. So hatte sie ihn noch nie zuvor reden hören. Sie konnte ihren Ohren kaum glauben.

„Diese Geschichten habe ich dir hauptsächlich erzählt, um dich gut zu unterhalten. Weiß Gott, wie oft ich dich hinten in dem Trailer zum Filme anschauen zerrte. Ich glaube, dass ich einfach nach einer Möglichkeit gesucht habe, mit dir in Kontakt zu bleiben, auch wenn ich nicht bei dir sein konnte, weil ich arbeiten musste. Darum wollte ich, dass du dir vorstelltest, dass dein Papa in diesen Filmen auftrat. Als Tänzer und Sänger und was nicht alles. Und nach einer gewissen Zeit wurde es zu deinem Traum. Du wolltest auch solche Filme machen. Und ich war stolz. Du warst immer so kreativ und klug und auch eine solche Träumerin. Und ich bin stolz, dich hier draußen in Hollywood zu sehen und zu erleben, wie du den Traum für dich Wirklichkeit werden lässt."

Lexi merkte Tränen in sich aufsteigen und wusste eigentlich nicht, warum.

„Aber jetzt will ich mich eigentlich nur vergewissern, dass du nicht deine Träume mit meinen verwechselt hast. Verstehst du? Wenn es das ist, was du willst, dann mach es, Mädchen! Wenn es eine Art Ersatz für meine verloren gegangenen Träume ist? Dann kannst du die Sache aufgeben, Kind. Denn ich habe meinen Traum gelebt. Ein gesundes Kind. Eine gute Beziehung mit dir. Und jetzt bekam ich ein gutes Jobangebot, um mich niederzulassen. Könnte eine Zeitlang an einem Ort bleiben. Ich habe alles, was ich brauche, bekommen. Alles, was ich will."

Lexi war sprachlos. Sie war sich nicht sicher, ob alles, was er gesagt hatte, wahr war. Ob er Recht hatte mit dem, was sie empfunden hatte. Ob ein Teil des Grundes, warum sie hier war, ihr Gefühl war, dass sie den Träumen ihres Vaters im Weg gestanden war. Aber ihr war bewusst, dass ihr dieses Gespräch gut getan hatte, dass sie sich besser, leichter, fühlte. Als hätte er ihr die Erlaubnis gegeben, den Heliumballon, den sie ihr ganzes Leben mit sich herumgeschleppt hatte, fliegen zu lassen. Nicht gerade eine schwere Last, aber nichtsdestotrotz eine Last.

„Naja, Papa. Ich schätze, ich weiß es einfach nicht." Sie wischte sich eine Träne aus dem Auge.

„Du hast ja Zeit, um es herauszufinden, nehme ich an", sagte er und gab ihr seine halb aufgegessene Waffel. „Hier, du wirfst deine immer in den Abfall, wenn du dich aufregst."

Sie lachte, weil klar wurde, wie gut er sie doch kannte. Sie lachte, weil sie sich unbeschwert fühlte. Lachte, weil sie in derselben Stadt war wie ihr Papa.

„Erzähl mir von deinem neuen Job!"

Mittlerweile waren sie wieder die Hälfte der Strecke zu ihrer Wohnung zurückgegangen, und ihr Vater schaute sie mit gewisser Beklemmung an.

„Naja, ich habe ihn noch nicht angenommen. Ich wollte erst dich fragen, was du dazu sagst."

„Okay", sagte sie und stellte sich vor, dass es eine Art Schwarzarbeit sein könnte, der sie ihren Segen geben sollte.

„Es ist Arbeit auf einer Ranch." Aufmerksam beobachtete er ihre Reaktion. „Eine Pferderanch. Oben in Montana."

Lexi blieb das Herz stehen, aber sie bemühte sich nach Kräften, es nicht zu zeigen. „Stimmt das wirklich?"

„Jap. Ich würde für einen jungen Mann arbeiten, der dich namentlich kannte. Ein gewisser Eric Davenport."

Lexi schluckte.

„Der Junge rief mich eines Tages vor ungefähr vor einer Woche aus heiterem Himmel an. Sagte, er hätte ein Jobangebot für mich. Ob ich das wollte. Er brauche jemanden, der sich mit Pferden auskenne und mit harter Arbeit. Er stelle sich vor, dass ich mich mit beidem auskenne."

„Damit hat er Recht", brachte Lexi mühsam heraus. In ihrem Kopf drehte sich alles. Was zum Kuckuck sollte das alles bedeuten?

„Jap. Naja, sieht so aus, als brauche er einen Vorarbeiter."

Ruckartig wandte sie ihm ihr Gesicht zu und schaute ihn aufgeregt an. „Ich dachte, er wäre selbst der Vorarbeiter."

„Naja, es sieht so aus, als stände das noch zur Debatte, je nachdem wie sich bestimmte Dinge entwickeln. Aber anscheinend hofft er, dass er ein paar Monate im Jahr auf der Ranch sein kann. Und einige Monate im Jahr anderswo."

„Anderswo", wiederholte sie wie betäubt, während ihr Herz raste. Das kleine Lächeln ihres Vaters entging ihr.

„Deshalb dachte ich, ich frage erst dich, bevor ich den Job annehme."

Sie räusperte sich. „Und warum das?"

„Naja, ich wollte mich nicht in deine persönlichen Dinge zwischen dir und diesem Kerl einmischen, von dem du ja hin und weg bist."

„Papa, ich bin nicht—" Sie brach ab, denn, verdammt nochmal, sie erkannte nicht, was eine Lüge jetzt bringen sollte. „Er ist wirklich großartig, Papa. Der zweitbeste Mann, den ich kenne." Sie stieß ihn spielerisch in seine drahtigen alten Rippen, und er lächelte.

„Naja, anscheinend hat er ein paar Gefühle für dich, mein Mädchen."

„Hat er dir das gesagt?"

Er zuckte die Achseln. „Das musste er nicht. Ein Mann verändert sein Leben nicht einfach so für eine Frau, wenn er nicht vollkommen verrückt nach ihr ist."

Der Ballon, den Lexi gerade losgelassen hatte? Der schlug jetzt auf einmal seine Zelte in ihrem Inneren auf und breitete sich so groß aus wie ein Fußballfeld! Sie hatte das Gefühl, als würde sie sogleich vom Boden abheben.

Sie wandte sich ihrem Vater zu. In diesem Moment war ihr nicht bewusst, dass sie, mit blauem Eiswaffelsirup auf den Lippen und dem Pferdeschwanz, sowohl wie ein Kind als auch wie eine Frau aussah, und dass das mehr war, als das Herz eines alten Papas überhaupt ertragen konnte.

„Papa! Nimm diesen Job an!"

KAPITEL SECHZEHN

Eric tätschelte das alte Pferd am Hals, das sich am Schatten seiner brandneuen Scheune erfreute. Ja, er würde den Duft von Heu vermissen und wie die Pferde in der Morgenluft schnaubten. Ihm würde auch fehlen, wie die Sonne sich in der Früh durch den Nebel biss, und wie er am Abend immer völlig erschöpft ins Bett fiel.

Aber das war nichts im Vergleich dazu, wie sehr ihm Lexi fehlte.

Darum hatte er Vorkehrungen getroffen. Er hatte veranlasst, dass nächste Woche ein neuer Vorarbeiter kam. Danach würden sogar noch weitere Mitarbeiter dazukommen. Er hatte vorgesorgt, dass sie alle in den Gästezimmern des alten Farmhauses gemütlich untergebracht wären. Jetzt gab es nichts weiter zu tun, als sein Herz aufs Spiel zu setzen und festzustellen, ob Lexi das Gleiche wollte wie er.

Zusammensein, ohne Rücksicht auf die Schwierigkeiten, die es womöglich mit sich bringen könnte, wenn man zwei Zuhause hatte, zwei Karrieren und zwei *Träume* in zwei verschiedenen Staaten.

Eric seufzte lang und tief und führte das Pferd zur

Wasserstelle. Als er hörte, dass ein Wagen auf die gekieste Einfahrt fuhr und anhielt, stellte er sich vor, dass es wahrscheinlich Jake war, der ihm wohl wieder einen weiteren Tritt in den Hintern versetzen wollte.

Eric tätschelte das alte Pferd an der Seite und streckte dann die Arme über seinen Kopf. Er wollte gerade seine Baseballkappe geraderücken und zum Haus zurückgehen, um Jake zu treffen, als…

Erstaunt hielt er inne, als er sah, wer da an einem kirschroten Mietwagen lehnte, mit vor der Brust verschränkten Armen und einem Fußknöchel über dem anderen.

Eric genehmigte sich einen Augenblick, um sie zu betrachten. Die Frau, die nicht übertrieben feminin wirkte, war dennoch schöner als jede andere Frau auf der ganzen Welt. Er bewunderte ihre straffen Muskeln. Ihre wilde Mähne. Ihr knallhartes, hübsches Gesicht.

„Ist dieser finstere Blick auf Dauer auf deinem Gesicht fixiert?", rief er zu ihr hinüber. „Oder hast du ihn speziell für mich reserviert?"

Lexi wandte sich ihm zu, und er erkannte augenblicklich die Nervosität, die in ihren Augen tanzte. Die war leicht zu entdecken, angesichts der Tatsache, dass seine eigene Nervosität einen Tanzpartner brauchte.

„Du hast es tatsächlich getan, Eric." Während sie sich straffte, hob sie die Arme und machte eine allumfassende Handbewegung. „Und du hast es in Rekordzeit geschafft. Hast du überhaupt jemals geschlafen?"

Er war jetzt nah bei ihr, vielleicht nur eineinhalb

Meter von ihr entfernt. Er spürte, wie er sich von ihr angezogen fühlte, konnte aber ihren Gesichtsausdruck nicht gut genug interpretieren, um zu wissen, wie viel näher sie ihn haben wollte. „In letzter Zeit nicht."

Sie biss sich auf die Lippe. „Ich auch nicht."

„Bist du auf der Durchreise?", fragte er und hätte sich einen Fußtritt versetzen können, wie gestelzt und unbeholfen er diese Frage gestellt hatte.

„Ich weiß es noch nicht", erwiderte sie mit sehr ernster Miene. „Ich schätze, das hängt stark davon ab, wie dieser Besuch verläuft."

Sein Herz klopfte so schmerzhaft an seine Rippen, als würde es zerspringen wollen.

„Du kamst, um mich zu sehen."

„Das stimmt. Um dir eine Frage zu stellen."

„Und welche Frage wäre das?"

„Warum hast du meinen Vater eingestellt, damit er sich für die Hälfte des Jahres um deine Ranch kümmert?"

„Ähm, naja…" Eric kratzte sich am stoppeligen Kinn und beäugte sie misstrauisch, als wäre sie ein Fohlen, das ihm jederzeit einen Huftritt versetzen könnte. „Es scheint so, als hätte dein Vater mein Blatt für mich gespielt", brummelte er.

Ihre Lippen teilten sich zu einem schwachen Lächeln. „Er würde nie einen Job annehmen, ohne sich zu vergewissern, dass es für mich in Ordnung geht. Darum kam er nach L.A. und verbrachte ein paar Tage mit mir. Dabei hat er mir dein Geheimnis verraten."

Eric stellte sich den langsam sprechenden Cowboy

vor, mit dem er am Telefon geredet hatte. Dann versuchte er, ihn sich im Echopark vorzustellen. Das löste bei ihm unweigerlich ein Lächeln aus. „Wie hat es ihm gefallen?"

Sie zuckte die Achseln. „Er fand es interessant. Sagte aber, Montana gefiele ihm besser."

„Hmmm. Da kann ich ihm nur zustimmen, da du ja momentan *in* Montana bist und direkt vor mir stehst."

Lexi starrte ihn an. Dann schlängelte sie ihre Hand blitzschnell an seine Gürtelschnalle und zog ihn so nah an sich heran, dass er ihren Körper mit seinem ans Auto presste. Diese Bewegung besänftigte ihn und brachte sein Herz auf Hochtouren. Sie wollte ihn näher bei sich haben. Aber das war ja noch nie ihr Problem gewesen. Und doch konnte er nicht widerstehen, sie zu berühren. Darum glitt er mit einer Hand um ihren Nacken und liebkoste mit der anderen ihre Unterlippe.

„Du willst wissen, warum ich deinen Vater einstellen will? Weil ich mich schließlich doch entschlossen habe, mir nicht länger selbst im Weg zu stehen."

„Was soll das bedeuten?"

Er holte einen tiefen Atemzug und blickte sich um. Betrachtete, was er aufgebaut hatte. „Ich dachte, dass ich in einer perfekten Welt 365 Tage im Jahr hier sein könnte. Aber dann traf ich dich. Und das ist leider nicht *deine* perfekte Welt. Also musste sich meine verändern."

„Du willst deine Zeit zwischen hier und L.A. aufteilen." Zögerlich brachte sie diese Worte im Flüsterton heraus, als würde sie in der Sekunde, als sie sie gesagt hatte, selbst in zwei Teile zerbrechen.

„Ich weiß nicht, wie realistisch es ist, die Zeit in genau zwei gleiche Hälften aufzuteilen, zunächst wohl nicht. Aber ich will viel Zeit in L.A. verbringen." Er streichelte mit seinem Daumen über ihre Unterlippe. „Sehr viel."

„Aber du verabscheust Los Angeles." Immer noch flüsterte sie. Und ihre Augen füllten sich mit Tränen. Ihm wäre es lieber gewesen, sie hätte geschrien. Nie zuvor hatte er ihre sensible Seite so deutlich gesehen.

Er wählte seine Worte mit Bedacht. „Ich verabscheue L.A. auch nicht mehr wie du Montana verabscheust. Das Ziel, das ich unbedingt erreichen wollte, ist, dass Montana mein Zuhause sein soll. Und ich dachte, das würde bedeuten, dass ich mein Leben in L.A. komplett beiseitelegen müsste. Ich redete mir ein, dass ich meine Vergangenheit aufgeben müsste, um mich mit ganzem Herzen meiner Zukunft zu widmen. Aber mit dir an meiner Seite…Bei der Gala… Als du Brianne und Gabe kennenlerntest… da fühlte ich mich nicht wie ein sitzengelassener Mann mit zu viel Geld, der keinen Sinn darin sah, an den Ort zurückzukehren, den er so unbedingt hinter sich lassen wollte. Stattdessen war ich einfach zuhause. Weil du mein Zuhause bist, Lexi. Nicht Montana. Nicht Kalifornien. Kein Staat, keine Stadt, kein Gebäude. Sondern *DU*!"

Lexis Augen suchten seine. Hoffnung und Verständnis wirbelten in ihr durcheinander. „Du bist dir also wirklich sicher? Du hast nichts dagegen, wenn du mich regelmäßig in L.A. besuchst?"

Er holte tief Luft. „Nein. Ich will mit dir einen Teil der Zeit in L.A. *leben*. Und deinem Vater in der Zeit die Ranch anvertrauen, immer wenn ich nicht da bin."

Lexi klappte die Augen zu und ließ ihre Stirn an seine Brust sinken. Gespannt hielt er den Atem an.

„Ich arbeite gerade an einem neuen Drehbuch, weißt du." Ihre Stimme kam etwas erstickt an seinem Brustkorb heraus. „Damit bin ich vermutlich eine Drehbuchautorin. Und dafür drücke ich jetzt auch die Schulbank. Aber wir haben Sommerferien. Und Weihnachtsferien. Und Frühjahrsferien."

Eric spürte, wie sich eine Hand um sein Herz schloss. „Besteht die Chance, dass du diese Ferien womöglich in Montana verbringen willst?"

Lexi starrte ihn an. Dann zuckte sie die Achseln. „Da gibt es kein ‚womöglich'. Denn du bist auch mein Zuhause, Eric."

Jetzt verlor er vollkommen die Fassung, die er noch mühsam aufrechterhalten hatte, denn er war nicht imstande, diese Charade kühl und gelassen fortzuführen. Mit lautem Klatschen schlug er die Hände über dem Kopf zusammen und stieß ein Siegesgebrüll aus. Daraufhin hob er Lexi hoch und drückte sie an das Auto. Sie lachte und legte den Kopf zu einer Seite, um ihn einzuladen, sich mit Küssen einen Weg an ihrem Hals aufwärts zu bahnen.

Sie hielten einander innig fest, jeder hielt seinen persönlichen Erfolg, den er davongetragen hatte, wie eine Siegesfackel in sich fest. Sie hatten die ersten Schritte zu einem gemeinsamen Leben unternommen. Sie hatten angefangen, das zu verwirklichen, was sie sich vorgenommen hatten, und plötzlich war der Weg zueinander nicht mehr ganz so unergründlich. Sie glaubten an ihre Fähigkeiten, ihr Leben in geeigneter Weise zu gestalten. Und auf einmal gab es in ihrem Leben auch Raum für den jeweils anderen.

Sie hielten einander so eng umschlungen, dass sie kaum Platz hatten, sich zu küssen. Auf einmal versteifte sich Lexi in seinen Armen, riss sich von ihm los und sprintete auf die Koppel zu. „Ach du liebe Zeit!"

Sie schrie. Hüpfte auf und nieder. Und dann drehte sie sich um und rannte zu ihm zurück. „Eric! Du gemeiner Kerl! Du absolut perfekter, süßer, aufmerksamer Mistkerl!"

Er lachte, als sie sich ihm wieder in die Arme warf.

„Du hast mein Pferd zurückgekauft." Als sie zur Koppel zurückschaute, zu dem Pferd, das graste und dahintrottete, standen Tränen in ihren Augen. „Du hast Maple für mich zurückgekauft."

„Es nahm einige Detektivarbeit in Anspruch, sie aufzuspüren, aber sie war mein erstes Pferd auf der Ranch."

Lexi eroberte seinen Mund in einem Kuss, der so sanft und so süß war, dass er ein Segen war und all den Schmerz auslöschte, den sie einander während des letzten Monats zugefügt hatten.

Sie riss ihre Lippen von seinen los und drückte ihre Stirn an seine, sodass sie einander direkt in die Augen schauten.

„Du weißt, was das heißt, nicht wahr?", fragte sie beinahe drohend.

„Was meinst du?"

„Du hast jetzt keine Wahl mehr. Du wirst mich heiraten müssen."

Jetzt fehlten ihm die Worte, und sein Mund klappte nur hilflos auf und zu wie bei einem Goldfisch.

Lexi warf den Kopf zurück, lachte und schlang ihre langen fohlenhaften Beine fest um seine Taille. „Das kann in zehn Jahren sein, von mir aus, egal. Aber du hast mein Pferd für mich zurückgekauft. Also sind wir jetzt verlobt. Ende."

„Verdammt richtig, wir sind verlobt. Und das ist nicht das Ende! Es ist der Anfang."

Er ließ sein Mädchen auf den Boden hinab und küsste sie auf liebevollste Weise, bis sie keine Luft mehr bekam. Nahm sie an der Hand, und gemeinsam gingen sie zur Koppel. Zu Maple. Sein Land erstreckte sich überall um sie herum, und irgendwo, viele hundert Meilen entfernt, summte eine Stadt geschäftig wie ein Bienenstock, und wartete auf ihre Rückkehr.

Und obwohl sie gerade beschlossen hatten, an zwei Orten zu leben, wie chaotisch so ein Vorhaben auch sein mochte, waren ihre Herzen nun doch zum ersten Mal in ihrem Leben nicht mehr entzweit.

EPILOG

Lexi und Eric befanden sich im Wohnzimmer in Angriffsposition. Jeder von beiden hatte die Arme vor der Brust verschränkt, eine finstere Miene aufgesetzt und beäugte den jeweils anderen wie einen Kampfgegner in einem Boxring.

„Auf gar keinen Fall", sagte Eric mit fester und frustriert klingender Stimme. „Das ist beleidigend und unnötig, Lex. Kein Ehevertrag!"

„Eric! Ich bin diejenige, die dadurch beleidigt wäre, aber ich bin es nicht! Ich will diesen verdammten Ehevertrag. Ich will den wasserdichtesten, unanfechtbarsten Ehevertrag, den es gibt. Und den werde ich dann bei der verdammten Hochzeit unterschreiben. Ich will keinen einzigen Penny von deinem Geld."

„Das ist von rein theoretischem Interesse, also überflüssig, mein Schatz. Ein Ehevertrag kommt erst dann ins Spiel, wenn es eine Scheidung gibt, und ich sage dir hier und jetzt, dass ich mich *niemals* von dir scheiden lassen werde. Und du wirst dich *niemals* von mir scheiden lassen."

„Natürlich werde ich mich *niemals* von dir scheiden

lassen." Lexi bohrte einen Finger in seine Brust.

„Wenn ein Ehevertrag so überflüssig ist, dann können wir doch einfach einen abschließen. So kann mir niemand vorwerfen, dass ich dich wegen deines Geldes heirate."

„Es schert mich einen Dreck, was andere denken. Ich weiß, warum du mich heiratest. Ich weiß, dass der Grund ist, dass du mich liebst. Ich weiß, dass du nicht ohne mich leben kannst und dass du nicht ohne mich leben *willst*, genau wie ich nicht ohne dich leben will."

Lexi stockte der Atem. „Das ist wahr. Das ist so wahr. Aber Eric, du bist Milliardär. Und ich… ich nicht. Ich bin so weit davon entfernt. Und ob es dir gefällt oder nicht, du weißt, dass dein Geld immer ein Thema ist. Also lass uns dafür sorgen, dass es *kein* Thema mehr ist. Bitte?"

Eric starrte sie an. Dann umfasste er ihr Gesicht, küsste sie zärtlich und sagte: „Okay. Sorgen wir dafür, dass es kein Thema mehr ist!"

Lexi durchströmte Erleichterung, bevor sie Erics Kuss erwiderte. „Danke", flüsterte sie. Dann runzelte sie die Stirn, als Eric sein Handy zückte und mit wilder Entschlossenheit irgendetwas eintippte.

„Was machst du?" Lexi schaute ihn mit zusammengekniffenen Augen an und versuchte, das Handy zu erwischen.

Sofort hielt Eric es hoch und aus ihrer Reichweite. Als es dann zu klingeln begann, nahm er den Anruf an. „Eric Davenport. Hallo, Herr Rourke. Ja. Ja. Ich genehmige das jetzt ganz offiziell. Letzten Monat, als ich in L.A. war, haben wir den Papierkram bereits erledigt. Ich hatte den

Eindruck, dass wir nur noch den Hinweis von mir brauchen, dass es Zeit ist, auf den Auslöser zu drücken. Betrachten Sie nun den Auslöser als gedrückt! Ja. Ich stimme Ihnen zu. Sie wird damit nicht glücklich sein." Er lachte. „Im Krieg und in der Liebe ist alles erlaubt. Richtig. Darauf können Sie wetten. Danke."

Er legte auf und warf ihr einen triumphierenden Blick zu. „Okay, *jetzt* können wir einen Ehevertrag ausarbeiten lassen."

„Was meinst du? Was hast du getan?"

Eric grinste Lexi an und sagte dann: „Ich habe gerade zwanzig Millionen Dollar auf ein Bankkonto auf deinen Namen transferiert." Er beugte sich vor und küsste ihren erstaunt offen stehenden Mund. „Darum bin ich glücklich, einen Ehevertrag zu bekommen, wenn es das ist, was du willst."

„WAS?! Du—" Ihr Mund öffnete und schloss sich wieder, doch sie brachte keinen anderen Ton heraus. Bis sie aufschluchzte, sich Eric in die Arme warf und ihr Gesicht an seiner Brust vergrub.

Eric streichelte ihr einfach nur übers Haar und murmelte: „Geld ist doch bloß Geld, Lexi. Es wird niemals auch nur annähernd so wichtig für mich sein wie unsere Liebe. Ich würde das alles sofort aufgeben, nur um mit dir zusammen zu sein. Gleichwohl bin ich froh, es nicht aufgeben zu müssen. Denn ich werde dich richtig verwöhnen. Mit meinem Körper. Mit meinem Herzen. *Und* mit unserem Geld. Bis in alle Ewigkeit. Ich liebe dich."

Lexi hob ihr verweintes Gesicht und sah ihn an. „Ich liebe dich auch, Eric Davenport. Jetzt halt die Klappe und küss mich!"

Und er küsste sie. Küsste sie so lange und so leidenschaftlich, dass sie letztendlich im Schlafzimmer landeten. Und von dort kamen sie sehr, sehr lange nicht mehr heraus.

BÜCHER VON VIRNA DEPAUL

KISS TALENTAGENTUR
Band 1: Küss mich für immer (Bastian)
Band 2: Halt den Mund und küss mich (Simon)
Band 3: Küss mich, du sexy Typ (Caleb)

LIEBE AM SPIELFELDRAND
Band 1: Gelbe Karte für die Liebe (Heath)
Band 2: Blaues Blut und tiefe Pässe (Kyle)
Band 3: Ganz tief drin (Alec)

HART WIE STAHL-REIHE
Band 1: Harte Zeiten für Schwere Jungs
Band 2: Harte Fälle für Toughe Anwälte
Band 3: Harte Entscheidungen, Sanfte Liebe
Band 4: Harte Jungs - Zwischen Hammer und Amboss
Band 5: Harte Schale, Weicher Kern

DIE SERIE, ROCK'N'ROLL CANDY
Die Rock'n'Roll Candy Serie handelt von einer Gruppe von Freunden, Schauspieler Bad-Boys und sexy Rock Stars Anfang 20, die jeweils der Frau ihrer Träume begegnen.

Band 1: Sexy wie Rock'n'Roll
Band 2: Stark wie Rock'n'Roll
Band 3: Crazy wie Rock'n'Roll
Band 4: Süß wie Rock'n'Roll
Band 5: Wild wie Rock'n'Roll

ÜBER DIE AUTORIN

Virna DePaul ist eine *New York Times* Bestsellerautorin und steht auch auf der Bestselling-Liste von *USA Today* für erregende, spannungsvolle Erzählliteratur. Ob es um Vampire, eine Spezialeinheit für paranormale Phänomene, heiße Polizisten oder umwerfende identische Zwillingsbrüder geht, ihre fiktiven Geschichten handeln immer von komplexen Individuen, die gewillt sind, auch die unglaublichsten Schwierigkeiten zu überwinden, um der Liebe den Weg zu bahnen.

Um weitere Informationen zu erhalten und den kostenlosen Newsletter zu abonnieren, besuchen Sie mich bitte auf: www.virnadepaul.com

Website: www.virnadepaul.com
Facebook: www.facebook.com/booksthatrock
Twitter: twitter.com/virnadepaul